U0515157

文学棱镜丛书

婚姻 情感 爱欲

文学世界里的两性关系

田大安 编著

图书在版编目(CIP)数据

婚姻 情感 爱欲：文学世界里的两性关系 / 田大安编著．武汉：武汉大学出版社，2025.3. -- ISBN 978-7-307-24662-1

Ⅰ.I106

中国国家版本馆 CIP 数据核字第 20247KZ739 号

责任编辑：褚德勇　　责任校对：鄢春梅　　整体设计：韩闻锦

出版发行：**武汉大学出版社**　（430072　武昌　珞珈山）

（电子邮箱：cbs22@ whu.edu.cn 网址：www.wdp.com.cn）

印刷：湖北恒泰印务有限公司

开本：850×1168　1/32　印张：8.125　字数：193 千字　插页：2

版次：2025 年 3 月第 1 版　2025 年 3 月第 1 次印刷

ISBN 978-7-307-24662-1　定价：58.00 元

让我们重获爱的能力！

以文学观照现实，全景展现真实和想象中的两性关系。

文学创造了一个梦幻多变的世界，也为我们带来更具景深感的现实。各种心理体验尽现其中——需求、强迫、矛盾、欲望、焦虑、深厚的爱与刻骨的仇恨，都是文学反复展演的戏码。文学是我们情感体验和社会现实的反映，从心理、社会和历史等棱镜的多个角度接近我们灵魂的真实。它让我们不可见的精神世界变得可观可感，以自由多样的形式，成为我们寻求精神愉悦和内在性的行动指南。

前　言

文学观照现实：文学世界的男女与现实世界的男女

两性关系是所有人都必须面对的一种关系。两性关系有着无数种叙说方式，话题如此古老并常换常新，这种关系如此简单又如此繁复，存在的形式是如此多变且又亘古如一。谁不曾被这种问题困扰过，并最终伴随这个问题度过一生？这其中有温煦照人的，也有神启般冷酷的。

这类关系可以从每一个具体的人的现实生活中去捕捉，当然，更为普遍的是存在于他人的叙述与描写当中。现实中，每个人都是活生生的样本，都具有“研究”的价值，这种价值体现为文学的价值。这种关系也天然地呈现在文学作品之中，乃至成为文学永恒的母题。大多数文学作品都会关涉两性关系，这为我们提供了堪比社会学意义的样本。甚至，文学的样本比社会学中的田野调查更具有价值指向性，借助那些文学家娴熟的笔触，更深邃，也更富有情趣、更生动地呈现出来。为此，还有什么比从文学的视角切入这种关系，更具有意义呢？

文学创作并非仅是虚构，虚构也并非没有价值和意义。借用弗拉米基尔·博纳科夫的话说，“唯有虚构才能再现真实”，真实的生活本身处于历史的演进中。我们可以从众多经典的文学作品中搜集两性关系的经典案例，进行分析、归类，并加以思考、诠释，从而更好地指引我们的生活。法国浪漫主义文学前驱，与华兹华斯同时代的杰曼·德·斯塔尔①在其1800年出版的著作《论文学与社会制度的关系》一书中就曾提出这样的观点：“阅读小说可以让人发展出新的、更细致的情感体验。”德国的威廉·狄尔泰于1883年出版了《精神科学引论》，丰富了人文科学的理论基础，声称人文科学相比自然科学拥有更大程度的客观性，因为它们不仅能够理性地理解世界，而且这种理解与感受和情感有关。人文科学以“人性的全部”为研究对象，并且利用了“完整的、没有被删减的经验”。相比之下，自然科学家则执着于“从自然的机械秩序中得出思想和精神上的事实，而这是不可能的”。[1]

有一种说法：“小说家可以比心理学家教给你更多的人性知识。”文学家创设了不同的结构和不同的主题，以创造故事的新鲜感和特殊性。当读者浸淫于这一则则故事之余，这些故事也“滋养”着读者。文学创造了一个梦幻多变的世界，不仅可以带给我们审美体验，也为我们带来更具景深感的现实，各种心理体验尽现其中——需求、强迫、矛盾、欲望、焦虑、深厚的爱与刻骨的仇恨，都是文学反复展演的戏码。文学是我们情感体验和社会现实的反映，从社会、政治和心理等多角度逼近我们灵魂的真实。它让我们的精神世

---

① 杰曼·德·斯塔尔(Germaine de Stael)：法国评论家和小说家，法国浪漫主义文学前驱。著有《论让-雅克·卢梭的性格和著作的书信》《论文学与社会制度的关系》《论德国》以及小说《黛尔菲娜》《高丽娜》等。根据斯塔尔的论述，文明的进步不仅要有感受性，也同样要求文化的发展。人类思想要想进步，就必须从政治的束缚中解放出来。

界变得可观可感，以各种自由的形式，成为我们内在性的行动指南。

虽然，近现代文学作品中有太多的情节建立在开放性和不确定性的基础上。这些不确定性显然也在现实生活中折磨着我们。谁能确定在我们一生下来，除了自己的父母和家族之外，注定会遇到什么人？与哪些人发生怎样的联系？如果我们能够置身于每一个故事中，通过感受和解读他人，就能够获得自己该做什么或者不该做什么的启示。

文学的意义体现于对现实的阐释，体现于对固化形式的抗拒。生活本身有着很多非理性和非逻辑的部分，如果我们一定要以理性和逻辑来对其加以取舍，那么就舍弃了生活本身。如今技术革新正在吞并人类，人类成为机器的资源。每个人的一生都可以被数字化并被存储下来，但两性关系可以被人与物的关系所替代吗？为此，文学与生活有着超乎我们认知的相似性和同构性。

事实上，真正伟大的、有现实价值的文学并不能够给出一个完美的、适合任何人的答案。我们无法通过阅读或者创造别人的命运，来形成自己的命运。我们也并非生活在文学所设定的世界，往往我们并不知道自己如何得到我们想要的东西，甚至会困惑自己想要的东西到底是什么。对爱情和婚姻更是如此。

在文学所呈现的世界中，两性关系为何如此迷人，以致绝大多数的文艺作品中总是既要存在男一号，也要存在女一号？按照中国传统思想中阴阳互补相生的观念：这个世界是由阴阳构成，人类社会也是由男女构成；阴阳调和才能达成世界的和谐，每个具有鲜明性别特征的人都必须让自己与拥有另一种性别特征的人融合才能拥有完整的人生；他们彼此需要，对抗又相容。犹如圣经故事中，夏娃是用亚当的肋骨所造的隐喻相通。在此，笔者将文学经典中的两性互动的情节加以采撷，以文学的梦幻之光照见现实。为了使日子不至于那么难熬，我们应该以积极的态度去审视两性关系。

每一部关涉两性关系主题的文学，都是在倾诉着各种各样的故事。文学家一人多角，拥有上帝之眼，时而是故事中的“患者”，时而是故事中的“医生”。他们无所不能地洞察，无所不能地描述呈现。我们从他们展现的故事中发现自身，并深深为之吸引，与各种角色共情，从而开拓自己的生活，让自己的情感世界变得充盈。

在某种程度上，文学可以成为我们从现实中退避的堡垒，但它更多的价值在于让我们从个体性、情感性和内在性中获得面对现实生活的智慧与力量。为什么我就没有遇见故事中的那个人呢？如果是我，我将如何处置故事中的事件？选择，即命运。那些事件会改善我，还是会消耗我？我应该跟 Ta 结婚或离婚吗？

文学世界中的情感成为我们现实情感的映照。当然，我们不会如此这般地践行文学所展示的细细碎碎和点点滴滴，但它让我们的主体性因为有了太多参照而变得清晰，从而可以从情感闪动的瞬间捕获更多的人间美好。古老的爱情能够让我们回望先辈们的情感世界，感受他们曾经有过的伤痛与愉悦、耻辱与光荣、罪责与使命。在过去的一百余年的历史中，他们如何从媒妁之约走向情感自由和性自由，从旧道德和沉重的社会规约中走向真正强大而独立的自我。加拿大作家梅维斯·迦兰①说：“关于夫妻生活实情的奥秘几乎是我们仅剩的真正的谜，如果连这个谜也被我们穷尽，就再也不需要文学了——真是那样，也不需要爱情了。”

---

① 梅维斯·迦兰(Mavis Gallant)：加拿大短篇小说家，与爱丽丝·门罗和玛格丽特·艾特伍德齐名，《纽约客》长期撰稿人，她以独特的散文和短篇小说的诚恳、明晰、简洁的风格，成为加拿大乃至整个北美地区的经典作家。代表作有《巴黎故事》《多彩的流放地》等。

虚构作品有着奇特的生命力，其所塑造的人物形象往往可以成为我们寻找人生方向和情感的坐标。在她们虚拟的存在中，我们可以觉察出自身的某些特质。许多人物像是真实存在过一样，保有着那个时代的烙印。伟大的文学作品所蕴含的能量，可以直抵我们的潜意识，直抵人性中那混沌的原始区域。

在此，谨希望这广阔而丰饶的文学世界引发的，不仅仅是话语，而是触动、感动、调动。事实上，人类本身就一直从虚构中获得现实生活的路标，所有的创新都来源于原本看似虚幻的想象，而正是文学给了我们共鸣的力量。这里所提供的不仅仅是文字、故事和观念，更重要的是展示它们富有情感的行动……

目　　录

第一部分　婚姻进化史

第一章　情感主体的权力：走出内婚制和道德的羁绊 …………… 3
一、身体与母性之谜 ………………………………………………… 9
二、挣脱父权和宗教的束缚 ………………………………………… 18
三、何谓纯洁的女性 ………………………………………………… 22
四、风流的娘儿们与一个荣耀的负担 ……………………………… 26
五、玛丽的两难抉择 ………………………………………………… 29
六、娜拉走后怎样 …………………………………………………… 34

第二章　情感的现代化：婚姻自由与性自由 ……………………… 39
一、激进化的情感表达，造成“情感”与“理智”的分离 …… 42
二、邪灵的火焰：爱情引发的痛苦与仇恨 ………………………… 45
三、精神平等的爱和伍尔芙的女性主义 …………………………… 50
四、浪漫主义爱情：风流艳事与婚外恋 …………………………… 55
五、个体主义的形成：回到生活，回到所处的时代 ……… 60
六、安娜的呼声：我要生活，我要爱情 …………………………… 64
七、甜蜜的泪水：越是被禁止的，就越是被渴望 ……………… 70
八、扭曲而失控的爱 ………………………………………………… 73

九、在爱与自由之间：存在主义的先驱在行动 …………… 77
十、沉默与抗争：在历史中触发女人，重新归还女性的位置 ………………………………………………………… 80

第二部分　现代主义的爱情

第三章　爱欲的终极谜题：跨越一切，永不止休 ……………… 87
一、天性与自由："温柔地唤醒我的感情" ……………… 89
二、莎乐美的宁死一吻：她想征服的是男性世界，而不是任何一个男人 ……………………………………… 90
三、爱情是一道燃烧得更加颓废，也更加危险的火焰 …… 94
四、爱于峰巅，爱于垂暮之年 …………………………… 98
五、跨越年岁，永爱不止……………………………………… 101
六、"情感三问"：因何而爱，该爱何人，及如何去爱…… 106
七、真爱之谜：欲念如火，不伦之恋 ……………………… 110

第四章　文学与生活：爱情是克服危机、超越平庸的力量 …… 118
一、卡夫卡的预言与集中营里的爱 ……………………… 120
二、文学模仿生活：饱经磨难，本真而又纯粹 …………… 125
三、生活即文学：作为真实情感媒介的是诗歌，还是眼泪？ ……………………………………………… 130
四、生活模仿小说：新欢与旧爱 ………………………… 133
五、人是世上的大野鸡：沉痛而又清醒的两性世界 ……… 139
六、生活是每个人的待解之谜："通奸社会"的兔子归来 ……………………………………………… 141
七、庸常性危机与"那美好的战我已打过"……………… 144

第五章　欺骗与裸露：要具体的爱，不要抽象的爱 …………… 151
一、人的皮囊是一个魅力符号，在两个地方需要裸露 …… 154
二、画眉山庄的爱：不要沉溺于幻想，不要为爱而爱 …… 157
三、问题之书：灵与肉，轻与重 ………………………… 161
四、情感危机：美好关系下的裂隙 ……………………… 165
五、性感与自主：是麦琳娜，还是伏波娃？ …………… 167
六、清泉与地狱：隐藏于爱中的不爱和对爱的背叛 ……… 170
七、是治愈，还是毁灭？受困于日常生活，无法被定义的爱情 ………………………………………… 175

第三部分　后现代主义爱情

第六章　以消费主义重构爱情 ………………………………… 185
一、“老丑”们的爱……………………………………… 187
二、荒诞的献祭：没有道德的爱 ……………………… 191
三、权力游戏：将爱情混入政治的肉汤 ……………… 193
四、疯狂的爱会以一切为燃料：来得快，去得也快 ……… 197
五、死后才得到的爱，在太空中完成的爱，以及近在咫尺却又转瞬消失的爱 ……………………………… 202

第七章　以个人感受消解爱情 ………………………………… 207
一、水灵灵的娘儿们：“火光冲天的爱情”让死亡变得更冷 ………………………………………………… 211
二、情感革命：“焦虑时代”与漫不经心的爱…………… 214
三、回到动物的本性：绝望无边，不被信任的爱 ……… 217
四、爱情的四重体：既相爱、相吸，又厌恶、背叛 ……… 220
五、后现代的表白：在“病态”与“正常”之间 ……… 224

六、性革命："无拉链速交"与"极端激进的妇女" ……… 228
七、为自身的梦想所毁灭：关于不爱，抽身而去 ………… 231
八、荷尔蒙退潮让思考更清晰 ………………………… 234

后记 ……………………………………………… 237

参考文献索引 …………………………………… 240

第一部分

婚姻进化史

在社会、经济高速发展的21世纪，婚姻不再是生活的必需，人们可以选择自由而多元的生活方式。然而，大家所面临的情感与婚姻方面的困扰一点也不比先辈们少。在当下社会，离婚率高逐，不婚主义大行其道，这让我们不得不对传统婚姻和两性关系进行重新思考：何以才是正当的两性关系？我们当求怎样的生活？在失败的传统婚姻中，究竟发生了什么？何以至此？人们在恐惧什么？向往什么？婚姻中又存在何种困局？婚外情对男女双方而言，又如何构成一种亘古未变的魅力？……诸如此类的问题层出不穷，注定会困扰每一个人。

婚姻是反映社会变迁的一面镜子。自古以来，婚姻制度的变迁一直都紧跟着人类文明演变的步伐，而两性关系也历来是宗教、律法、文学及艺术等诸多领域关注的焦点。

人类属于动物界，人类生活必然受到动物界一般规律的支配。用芬兰社会学家和哲学家爱德华·亚历山大·韦斯特马克（E. A. Westermarck）的话说，“婚姻植根于本能，只能用生物学事实才能予以阐明”；人类的动物性本能“驱使男性与女性同居，并保护她们，即使在性关系终止以后也还是这样”。他在1891年出版《人类婚姻史》的主旨，便在于论证一夫一妻制家庭的古老性和永恒性。他认为，婚姻起源于家庭，而非家庭起源于婚姻；由父母和子女组成的核心家庭乃是人类社会普遍的基层单位。[2]

显然，韦斯特马克单纯强调生物本能，完全忽视了社会因素的影响。因而从一开始就引起激烈而持续不断的争论，直至今日。

我们能够雄辩反驳韦斯特马克的，正在于回归人类真实的生活，回到真正的人类婚姻史中。在西方，从圣经中的一夫一妻制到拿破仑法典，从世俗权力和家长权威主导的联姻到阶级斗争，从历代王朝治下的百般禁忌到跨民族的自由通婚，大量的古代文献以及当代研究成果，为我们提供一幅令人震撼的人类婚姻全景图。人类的婚姻史，就是一部个体意愿、家长权威、世俗力量和教会权力等不断冲突与博弈的历史。文学也为这份历史提供了生动而有力的见证。

第一章

情感主体的权力：走出内婚制和道德的羁绊

人总是以各种各样的联合参与社会生活。为此，与个体自由相对应是人的联合自由。孤立的个体需要在联合中才能更好地实现自己的价值，激发自我的能量，而家庭正是最基本的联合单位。

在相当漫长的历史阶段，女性的身体和情感不属于自己，而“理所当然”地属于她的监护人。她们无法自由地决定基本的联合，自主地决定自己的婚姻，也无法拒绝丈夫对性行为的要求。

例如，古希腊米南德（浪漫喜剧的开创者）在其《恨世者》一剧中，刻画了一个名叫克涅蒙的愤世嫉俗、离群索居的老农，因为不慎落井而被救，从而才同意将女儿许配给那位前来求婚的庄稼汉。在剧中，女人自己并不能决定嫁给谁，而必须要得到父母和家族的首肯。因为得到了父亲的认可，最后才变得“皆大欢喜”。

父亲，往往是家庭中的独裁者，坐在最高统治者的宝座上，如此自然地决定着女儿的婚姻与命运。而女性的情感并不由其本身所主导。“父母之命，媒妁之言”，往往决定了一对青年男女的情感归属。当然，伴随婚姻关系，这自然关涉作为婚姻中的客体——被支配的人的身体。

一个男子对一个女子，或者一个女子对一个男子的情感究竟如何产生，跟他们对事物的反应有着相似的过程。关于情感是什么的问题，人们给出的答案并非一致。希腊人将情感称为 pathē，意思是“体验”或“受难”，具体翻译成哪一个词取决于你正在经历的情感类型。柏拉图认为情感是灵魂的扰动，是由外部事件或知觉感受引起的涟漪，它使人失去平衡，扰乱人的安宁。[3] 在公元 2 世纪，一位深受柏拉图影响的希腊医生盖伦（Galen，130—200）提出了气质论的学说，认为血液、黏液、黄胆汁和黑胆汁具有特殊的性质，某种体液过量或者不足就会导致气质偏向于某个特定的范畴。亚里士多德将情感与想象中的世界联系起来，因为想象可以提供进一步反思美学和情感的基础。荷马史诗中的人物认为自己在情感的力量面前或多或少是无助的。[4]

目前，对人类情感史的研究形成两大派别，其中一派认为情感是一种内在、跨越历史文化的东西，只是在不同历史时期、文化背景下，表露的方式不同。这一学派被称为是普遍主义派，认为情感与生俱来。另一派是社会建构主义派，认为每一种情感都是由时代文化而定，而且会反过来对个体的自我感受发生影响，因此有自己的历史。

同样，也有人指出，普遍主义和社会建构主义之间的这种划分对思想的发展没有什么实质性帮助。而启蒙运动改变了这一点。启蒙思想家开始将自然等同于人类的身体，尤其是其内在的、不易改变的方面。[5]

玛格特·莱昂（Margot Lyon）于 1995 年发表了一篇论文，标题为《缺失的情感：文化建构主义在情感研究中的局限性》。在她看来，情感在社会建构主义人类学领域发挥了核心作用。但她指出，“文化建构主义探讨情感的方式确实有局限性。我之所以这么说，是因为情感不仅仅是一个文化概念，不仅仅是一种建构。”她不满于

情感在公共象征空间和内部心理空间中的位置。她认为一个令人信服的情感概念的关键范畴是身体。她说："情感在身体能动性中起着核心作用，因为它天然地将身体的和交际的方面联系起来，从而涵盖了身体、社会和文化这些领域。"[6]

显然，身体是情感的媒介，情感的自由必须通过身体的自由来表达。很多时候，我们很难把一个人的情感与其身体分开看待，反而会将那个人的身体视为这个人的全部，作为一个人情感与思想(灵魂)的承载。正因为情感和思想存在迥异的差别，才赋予身体不同的文化属性。比如，舞蹈家的身体与农民的身体相比较，既有着相同点，又有着突出的相异性。在农民身上就没有对身体的自恋投入、戏剧性认知，而有的只是由劳动过程及与自然关系所形成的一种工具型的神奇视角。舞蹈家总说自己的身体表演是带有灵魂的——情感与思想，通过身体的运动为人们呈现视觉体验。

戏剧，融合了舞蹈的成分，让演员们的身体具有更强大的情感与思想的表现力。罗马人普劳图斯和泰伦斯继承了米南德的浪漫喜剧传统。在普劳图斯的喜剧中，反映出罗马社会的一些现实问题，诸如生活堕落、道德败坏、男女不平等、婚姻不自由等。罗马城邦的民主意识自然深入剧作家的思想之中。普劳图斯所描写的人物，有富裕阶层的男女老少，也有奴隶、高利贷者、娼妓、悭吝鬼、好色之徒、纨袴子弟以及大言不惭的军人。地位低下的人受到他的同情，而寄生虫和道德败坏者则成为他嘲讽和批判的对象。

社会地位低下的女性得到了剧作家的同情。但这种思想是通过隐喻来表现的，有时包含在滑稽笑闹中。原有的阶层和社会秩序会因为男女追求自主的情爱而被打破。

戏剧和诗歌，成为文学的先锋，如此这般地引领着女性权利意识的觉醒和社会变革。女性争取自由和情感自主的精神，最终在文艺复兴时期的各种文体中被发扬光大，内容往往表现为年轻人不再对父母长辈垂耳听命，而是反抗宗教和道德威权的压迫。

人类的自由，体现在与他人的关系之中；而爱情以及婚姻，正是这类关系里最为特别的一种。爱，成为与自由、民主等价齐观的人本主义大旗，让男女之爱挣脱了内婚制①的立法规矩，挣脱了父权和宗教的权威，挣脱了共同体②的控制，从而将这种自然情感导向那些被认为内在性已经从社会制度中独立出来的个人身上。而之前，女性总是被视为一种功能性的存在，既成为男性情欲的指向，又背负着繁衍的重任，并留守在家族和庭院之内。

托马斯·霍布斯③认为，所有情感都是身体的表现，与意志相联系，指向外在的物体。而情感有两个方向，要么朝向、要么远离某个外在的物体；朝向即为渴望，远离则为厌恶。如果我们既不渴望，也不厌恶，我们就轻视它。霍布斯认为，情感对人的一生具有重要的意义；自然情感主要指向自己的同类，而非自然的情感则是反社会的，仅是为了自我的利益。他还把自然状态描述为一种可怕的激情生活。那时，人的生活孤独、贫困、卑污、残忍而短寿，人们不断处于暴力死亡的恐惧和危险之中。霍布斯认为，这种状况包含着一种希望，这种激情的生活和恐惧的生活能够彼此平衡，使理

---

① 内婚制：指在一定血缘或等级范围内选择配偶的一种婚姻规例。比如，在原始社会，部落内的若干氏族互相通婚。

② 共同体：既可以指具有预设基础、封闭的同质化实体，也可以传达无关实体指涉的抽象情感和诉求（参见 J. 希利斯·米勒所著《共同体的焚毁》，陈旭译，南京大学出版社，2019 年）。

③ 托马斯·霍布斯（Thomas Hobbes，1588—1679）：英国政治家、哲学家。出生于英国威尔特省一牧师家庭，早年就学于牛津大学，后做过贵族家庭教师，游历欧洲大陆。著有《论公民》《论物质》《论政体》《利维坦》《论人》《论社会》《对笛卡尔形而上学的沉思的第三组诘难》等。

性的决定成为可能。这种平衡来自社会契约，这是人类摆脱自然状态的唯一途径。而婚姻关系正是契约关系中常见的一种。

人们通过缔结婚约，进而改变自身的经济处境和社会地位，从而摆脱对贫穷和其他暴力死亡的恐惧。简·奥斯汀的小说《傲慢与偏见》(首版于1813年)，描写了班纳特五个待字闺中的千金的爱情与婚姻。班纳特太太整天操心着为女儿们物色丈夫，而五个女儿对待婚姻大事有着不同认知和处理方式。在那个时期，婚姻讲究门当户对，女性高度依赖于男性。而像伊丽莎白·贝内特这样出身中产阶级并且财产微薄的女性，只有嫁给一个好男人，才能够获得体面的地位和生活。婚姻是女性寻求社会地位和经济保障的唯一渠道。伊丽莎白·班纳特在舞会上认识了仪表堂堂、家境富裕的达西，但因耳闻其为人傲慢，一直心生排斥。经历一番周折，伊丽莎白破除了对达西的偏见，达西也放下傲慢，最终有情人终成眷属。奥斯汀强调理想婚姻应以男女双方的感情作为基石，而批评了为了财产、金钱和地位而缔结的婚姻。

与霍布斯的观念有所不同，沙夫茨伯里伯爵①还看到了人性中"美德和利益最终可能是一致的"，为此，情感先天就是有价值的，而人们对幸福的追求必须与此相一致。人类的不同情感正如乐器的不同音色，它们是相互联系的，因此，才能形成自然的和谐。物质利益和社会地位，同样可以作为爱情和婚姻的保障，以及有益的推助力。毕竟，人在挣脱物质的束缚之后，才能更好地追求精神的自由。

---

① 沙夫茨伯里伯爵(1621—1683)：英国政治家，辉格党领袖，与著名哲学家约翰·洛克交谊甚笃，1679年支持通过《人身保护法》(也被称为《沙夫茨伯里法案》)。中译本著作有《沙夫茨伯里选集：人、风俗、意见与时代之特征》，李斯译，武汉大学出版社，2010年。

大卫·休谟①从经验主义出发，把情感置于人的理性之上，认为绝对理性的人仅能是一个怪胎，这是对苏格拉底、伏尔泰等一大批理性主义者的反动。他在《人性论》中说："理性是并且也应该是情感的奴隶，除了服务和服从情感之外，再不能有任何其他的职务。"除了理性受制于情感之外，休谟提到了同情。如果我们看到其他人情感的外在表现(例如因悲伤而流泪)，我们就会在脑海中构建一个这个人情感经历的镜像，这镜像会与我们自己的情感联系起来，进而产生一种可以影响我们自身行为的情感。休谟的这些思考与亚当·斯密的思想一起，对后世产生了深远的影响。

情感与理智，不管是将情感置于理智之上，还是相反，都体现出人之为人的本质。而没有情感或者没有理智，都不是完全意义上的人。在休谟这里，"情感"与"理性"并不是二元对立的，而是在人的身上得以统一。

也许正是受到休谟等人思想的影响，简·奥斯汀才创作出《理智与情感》(首版于1811年)。这部长篇小说讲述的是，埃莉诺和玛丽安两姐妹出生在一个英国乡绅家庭，姐姐善于用理智来控制情感，妹妹的情感却毫无节制，因此面对爱情时，她们作出了不同的反应。《理智与情感》以这两位女主角曲折复杂的婚事风波为主线，通过"理智与情感"的幽默对比，提出了道德与行为的规范问题。在作品诞生的年代，父权和财产权，对女性婚姻的影响甚为深重。但作家将这些问题纳入了自己的思想领域。简·奥斯汀的小说作品为读者呈现了复杂的人物关系，并着力从细节来表现人物特征。

在16—18世纪的英国，荣誉概念有着非常清晰的定义。男人

---

① 大卫·休谟(David Hume，1711—1776)：苏格兰不可知论哲学家、经济学家、历史学家，被视为是苏格兰启蒙运动以及西方哲学史中最重要的人物之一。著作有《人性论》《人类理解研究》《大不列颠史》等。

能说另一个男人最坏的话是“他是个说谎者”，而女人能说另一个女人最坏的话是“她不贞洁”。男人的荣誉系于他所言的可靠性，女人的荣誉系于她的贞洁名声。正如列维-施特劳斯①在《忧郁的热带》中所说：“这个世界开始的时候，人类并不存在，这个世界结束的时候，人类也不会存在。我将要用一生的生命加以描述，设法要了解的人类制度、道德和习俗，只不过是一闪即逝的光辉花朵。对整个世界而言，这些光辉花朵不具任何意义，如果有意义的话，也只不过是整个世界生灭的过程中允许人类扮演人类所扮演的那个角色罢了。”

施特劳斯此言为我们展开了崭新的意象：这个世界正是由男人和女人分担着最为重要的两大角色。而文学创作可以视为为我们创造情感形象的活动；文学创作和阅读文学作品，可以拓展和深化我们的情感。

一、身体与母性之谜

希罗多德②在其叙事作品《历史》第一章生动描绘了巨吉斯弑君夺权的缘由与过程。

---

① 克洛德·列维-斯特劳斯(Claude Levi-Strauss，1908—2009)：法国作家、哲学家、人类学家，结构主义人类学创始人和法兰西科学院院士，声名与萨特相当。著作有《种族与历史》《忧郁的热带》《遥远的目光》《野性的思维》《嫉妒的制陶女》等。

② 希罗多德(希腊语 ΗΡΟΔΟΤΟΣ，约公元前480—前425年)：古希腊作家、历史学家，他把旅行中的所闻所见，以及第一波斯帝国的历史记录下来，著成《历史》一书，成为西方文学史上第一部完整流传下来的叙事作品。希罗多德也因此被尊称为“历史之父”、西方文学的奠基人和人文主义的代表。

吕底亚王国赫拉克勒斯王朝的末代君主坎道列斯，拥有一位美丽的王后。他常在贴身侍卫巨吉斯面前夸耀王后之美。为证明所言不虚，他不顾传统禁忌，要求巨吉斯亲眼看看王后裸体的样子。巨吉斯甚为惶恐，他说，如果一个妇女脱掉衣服，那也就是把她应有的羞耻之心一齐脱掉了。我恳求您，不要叫我做这种越轨的事情。然而，国王并不罢休，他要巨吉斯不用担心，因为他自有办法，不让王后发现他在偷窥。巨吉斯无法抗命，只得同意。一天晚上，国王将巨吉斯引入卧室，让他藏在门后。过了一会儿，王后进入卧室，把脱下的衣服放在门旁的椅子上，然后背对巨吉斯走向床榻。巨吉斯乘机从房门中溜出。然而，王后还是看见了他，但因为害羞，没有声张。

按照吕底亚人和几乎所有异邦人的传统风俗，自己裸体时被人看到，都被视为奇耻大辱。于是，王后召见巨吉斯，给他两个选择：要么杀死始作俑者的国王，要么他自己去死。巨吉斯别无选择，被迫答应弑君。王后如法炮制，将巨吉斯引入卧室，巨吉斯身揣匕首，同样藏在门后。待国王就寝后，巨吉斯乘其熟睡，将其杀死。巨吉斯就这样获得了吕底亚的王位，并娶前王遗孀为后。

从这段几乎被视为史实的描述中，我们可以看到古代吕底亚人对待身体的态度：它既神圣而又魅惑，具有极强的私密性。如今，就如何培育正确的身体观，人们依然会陷入无尽的争论之中。显然，身体的自由度和主权范围，在不同国家和地区有着不同的规定。而神经政治理论家们最重要的行动就是将无意识的身体与有意识的情感分开，但这两者仍然是联系在一起的，没有前者，后者无法想象，而前者却可以没有后者。后者是一种认知形式，总是有前者的因素在里面。

人的身体显然不同于动物的身体，人的身体具有特殊的道德属性和文化属性。在过去的若干世纪里，人的身体并没有真正属于它的每一个主人。比如，奴隶被视为一种他人的私有财产，而不属于自己。即使在自由的国家，个人也不能完全不受制约地使用自己的身体，比如出卖器官、淫乱乃至在公众场所裸露自己的身体或谋求身体的毁灭——自杀，都会被禁止。

即使在今天，身体的工具性依然难以消除。身体关系的组织模式反映了社会关系的组织模式。身体除了作为生产力资源投入劳作之外，身体还具有更为神奇的表现力。一个人拥有对另一个人的身体的某种处置权，这在今天看起来十分荒诞，然而，它却有着漫长的历史。我们的身体除了被自身使用之外，也会被他人间接或者直接使用——这里包含性意味下的“使用”。

身体的文化特性往往胜于其生物性。在神权和男权社会，女性的身体时常作为救赎品和献祭品。我们在《红字》中，就可以看到镶在女性肉体上的那个猩红的标志——字母 A（Adultery，“通奸”一词的首字母）。它成为男权时代对母性的一种侮辱，但又在文学中成为母性的光荣。那是一个禁锢与反禁锢、压制与反压制斗争的时代。布道者根据圣歌的教谕不知疲倦地提醒人们：我们只有一个身体，必须对它进行救赎。

孩子的父亲是谁？这个谜团足以激发人们内心的幽暗，引发对一位母亲的无端猜测。

《红字》（首版于 1850 年）中的女主人公海丝特·白兰就是这样一位饱受沉重羞辱并富有尊严的母亲。从海丝特·白兰的母性特质中我们能读出许多微妙的东西。她的母性首先是一种伟大的隐忍。这种母性具有非同寻常的神性，即慈悲。理查德·蔡斯（Richard Chase）在《美国小说及其传统》（American Novel and Its Tradition）中把《红字》称为“一部女性主义宣传册”。

霍桑在小说的开篇以海丝特·白兰抱着三个月大的婴儿出场，表情凝重，缓缓走向高台。终其一生，海丝特都在保护她的孩子，善待小镇的每一个人。她靠缝纫刺绣为生，织品换来的钱也不忘接济穷人。在她的后半生，曾对她施以冷眼、极尽侮辱的市井妇女却都以她为典范，从她身上寻求安宁与护佑。然而，宗教和世俗合谋又把她塑造成一个理应受到侮辱和责罚的女人。

年轻美丽的姑娘海丝特·白兰在还不懂得什么是爱情的花样年华，嫁给了一位神色昏沉、身材略带畸形的年长学者齐灵渥斯。他们的婚姻并非爱的结合，维系其存在的仅是某种利益或者宗教思想。然而，令这段不幸的婚姻雪上加霜的是，齐灵渥斯两年间杳无音讯，并最终传来他葬身大海的噩耗。孤苦无依的海丝特与德高望重的年轻牧师丁梅斯代尔产生了爱情，并诞下女儿珠儿。两人因爱结合本是合情合理，然而却为世俗所耻，海丝特因此担上了“通奸”的罪名，被迫终身佩戴红字“A”示众，精神上受尽折磨，但海丝特拒不说出孩子的父亲是谁。

男权社会以一个猩红烙印羞辱她，惩罚她的反叛。这其中固然有道德舆论的力量，然而还有另一个神秘的力量，那就是她的女儿珠儿——原罪的结晶，这是时刻提醒和惩罚海丝特的规训力量。然而，伟大的母性也制约着她的反叛，她只能选择隐忍。

母爱，被认为是人生物的、本质的自然属性。很显然，这本身就是一种历史的和文化的建构。在某种程度上这就强化了女性的工具性，加强了已经确定的性别不平等并创造新的不平等。在“母爱难舍，父爱易舍”的语境下，作为女性背负着更为沉重的道德和责任。在家庭中，男女的情感是次要的，而道德和责任却变得异常重要。然而，在文学作品中，也正是因为母爱，让女性焕发出更强烈的人性光辉。女性因为付出这一种爱而让自身的情感变得高尚起来。女性的性爱并不因交合行为本身的结束而终结，它还蕴含着受孕、漫长的妊娠，最后分娩生育以及抚养教育孩子等一系列的艰辛过程。

作为受难者的母亲形象，海丝特·白兰与莫言的《丰乳肥臀》中所塑造的母亲相映成辉。母亲均成为苦难、忍辱、深情与爱的象征，在癫狂岁月下，背负着道德的枷锁，但她们的爱“犹如澎湃的大海与广阔的大地”(莫言语)。在《丰乳肥臀》里，上官鲁氏九个孩子八个爹，母亲跻身于她所生养的众多儿女构成的庞大家族和庞杂势力的社会之中，命运多舛，不得不独自承受、消解兵匪、战乱、死亡所带给她的苦难。

“母性的温柔平息了她内心的诸多不安”。霍桑惯用象征手法，人物、情节和语言都颇具主观想象色彩，在描写中常把人的心理活动和直觉放在首位。其中有一段描写，珠儿在溪边玩耍，宛若天使。可当海丝特摘下红字，散开长发，珠儿立刻惊恐起来，再把红字戴在胸前时珠儿才肯认母亲。海丝特独白道：“是珠儿让我还活在世上，是她让我受到惩罚。她就是红字！”

海丝特的原配丈夫齐灵渥斯是红字的制造者。他那丑陋的外貌和畸形的躯体，正是他灵魂的写照。他的复仇手段，成了阻止他赎罪的恶魔。他和海丝特的结合虽然出于他追求家庭温暖和个人幸福的一己之私，但毕竟是一种爱；但当这种爱转变成恨，把复仇作为生活目标，以啮噬他人的灵魂为乐之后，反倒由被害者堕落为“最凶险的罪人”。

《红字》中最突出的两性关系便是海丝特与丁梅斯代尔的感情。作为那个神秘孩子的父亲，丁梅斯代尔终其一生背着沉重的秘密，在获得启示那一刻心力交瘁死在情人怀中。“他充当着牧师和情人的双重角色，是宗教与自然，社会与人性之间冲突的一个焦点。”

自然属性与社会属性在丁梅斯代尔身上短兵相接。他在追求自由、幸福的正常人生活与维护其原有的社会地位、名望之间摇摆不定。表面上丁梅斯代尔充当着众人信服的、虔诚的牧师，置个人责任于不顾，内心虽也受着煎熬，却能若无其事地布道，这说明他的社会属性一开始就战胜了自然属性，并长达七年之久。然而他追求正常人生活的渴望却一刻也未曾停止。

从故事的开头到结尾，丁梅斯代尔自始至终都备受良心的谴责。与情人海丝特·白兰相比，身为牧师的他实在是谨小慎微，不敢面对现实，深陷痛苦埋怨的折磨中。丁梅斯代尔的个性在一定程度上造成了他们的爱情悲剧。

按照 1753 年通过的哈德威克勋爵①的婚姻法案，只有教堂婚礼才有法律约束力，订婚则没有法律约束力；其次，所有教堂婚礼必须在教区记录簿获得注记，并由双方当事人签名；另外，配偶离家、下落不明达七年的男人和女人才可以自由再婚。为此，对于多数人而言，婚姻是一种仅有死亡才能将之瓦解的结合。[7]而教会对海丝特·白兰的惩罚利用了这一点。

正是基督教将性与灵魂的精神行为联系在一起。根据教义，淫欲的存在就是在不断地提醒着人类的局限性，因而淫欲就是原罪烙印在人类身上的永恒耻辱。性由此标志着一个人的德性和“灵魂”的内容与边界，成为人的内在生命核心所在。对于一个信仰基督教的人来说，性是他所栖身形而上世界和道德世界的关键，因为是性把自我与包含原罪、救赎和灵修等一整套宏大叙事连接起来。

性是教会用来展示自己权威的阵地，被永不停歇地审查和监控

---

① 哈德威克勋爵(Hardwicke，1690—1764)：英国大律师、法官及辉格党政治家，1737 年至 1756 年任大法官，在任达 19 年之久，在政坛有重要影响力。

着。性行为只被允许发生在已婚的夫妻之间，通奸和婚前性行为就成为非法。教会意识到，它无法要求所有人都保持禁欲和纯洁，于是以婚姻来划定性的合法界限。由此，成文法、习惯法和公序良俗，以及教会法庭都有一套惩治非法性行为的规则。欧洲社会的大部分时期曾拥有一套精细的司法系统，来惩治通奸者、妓女和非婚生子的人。

霍桑发表《红字》时已四十六岁，他对人的心灵怀有深厚的兴趣。他虽出身于清教徒家庭，但他并不是清教徒，他喜欢研究人物冲突。在他看来，老辈的英格兰人都严肃而平庸，缺乏美感。因此他确信：凡是美的都是有罪的。超凡脱俗的美，成为人们的欲望指向，也容易成为人们嫉恨的指向。庸俗与丑恶的人自然会仇恨美，而不是积极地追求美。美会被世俗视为罪恶，而美仅存于自由。霍桑通过《红字》隐蔽地指出了这一点。

就像在其他领域的一样，启蒙观念也给人们的性观念带来了改变，虽然它们并没有从根本上挑战性和身体应该被约束的想法。对性的宽容和世俗主义的兴起，标志着与旧时代发生了“决定性的断裂”。在霍桑撰写《红字》的同时，美国历史上第一次女权大会在纽约召开(1848 年)。在这次大会上，女权主义者们提出了女性和男性拥有平等财产权的问题，提出女性应该和男性一样平等地工作，以便从经济的角度摆脱对男性的依附。而在父权社会中，男性拒绝给予女性平等的经济权利，因为他们意识到，女性在获得经济独立之后，将不再臣服于男性的羽翼之下，会努力寻求独立思想和更为广阔的天地。

正如鲍德里亚在《消费社会》一书中所说：“在人类意识形态的历史中，那些与身体相关的意识形态，在很长时间里，都具有对以灵魂或其他某种非物质原则为中心的唯灵论、清教、说教性类型意识形态进行攻击批判的价值。从中世纪开始，面对着教会僵硬的教条，所有的异端都以某种方式表达过身体的肉欲要求和预先恢复（这是不断复兴而不断遭到正统教义审判的‘亚当’趋势）。自从18世纪以来，感觉主义、经验主义、唯物主义的哲学摧毁了传统的唯灵论教条。”[8]

在一系列的运动和媒体的推波助澜之下，如今，在现代社会，女性的身体不再是接受男性规训和控制的场所，而变成了通过消费来体验和践行其能动性的场所。在审美活动中，人类的身体被当成了艺术品，尤其在西方的绘画和雕塑作品中，人类的身体具有了神圣的光芒：健康、和谐，体现着自然的生命力。对于如今的我们来说，海斯特已经成了文学中令人敬重而又不幸的女主角之一，像司各特《玛密恩》①中不守信仰的修女，像亚瑟王的圭尼维尔②，像特洛伊的海伦。

在佛教本体论中，人类在地球上的存在仅是通往涅槃之路的一个初级阶段。尘世充满了苦难，人类的身体被认为特别肮脏——臭皮囊，屎尿的容器，肉体被视为精神的累赘。所谓的修行就是让人超脱于自己的身体，从身体中获得解放。所以，佛教徒可以抱着喜

---

① 《玛密恩》：是英国小说家、诗人司各特于1808年创作的长篇叙事诗。它以1513年英格兰和苏格兰进行的弗洛登战役为背景，描写英国贵族玛密恩使用诬陷手段夺取贵族拉尔夫的未婚妻，最后阴谋暴露，玛密恩在弗洛登战死的故事。

② 圭尼维尔：是西方传说中亚瑟王的王后，因与圆桌骑士兰斯洛特的私情而饱受舆论谴责。她与兰斯洛特的私情并非通奸，仅是单纯的“柏拉图式”精神恋爱，未涉及肉体欲望。但根据当时的基督教道德标准，男性不得对爱人的“精神外遇”怀有嫉妒之心。因此亚瑟王没有办法公开处决兰斯洛特，而圭尼维尔最终成为修女。

悦的心情走上柴堆，迎接荼毗的时刻。在索甲仁波切的《西藏生死书》中，死亡并不拥有悲伤的气氛，而是被一种神圣祥和的光芒所笼罩，仿佛那仅是一段新生命的开始。

这种文化差异也体现于母爱的表达中，人类学家玛格丽特·特拉维克(Margaret Trawick)在对南印度泰米尔人关于情感的研究中发现，在那里，人们虽然将母爱视为最高级形式的爱，但是，母亲不能温情脉脉地注视自己的孩子，特别在孩子睡熟的时候，那里的人认为母亲慈爱的目光会给孩子造成某种伤害。而贬低或给孩子起一个糟践的名字，却被视为爱，比如称呼孩子为“怪胎”“秃头”“小眯眼”，或者以看似认真而其实是开玩笑的口吻说“该死的东西”！

无论表达方式如何，母性通常与“慈爱”“无私奉献”等神圣的字眼相关联，但在俄裔法国犹太人女作家伊莱娜·内米洛夫斯基的母亲的身上，我们则发现了关于母性的另一面：自私与残忍的“无情的亲人”。伊莱娜·内米洛夫斯基的作品大都以战争为背景，而主题主要反映了她与母亲之间的矛盾。她的母亲生下她就是为了取悦自己的丈夫，并且将伊莱娜的出生视为自己女性魅力衰减的开始，从而将她扔给家庭教师和保姆。她抗拒女儿的成长，并强迫伊莱娜穿小女孩的衣服。如此遭遇，长大后的伊莱娜同样对母亲充满了怨恨，这一点在作品《伊莎贝尔》和《孤独之酒》中都得到充分体现。当伊莱娜在奥斯维辛集中营被杀害之后，她的两个女儿来到外祖母家时，伊莱娜的母亲竟拒绝给两个外孙女开门，而让她们住到孤儿院去。内米洛夫斯基的母亲在102岁时老死于阔绰的豪宅，人们在她的保险柜里发现了伊莱娜·内米洛夫斯基的两本书：《大卫·格德尔》和《伊莎贝尔》。显然，伊莱娜的作品也延伸并助长了她对女儿的怨憎。

二、挣脱父权和宗教的束缚

“他们过得非常不和谐但有很多小孩。”这句威廉·斯托特①对一桩婚姻的评论，可以作为过去若干世纪中许多夫妇的墓铭。

家庭作为一个基本的联合体，它不仅是利益的联合，也是文化的联合和情感的联合。为此，尊重每个成员的自由和权利，才会铸就真正幸福的家庭。情感不自由的婚姻注定无幸福和谐可言。而情感自由根植于意识，性自由则源于女性争取解放的历史。

在相当漫长的历史时期，女性的弱势包含在多种不同的文化体系中。女人因温柔、顺从等惹人喜爱的品格，以此供男人们展示自己的勇猛刚毅和大丈夫气概，并以充当弱者的保护人而变得正义凛然。女性因为对家庭、社会无尽的体让与奉献，而赢得道德地位和尊严。女性既因这种弱势而得益，也蒙受这种弱势所带来的伤害。人们集体性地推崇和赞美女性的弱势，成为整个社会的共谋。因此，爱情之所以具有极强的诱惑力正是因为它掩盖并美化了两性关系核心中各种深刻的不平等。

18 世纪的小说，卢梭的《新爱洛伊丝》(首版于 1761 年)，引出个体遵从自己的意志来选择恋爱和结婚对象的权利问题。

在阿尔卑斯山脚下的小城克拉郎，平民出身的圣普乐当了贵族小姐朱丽和她表妹克莱尔的家庭教师。不久，圣普乐和贵族小姐朱丽相爱了，却遭到她父亲的反对，因为他已与俄国贵

① 威廉·斯托特(William Stott，1857—1900)：英国画家，代表作品有《Ferry》等。

族沃尔玛缔结了婚约。在父亲的恳求下，朱丽与圣普乐分离，与沃尔玛结了婚。婚后，夫妻关系较为和睦，朱丽坦诚地将过去自己与圣普乐的关系告知丈夫，沃尔玛没有厌憎，相反却邀请圣普乐回克拉朗来。圣普乐周游了世界，6年后得以重见朱丽，时过境迁，已物是人非，他虽欲与朱丽重温旧梦，朱丽却不肯越雷池一步。朱丽因跳入湖中救落水的儿子而染病不起，临死时希望圣普乐与表妹克莱尔结婚，并照顾她父母一家。圣普乐答应照顾她的家人，却不愿与克莱尔结婚。

显然，由男女自主建立起来的爱，成为重塑个体的婚姻和亲属关系的重要载体。而将情感自主性和自由赋予平凡的每一个男女，这不仅改变了婚姻，也改变了生殖与性的模式，进而改变了财富积累与交换的模式。婚姻在经济范畴内产生重大影响，从而延展到政治范畴。

小说中的几位人物都体现出情感的自主性，这种自主性被视为既是爱情主题中应有之义，也是推动社会变革的强大的能动体，他们带着反叛传统社会的职能和使命，力图从根本上改变婚配的过程。

选择所爱的对象，慢慢演化成了将个体感受作为支配自身行动的权力来源，而这种权利本身正是婚姻自主性不可或缺的组成部分。……人们将过去注定奉献给上帝的爱，还给了尘世的男女。爱成为一道风向标，指引着情感个体主义的形成。在《新爱洛伊丝》中，内在性、自由、情感、选择，四者共同构成了一组矩阵，使婚配的实践和婚姻的地位发生了巨变。两位主人公他们的共同特点就是爱美德，这是一种崭新的道德，与违

> 反人性的旧道德相反，它源自自然人性：自爱而又爱他人；自尊而又尊重他人。[9]

通过《新爱洛伊丝》，让·雅克·卢梭试图构建起一个全新的文化和情感秩序。在这种文化和情感秩序中，意志不再被定义为人们约束自己欲望的能力，而完全相反地被视为人们依循欲望的指令。《新爱洛伊丝》透露出鲜明的主张：青年男女理应从发源于个人意志的个人情感来选择婚恋对象。浪漫之爱与浪漫情感，变成了个人对自由与自主的道德诉求的基础。

虽然，卢梭认为爱情和道德并非对立，而是可以调和、相容的，但《新爱洛伊丝》引出的女性权益问题所产生的影响则极为深远。这场革命是由小说家、哲学家、勇于打破禁忌的女性，以及平凡的男男女女所领导。而作者本人的政治民主方面的著述，则在法国大革命中成为激进的雅各宾派的理论向导，并因《爱弥儿》同时激怒了当局和百科全书派①。

---

① 百科全书派是18世纪法国启蒙思想家在编纂《百科全书》的过程中形成的派别，包括狄德罗、伏尔泰、卢梭、爱尔维修、霍尔巴赫等。他们都反对天主教会、经院哲学以及封建等级制度，在当时影响很大。他们编撰的大百科全书不是知识的堆积，而是旨在推翻在欧洲延续数百年的知识等级制度。这些哲学家还通过文学作品传播其启蒙思想。在他们看来，每个人都有通过理性了解世界并发表自己看法的权利。这在300年前的欧洲是多么振聋发聩的呼声。在大百科全书派里，最有影响的当属狄德罗，他除了倾力主编百科全书、科学艺术和工艺详解词典，还发表了一部对话体小说《拉摩的侄儿》。《拉摩的侄儿》这部小说没有情节和具体的时间、地点，只是拉摩的侄儿和一位启蒙哲学家的对话。拉摩的侄儿是个流浪汉，统治阶级的帮闲，在他身上才智与愚蠢，疯狂与沉静，正确思想与错误思想，卑鄙低劣与光明磊落奇怪地融为一体。面对拉摩的侄儿，哲学家无所适从。这部小说是“辩证法的杰作”，同时揭示了启蒙运动的局限：在厚颜无耻者面前，启蒙哲学家毫无对策。

作为百科全书派的代表人物，伏尔泰在三天内写成了《赣第德》（又译《老实人》）。这部小说是用来讽刺德国哲学家莱布尼茨的。莱布尼茨认为，一切现实都是自然的安排，因而是尽善尽美的。伏尔泰不接受这样的观念，认为这是在维护旧制度、旧礼教；他借赣第德之口讽刺莱布尼茨："众所周知，鼻子是用来固定眼镜的，所以我们必须戴眼镜，以正确使用鼻子这个固定装置。"

而人们的身体(生命)，也并非自然的安排，并非为了满足既定社会的需要。人的身体(生命)首先属于它的主人自己，人们利用自己的身体(生命)可以去成就他自由意志中所有愿意成就的事。他的快乐、物质追求和精神追求都尽在其间。而当一个人爱上一个人时，这个人会赋予那个人一种全新的意义，会对其产生一种整体性的情感体验。

在伏尔泰 1760 年出版的《一个苏格兰女人》这部戏剧中，主角是一名来自西印度群岛的商人，他以无私、忘我的爱赢得了一位苏格兰女人的芳心。在这部戏里，伏尔泰表达了商业的利己主义是无害的甚至是有益的观念，但同时凸显出对宫廷礼仪的厌恶。

1830 年开演的维克多·雨果的戏剧《欧那尼》，是一部高雅的新型诗歌悲剧。在这部戏中，雨果对古典形式的悲剧表示出轻蔑，因为它被学术机构和出版业内的精英所捍卫。他的主角是海盗，每一页都有意融合崇高、平凡与怪诞。在第一场第一幕中，西班牙国王查理斯为了监视一个女人，竟毫无羞耻地躲进衣柜里。剧中有好几处，次要角色以贬低的口吻评论女主人的性魅力。每行诗中都有一种持续的强烈情感，与悲剧人物的沉着与镇静完全不一致。这部剧似乎在向莎士比亚致敬，在莎翁的《罗密欧与朱丽叶》中，当男女主角发现通往荣誉的婚姻的路被堵塞之后，双双选择自杀作为终结，而在雨果的这部诗剧中，欧那尼一旦发现家庭、名声成为他追求自己所爱女人的羁绊时，他会毫不犹豫地给以抛弃。

三、何谓纯洁的女性

克拉丽莎，是英国作家塞缪尔·理查逊1748年创作的书信体小说《克拉丽莎》中的主人公。克拉丽莎·哈洛出身于一个中产阶级家庭，美丽聪颖，生活富裕。年轻的罗伯特出身贵族，英俊潇洒、放荡不羁，他用甜言蜜语俘获了克拉丽莎的芳心。但是他们的恋爱没有得到克拉丽莎父母的应允，父母希望女儿嫁给年迈的罗杰。因为罗杰家财万贯，两家的联姻定会使哈洛家兴旺发达。克拉丽莎无法忍受父母的安排，与家庭断绝了关系。罗伯特不失时机地伸出援助之手，但他几次欲夺取克拉丽莎的贞操都遭到了拒绝。最后竟然给克拉丽莎服下迷魂药并将其奸污。罗伯特事后向克拉丽莎求婚希望能弥补自己的过错，但克拉丽莎倍感屈辱，愤怒地予以拒绝，最后离开了人世。

塞缪尔·理查逊将克拉丽莎置于社会压力之下，将她的心理描写得淋漓尽致，凸显出她充满矛盾的内心世界，一方面她要顺从自己的父母，保持良好的家教；另一方面她要忠于自己的真心，忠于爱情。显然，克拉丽莎并未能走出陈旧的贞洁观念，成了自我观念的囚徒。

另一个被诱奸的例子是《苔丝》中的女主人公苔丝。苔丝的遭遇比克拉丽莎更加复杂，但在情感方面向现代性迈进了一步。苔丝不会像克拉丽莎那样死于个人的屈辱，她懂得向施难者复仇。

在威塞克斯小说①《苔丝》(首版于 1891 年)中，苔丝生于一个贫苦小贩家庭，父母要她到一个富老太婆家去攀亲戚，结果她被少爷亚历克·德伯诱奸，后来她与牧师的儿子克莱尔恋爱并订婚。克莱尔博览群书，有独立的思想，对苔丝的爱具有初恋时的纯洁、炽热与真诚。但新婚之夜，在苔丝如实交代昔日不幸之后，一向思想开明的克莱尔痛苦万分，竟然说："我爱的那个女人不是你，而是具有你的形象的另一个女人。""在那个男人还活着的时候我们怎么能够生活在一起呢?"于是，克莱尔远走南美，等到一年半后才有所悔悟，然而一切都已太晚。苔丝已经成为身陷绝境家庭献出的燔祭，以美丽的肉身满足夺去其纯贞的亚历克。

精神已死的苔丝知道自己心爱的人找她，悲羞交加，而亚历克却说出龌龊的话，在此情形下，苔丝出于愤怒将在睡梦中的亚历克杀死。

杀人之后，苔丝没有逃跑，而是费尽险苦找到克莱尔，与之朝夕相处了六天。听听她在此刻对克莱尔的表白吧——"是你不肯回到我身边来，我才万不得已回到他那儿去的。"/"只要你的手搂着我，我就可以永远永远走下去。"/"安琪儿，我们死后还能团圆吗?"/"我也心满意足了。现在我不会活到你瞧不起我的时候了！……"[10]

"她在人生的坎坷路上和我邂逅，引我走向甜美的死亡……"这是哈代非常熟悉的雪莱诗歌《心之灵》里的名句。在哈代的小说中，失去的良机，未曾出口的表白，未选择的路，太晚意识到或太晚的行动，总是让女人付出惨重的代价。

---

① 威塞克斯(Wessex Novel)小说：指托马斯·哈代创作的以威塞克斯为背景的系列小说，犹如威廉·福克纳的约克纳帕塔法县，鲁迅先生的鲁镇，莫言的高密东北乡。

苔丝身上具备丰富的隐喻和象征性。哈代赋予苔丝以英格兰女性最美的容貌，她聪慧、正直、纯朴而又忍耐，并具有无私的自我牺牲精神。从外部看，苔丝作为乡村大自然哺育的女性，其命运与环境紧密相连。苔丝的悲剧始于偶然——家里的马在路上被撞死，于是她不得不出去务工补贴家用，因而让她遇上了亚历克。

哈代塑造了一个颠覆传统的、比起赎罪更向往追求个人幸福的女性，甚至以“一个纯洁的女人，忠实呈现”，作为小说的副标题。哈代始终坚持“苔丝纯洁”的观点，因为他依循的是自然的法则，而非社会成法。然而，卫道士将哈代的观点视为赤裸裸的挑衅。《苔丝》在当时社会引发了对女性贞洁以及相关道德观念的巨大争议。维多利亚时代①的民众对一个“被玷污者”的女人，习惯看到的结局只有两个：要么死亡，要么就是通过自我牺牲获得精神上的救赎。

“如果性是一种生物驱力，那就意味着它是自然而然的，没有蒙染什么原罪。”（引自卢曼《信任与权力》）从主人公苔丝的身上，我们可以看到人类的痛苦很多正是由所背负的道德带来的，而诸多幸福的瞬间也是源于对道德的冲击与消解。其实，这也预示着人们应该战胜那些道德，摆脱那些痛苦，由此可以化为一句口号：“做一个不道德的人是快活的。”但人们也会被引导着去追问：究竟何为真正的道德？

哈代也许深受斯宾诺莎②哲学的影响，认为物质（自然界）就像

① 维多利亚时代：自 1837 年至 1901 年，即维多利亚女王（Alexandrina Victoria）统治时期，前接乔治王时代，后启爱德华时代。维多利亚时代后期是英国工业革命和大英帝国的峰端。

② 巴鲁赫·德·斯宾诺莎（Baruch de Spinoza，1632—1677）：荷兰人，近代西方哲学的三大理性主义者之一，与笛卡尔和莱布尼茨齐名。他的主要著作有《笛卡尔哲学原理》《神学政治论》《伦理学》《知性改进论》等。

人一样，具有感觉和最终的能动性。因此，物质也在人们的移情范围之内。哈代的宿命论观念认为，人的命运是由自然界和外部环境的综合力量推动的。大自然在他的小说中是不可忽视的叙事元素，通过环境描写埋下伏笔，用自然意象折射人物心理，建立起“环境-人物”的巧妙联系，人与环境融为一体，景色描写呼应人物心理和命运发展。比如伴随少女时期的苔丝，是宁静的山谷、美丽的河流和草地；即将失贞的苔丝，面对的则是暗流涌动的黑河；想要赎罪的苔丝，所见则是宽容慈祥的大地。

哈代的悲剧不像莎士比亚悲剧和《红字》那样大开大合，哈代作品中的悲剧，是小人物被卷进漩涡后默默挣扎、可怒可叹的无声悲剧。哈代往往以极尽丰富的辞藻和细腻的笔触描绘田园风光，在某些判断性的叙事中，语言却平静简短。比如，苔丝姑娘被处死时，所得判词仅仅是一个“正义的处决”(Justice is done)，语气轻淡，不加修饰赘言。在读者五内郁结之时，戛然而止，这种悲剧震撼效果是巨大的。

在19世纪之后的欧洲，人们已经对女性贞操拥有开放的态度，不再像克拉丽莎那样将之看得比自身生命更为重要。苔丝无疑成为欧美人心目中的一个典型人物和典型故事，她重塑了人们的贞洁观念。2015年萨姆·泰勒·约翰逊执导的电影《五十度灰》①中女主最喜欢的便是哈代。男主送给她的也正是哈代的珍藏版小说。联想

① 《五十度灰》：该片改编自英国女性作家EL·詹姆丝所写的同名小说。一名纯真的女大学生安娜塔希娅·史迪尔前去采访英俊的企业家克里斯钦·格雷，两人之间擦出了爱的火花，但很快安娜就发现格雷的一个惊人的秘密——他喜欢SM(性虐恋)。得知真相的安娜在爱与痛的边缘之间不断挣扎，结果不断发现自己不为人知的阴暗面。

一下《苔丝》的故事模式，不难看出《五十度灰》的情色、伦理主题。

四、风流的娘儿们与一个荣耀的负担

在伊丽莎白时代以前，欧洲经历了漫长的封建社会，尤其在黑暗的中世纪，基督教会推行严酷的禁欲主义，摧残人性，把妇女看作是淫欲的象征、罪恶的渊薮。妇女的地位极其低下，她们要服从父母、兄长、丈夫的意志，无论在政治上、经济上都无权利可言。随着文艺复兴运动的兴起，欧洲各国反封建、反教会尤其是反禁欲主义的浪潮此起彼伏，妇女的个性解放、妇女的人格尊严和价值受到社会的普遍重视。欧洲历史上第一次女权运动随之而来。

英国观念史学家以赛亚·伯林①曾说，解放一个人，就是把他从偏见、愚昧中解脱出来，让他去做自己命运的主人，而不是告诉他，他应该拥有什么样的命运。

文化启蒙，意味着意识形态的蜕变。1580年到1640年的英国，情感和智慧的力量在神奇地聚集。随着封建制度的衰落，新兴商业社会悄然兴起，人们的情感世界展现出全新的活力。威廉·莎士比亚对人类的动机洞若观火，他对社会政治与文化演变有着敏锐的感知。他同情女性、赞美爱情、歌颂女性，塑造了众多光彩照人的女性形象。《温莎镇的风流娘儿们》便呈现了可爱又可敬的几位女性代表。福特与培琪两位大娘虽已人过中年，却喜欢“闹着玩儿”。她们

① 以赛亚·伯林(Isaiah Berlin, 1909—1997)：20世纪最著名的自由主义知识分子之一，出生于拉脱维亚一个犹太家庭，11岁时随父母迁居英国。主要著作有《概念与范畴》《自由四论》《维柯与赫尔德》《反潮流》《个人印象》《人性的曲木》《现实感》等。

活泼、乐观，机智过人而又品德无瑕，在捉弄嗜财贪色的福斯塔夫同时，还对夫权思想做了揶揄和嘲讽，如培琪大娘说“我要上国会提交一个申请案，把那帮男人都给打下去”之类的俏皮话，显示了她们独立不凡的人格尊严和追求自主的思想品格。

《温莎的风流娘儿们》写于1597—1601年。故事描述温莎镇一位约翰·福斯塔夫爵士，有一次他看中了镇上两个富绅的妻子，福斯塔夫在这两位夫人面前露出贪财好色的嘴脸，这被两位聪明的夫人发现，于是她们借机捉弄了福斯塔夫和嫉妒心重的丈夫一番。

“风流”一词，在这里是“欢快活泼”的意思。这出喜剧主要是由两条矛盾线索交织而成，主线是福斯塔夫对两位大娘的非分之想，因此受到耍弄，出尽洋相。第二条次线索是，围绕安·培琪小姐的婚事，各种人物为之活动，从而引起的价值观冲突。通过两条情节线的精巧编织，讥讽了传统世俗的利己主义，提倡女性的情感自由和婚姻自主，充分表现了莎士比亚的人文主义的思想倾向。

在《风流娘儿们》中，福斯塔夫体现出的是个人的欲望，是一名见色见财便会起意的“揩油者”。福斯塔夫同时向福特和培琪的妻子“求爱”，写了两封词句相同的“情书”。两个妇人感到这是对她们的羞辱，便商议捉弄这位破落的爵士。第一次，把他请到福特大娘家里，培琪大娘前来“谎报”福特回家的消息。慌乱中，福斯塔夫被塞进盛衣裳的篓子抬出去扔到污浊的泰晤士河。第二次，福斯塔夫赴约到福特家，福特回家搜查房间，把改扮妖妇的福斯塔夫一顿暴打并赶家门。第三次福斯塔夫到森林里赴约，福特大娘和培琪大娘布置众人化装成精灵，唱着歌，跳着舞，把福斯塔夫拧得浑身青紫，终于使其悔悟。与此同时，培琪夫妇的女儿安·培琪与青年绅士范顿恋爱，他们机智地摆脱了“父母之命、媒妁之言”，争取到婚姻的自主。

在戏剧的结构上，安·培琪起着穿针引线的作用，她代表着人文主义的美好理想。纯朴而美丽的安·培琪心有所属，她的父亲却欲将她许配给痴愚庸俗但有田产地位的小乡绅，她的母亲则欲将她嫁给有钱有势却性格暴躁的法国医生。安·培琪勇敢地同这种封建专制和父母包办的婚姻进行斗争，最后与心爱之人范顿秘密结婚。

> 浪漫爱情及性吸引无疑是16世纪、17世纪初许多诗歌的主题，也是许多莎士比亚戏剧的主题。它也存在于一非常有限的社会团体的现实：在这社会团体里，浪漫爱情自12世纪起就始终存在，那便是王子和大贵族的家户。在这里，且只在这里，出身良好的男女青年远离父母监护，在一种相当自由环境中履行他们作为朝臣、侍女男仆、小孩的男家庭教师女家庭教师的职责。他们也有许多闲暇，而在这些大宅封闭的温室气氛里，爱情比其他地方都滋长得厉害。在这些圈子里日日上演的是情诗和伊丽莎白时代剧场的内容，爱情简直就是他们生活的背景。[11]

《风流娘儿们》把女性地位提到了惊人的高度，三个女性成了全书的主角，男人们则成为她们愚弄的对象。“莎士比亚似乎属于最后一批将人类行为的整个画面(一个大而全的世界)纳入诗性话语之人。”乔治·斯坦纳说，“他(莎士比亚)塑造的生命形态，道出了我们的心声。我们会像街角的罗密欧，独自浅吟低诉；我们会踏着奥赛罗的节拍，妒火中烧；我们会像哈姆莱特，神秘不可理喻；老人们会像李尔，大发雷霆，步履蹒跚。莎士比亚是我们共同的情感家园。他代表我们看得真切、多端；他在广阔的人生经验王国中，拨响心声；他为所见与所感找到了权威性表述——他的语词不只是真实的一面镜子，而且成为语言永不枯竭的源泉。”[12]

伟大作家本身是他们所处时代的透镜，并以此创造出一个个可供人们回忆的世界。显然，莎士比亚不是在描绘所处时代的现实，而是发出了召唤。伊丽莎白时代，乃至维多利亚时代的人都会从莎士比亚的作品中获得智慧的引导和情感的训诫。

“他不属于一个时代而属于所有的世纪！”这是本·琼生为莎士比亚献上的墓志铭。托尔斯泰则基于外在混乱的道德观，认为莎士比亚作品被高估了。而乔治·斯坦纳从语言上来阐释莎士比亚在英语世界的地位：“莎士比亚的剧作是由精心挑选和组织的词语构成，目的是产生特定的诗学和戏剧效果。……每一个词语都体现了密切观察和体会到的现实。经常有人指出，莎士比亚用过的词汇量超过了任何诗人，而且用得更加准确漂亮。然而，最重要的是，莎士比亚用到的两万个词语淋漓尽致地展现了伊丽莎白时代的世界，几乎没有遗漏任何行为和思想的空间，几乎没有任何东西过于遥远或专业而难以用于具体的戏剧题材。正因为这种具体性，一再将人们的精神带回到乡村生活和手工劳动。……这些词语是我们唯一的证据。……他的戏剧是词语的图案，这些词语连同它所有的意义在起作用。”

莎士比亚创造了令人难以逃脱的词语世界，成为让人难以跨越的高峰，成为一个荣耀的负担，位于一个难以被挑衅的界限。乔治·斯坦纳说，“如果诗歌要创新，如果我们想要找回当初在语言魔力之前的纯真，那么，就必须烧毁莎士比亚的作品。”

五、玛丽的两难抉择

在 1563 年的宗教改革之前，英国地主阶级家庭一般拥有三个目标：香火延续、祖传财产的维持以及经由婚姻来获取更多的财产或拥有的政治结盟。由于早期婴儿出生死亡率高，第一项目标只能靠尽量多生小孩来实现。第二项目标就是通过长子继承制来限制子女对世袭财产的分割。这种将女儿和幼子排除在继承权之外的制度，导致他们婚姻的延迟或者放弃结婚。第三项目标就是借由儿女的结婚并使他们与富有而具势力的家庭联姻来实现，若是女儿则需要准备大笔的嫁妆，若是幼子则要求大笔年金。而这三项目标有着内在的冲突性。为此，造成许多上层阶级的女孩被送进女修道院，许多幼子保持着独身和晚婚，以致他们选择的新娘一般要比自己年轻 10 岁。[13]

这种年龄跨度极大的婚姻已经司空见惯，并延续时间久远。维多利亚时代的小说《一位老人的爱》(An Old Man's Love，1884)，为我们提供了一个绝佳的文学样本。作者安东尼·特罗洛普①与狄更斯同时代，批评家阿诺·班奈特说，他把维多利亚时代的世俗生活，刻画得更确切、更多样、更全面。

通过《一位老人的爱》，可以使我们看到在 19 世纪的人们情感是如何向婚姻的社会规范看齐。小说的主人公、年幼的玛丽·劳里是个孤儿，被老惠特尔斯塔夫先生带回家里养大。因为惠特尔斯塔夫先生一生未婚，玛丽便在心中预演，如果他来向自己求婚的话，她必然要做出的决定。她是这么考虑的：

> 她对自己说，他有许多优秀的品质。而且，就像她在这世上见识过的那样，要是有什么年长的男人“想要她”，她的生活会有多大的改变啊！这个男人身上有多少是她知道自己可以学

① 安东尼·特罗洛普(Anthony Trollope，1815—1882)，英国作家，代表作品有《巴彻斯特养老院》《巴彻斯特大教堂》等。

> 着去爱的东西呢？她绝不会觉得他让自己丢了脸，因为他是一位看上去非常得体的绅士，举止潇洒，相貌堂堂。她得有多幸运啊，居然真的成了惠特尔斯塔夫太太——世人会这样说她吗？……她细细思量了一个小时，终于觉得，自己要嫁给惠特尔斯塔夫先生。

玛丽·劳里心中所考量的并不是她和惠特尔斯塔夫先生的感受将会如何。她在脑子里所推演的求婚，以及婚姻的未来，她所关切的问题几乎全都是关于对方的品质，以及自己在成为这个人的妻子后世人的反应。

作为一个人，一个自幼被一个男人所抚养的女人，玛丽·劳里的自我意识消逝无踪，而成为被社会大众所驯化的人。玛丽把世人的看法纳入了自己的选择过程中，她决定符合社会学的“镜中自我”（looking-glass self）理论①。当然，将她抚养长大的那个男人本身也是按照人所共知的好男人的脚本在演绎自己的人生。她完全以集体的判断代替了个人的判断，将自己代入世俗的规范之中。她对惠特尔斯塔夫先生的评价和好感，都是建立在大众共同的标准之上。

她很确定他会来求婚，哪怕他以前并没有明确地表示过。玛丽·劳里天然地觉得应该遵循婚姻的规范。她以大众的意识形态约束着自我，她的感受和决定综合了她的情感、婚姻的经济价值，以及一个处于她这种地位的女人的社会期望。她通过婚姻的决定，就是跨过心中已知的那道门槛，由一名少女成为一位妇人，投入到婚

---

① 美国社会学家查尔斯·霍顿·库利（Charles Horton Cooley）在《人类本性与社会秩序》（Human Nature and the Social Order）中提出，人们在与周围人的交往中，把他人对自己的评价与认知当成一面镜子，让人们从中来认知自己，也就是说，我们的自我认知中充满了他人的意见。

后生活的另一个“共同世界”。个人感受、社会规范、经济价值、地位的重新划分，以文化矩阵的方式直接影响了她的决策。

可是，在三年前她已经把芳心许给了约翰·戈登，她的决定和她对惠特尔斯塔夫先生的婚诺一下子就让她陷入了两难。

其实，玛丽和戈登这两位年轻人仅有几次短暂的交往，却又足以使他们约定等他从南非淘金归来后就结为连理。可三年来，她一直未能等到戈登的消息(玛丽此处的经历类似于苔丝与克莱尔)，玛丽和苔丝一样都没有“珀涅罗珀之纺①”这样的借口和拖延，因此屈从于眼前的现实。于是玛丽·劳里背弃了对戈登的承诺，答应了惠特尔斯塔夫先生的求婚。

冲突始于约翰·戈登重现的那一刻。玛丽面临艰难的选择：两个男人、两种截然不同的情感。究竟是背弃对她有好感的“老先生”的承诺，还是履行之前对心爱青年所许下的誓言。而守诺是最基本的价值信仰。

如果把这部小说所构造的困境，看成是女主人公在情感与理性之间、社会责任与个体激情之间的两难抉择，这样很容易混淆心理学和社会学之间的区别。从小说本身来看，社会规范已经渗入主人公情感的核心，两者实现了有机融合，所谓的理性其实正是社会规范的喻指，内化的世俗规范与情感在这里进行了交锋。在玛丽的内心世界，个人情感与社会规范之间的两者界限变得模糊，她的情感已经严重受限于她所习得的规范。按如今的俗语来讲，她的情感被异化了。她的情感成为规范的俘虏和奴隶。她情感的选择业已变成了对规范的选择。无论是嫁给仅见过三次面而心有所悦的年轻男子

① 珀涅罗珀之纺(Penelope's Loom)：珀涅罗珀为了拖住来向她求婚的人，等待奥德修斯的归来，她每天晚上会拆毁白天纺出的布。因为珀涅罗珀曾宣告：在给奥德修斯的父亲拉厄尔忒斯织成寿衣之前，自己是不能改嫁的。

戈登，还是嫁给恩重如山、自己颇为敬重的老汉惠特尔斯塔夫，在同时代的人们看来，都是一样合乎规范。玛丽的情感在一个等级化的道德宇宙中运作。正是通过她的情感和她的选择，她才得以沉浸于 19 世纪婚姻的规范性世界之中。

在那个世界里，每个人都共享着同一套个体的偏好和规范性的要求。正是因为惠特尔斯塔夫先生知道限制玛丽的规范是什么，他才选择放手，将玛丽从其承诺中解脱了出来。信守承诺和婚姻制度是一种规范性秩序，这种秩序渗透着欲望与爱恋，并从内部组织它们。显然，玛丽·劳里是一个主动受犯的例子。她情感的不自由，既来源于社会，也来源于她个人。而这岂不正是世俗世界庸庸众生的真实写照？但在文学世界中，我们也会见到众多开拓性的、不甘受犯、勇于做自己的女性。

爱德华·肖特①在其《现代家庭的形成》(*The Making of The Modern Family*)一书中指出，从 18 世纪开始，夫妻关系中包含的情感内容稳步增加，因为在之前的一段时间里，如果“遇到年轻人为了满足自己内心的渴望而放弃丰厚的嫁妆的事情，我们会知道这就是浪漫”。肖特指出，在现代早期之前，夫妻关系和家庭关系绝不仅仅局限于目的理性。在 1750—1850 年，私生子数量的增加可以证明这一点，即女性越来越多地参加到基于爱情而非物质的婚姻关系中来，因此，现代性可以被解读为婚姻浪漫化的进步历史。[14]

---

① 爱德华·肖特(Edward Shorter)：1941 年出生于美国伊利诺伊州埃文斯顿，1968 年获得哈佛大学近代社会史博士学位。1967 年就职于多伦多大学历史系，开始渐渐将兴趣从欧洲社会史转向医学社会史。主要著作有《现代家庭的形成》《身边的礼貌：医师和患者的纷乱历史》《从心灵进入身体》《肉体写作：情欲的历史》等。

六、娜拉走后怎样

婚姻是构筑家庭的基石。而家庭既是每个人形成自我的起点，又是自我极力“挣脱”的桎梏。

在中世纪初期的欧洲，世俗之人眼中所见到的婚姻似乎都是一种关乎财产交换的两个家族间的私人契约，这份契约对新娘提供若干经济保护，以防她遇到夫死或被夫遗弃或离异等状况。对于那些没有财产的人而言，婚姻是两个个体间的私人契约，借社群的认同取得效力。11 世纪之前，一夫多妻相当常见，离婚也很容易。直到 13 世纪，教会才终于取得对婚姻的控制权，至少肯定了一夫一妻、至死方离的婚姻原则。[15]

鲁迅先生有过一篇精彩的演讲，阐述了“娜拉走后怎样”这个重大的社会问题，并揭示出娜拉的命运：不是堕落，就是回来。

当然，鲁迅先生给出的答案属于他的那个时代。对于今日取得经济独立和人格独立的女性而言，这个答案显然可以完全不同。

娜拉原本生活在一个幸福的家庭里的，而当她觉悟了自己是仅是丈夫的傀儡，孩子又是她的傀儡。于是，她毅然决定离家出走。娜拉的出走是《玩偶之家》全剧的终结，但问题留给了观众。

《玩偶之家》（*Et Dukkehjem*）在世界戏剧史上享有极其重要的地位，曾被比作“妇女解放运动的宣言书”，是挪威剧作家亨利克·易卜生创作的一部三幕剧，首版于 1879 年，同年 12 月在丹麦的哥本哈根皇家剧院首演。一个多世纪以来，这部著名戏剧在世界各地不断上演，经久不衰，为女权运动的发展起到了巨大的推动作用。

该剧描述了主人公娜拉从爱护丈夫、信赖丈夫到与丈夫决裂的过程。娜拉为给丈夫海尔茂治病，瞒着丈夫伪造签名向柯洛克斯泰借钱，无意犯了伪造字据罪。多年后，海尔茂升任经理，开除了柯洛克斯泰，后者拿字据要挟娜拉，海尔茂知情后勃然大怒，骂娜拉是"坏东西""罪犯""下贱女人"，说自己的前程全被她毁了。而当危机解除后，又立刻恢复了对妻子的甜言蜜语，娜拉认清了自己在家庭中"玩偶"般从属于丈夫的地位和角色，当她丈夫自私、虚伪的丑恶灵魂暴露无遗的时候，最终断然出走。

该剧因为有这样的结局，在出版之初立刻引起了社会各界的激烈争议。"五四运动"期间，亨利克·易卜生的戏剧被"五四青年"奉为救国的良药——《玩偶之家》尤其被推崇，而其中国化的意义阐释，又直接导致了"五四"时期"所有价值观念的变革"，也造就了中国现代文学创作的空前繁荣。从 20 世纪 20 年代起，《玩偶之家》便成为中国话剧舞台上的经典剧目。

娜拉出走时，海尔茂极力挽留，娜拉说了一句话："要等奇迹中的奇迹发生。"虽然娜拉说她不信世界上有奇迹了，但是如果他们夫妻都做出相应的改变，或许娜拉期待的"奇迹"还是会发生的。应该说，这种"奇迹中的奇迹"在现代社会已经很普遍了，但在娜拉那个时代，她的期待还需要经过漫长的等待。

然而，娜拉出走之后，如果不回来，为何仅有堕落呢？易卜生创作《玩偶之家》的 1879 年，正是挪威妇女解放运动高涨的年代。易卜生先后结识了两位女权运动活动家——雅各比娜·卡米拉·科莱特和奥斯塔·汉斯泰，正是前者激发了他写《玩偶之家》这个剧本的热情。那时，挪威也摆脱了丹麦的统治，而与瑞典合并，独特的政治、经济、历史条件，决定了"在这个世界里，人们还有自己的性格以及首创的独立的精神"。而科莱特在小说《总督的女儿们》，正是以反对强迫婚姻，要求女子婚姻自主而著称。

鲁迅先生所言的“娜拉走后怎样”，显然是基于当时的中国而言。在鲁迅演讲的1923年，中国的“娜拉们”显然还是走不出去的。鲁迅先生在演讲中说：“人生最苦痛的是梦醒了无路可以走。做梦的人是幸福的；倘没有看出可走的路，最要紧的是不要去惊醒他。”但是，即使没有人惊醒，女性自身也会醒来。如今，无数女性走出了依附男性的道路，成就了生命的精彩。出走的娜拉已经不再是遗世独立或者逆流而行，而悄然成为时代的潮流。

在女性缺乏工作机会和不能外出赚钱的时代，大多数女性只能在结婚后就成为全职家庭主妇。她们的生存先是依靠父亲，然后就是丈夫，因而难以要求自我的独立性。对于女性而言，婚姻就像一座沉重的制度大山，承受着整个世界的重压，包括家庭与社会、道德与法律、经济与文化……当她向自己丈夫的权威发起挑战时，她实际上是在与整个世界为敌。鲁迅先生在《娜拉走后怎样》中的警言依然醒目，譬如：“要求经济权固然是很平凡的事，然而也许比要求高尚的参政权以及博大的女子解放之类更烦难。天下事尽有小作为比大作为更烦难的。”

面对鲁迅先生所担忧的“娜拉离家之后如何独立生活”的问题，今天的许多独立女性生活在另外的一番情形之中——所有的人都成为经济人，人的理性胜过了情感。情感成为行动的内在能量，人的情感陷入对经济的追求之中。就像马克斯·韦伯①在《新教伦理与资本主义精神》中所表达的那样：正是一种深不可测的神性引发的焦虑，在驱动着资本家与大众从事狂热的经济活动。而随着资本主义的兴起，丰盈的物质生活带给人们无尽的神经官能刺激，却让人

---

① 马克斯·韦伯（Max Weber，1864—1920）：德国社会学家、经济学家、哲学家，现代西方一位极具影响力的思想家，著有《新教伦理与资本主义》等。

成为焦虑、冷漠、拘谨、孤独的混生物，爱和爱的能力正实质性地走向消亡，这又印证了弗洛姆①的担忧。

而在“娜拉走后怎么样”的问题之外，还有一个至关重要的问题需要我们加以思考，那就是：娜拉为何要走？鲜明的答案当然是她认清了自己在婚姻中的角色，不再甘于充当玩偶。那么，我们可以继续问：她为何要走进这一段令自己充当玩偶的婚姻呢？

显然，娜拉对婚姻有着自己的期望，而现实却让她感到失望了。她究竟是原本没有看清，还是被欺骗了呢？致使她错误地迈入了“玩偶之家”。而关于婚姻中存在的欺骗，在《曼斯菲尔德庄园》中，简·奥斯汀借玛丽·克劳福之口宣称：“在我观察到的一百人当中，没有一个在婚后不感到被骗的。我看到的情形都是如此，而我认为人在婚姻中要是只期望对方付出，而不自己付出，怎么不感到被骗呢？”奥斯汀在此以现实主义的笔调对浪漫主义爱情给予致命一击。

婚姻观念的背后，真实体现着人们的家庭观念。婚姻观念的差异，也正在于对组建怎样家庭存在争议。而对于组建一个理想中的家庭联合体，有两种模型可供参照：其一，就是“事业性的联合”，其二是“公民性的联合”。事业性的联合意味着，所有的家庭成员都将个人的才干、精力和时间投入家庭共有的利益和目标上，让家庭像一个企业那样被组织起来。事实上，家庭中并不可能让所有人仅有一个目标、一种认同。而“公民性的联合”则需要从家庭成员的天赋、才干、兴趣等出发，以促进每个成员的自我实现，从而实现家庭的幸福美好。公民性联合的家庭虽无一个共同目标，但个人的美

---

① 艾瑞克·弗洛姆(Erich Fromm，1900—1980)：美籍德国犹太人，人本主义哲学家和精神分析心理学家，著有《逃避自由》《自我的追寻》《爱的艺术》等。

好终将融会成家庭的美好；每个成员赋予家庭并非仅有物质利益和个人价值实现的荣耀，更多的则是彼此间的情感。

为此，《玩偶之家》其实为我们提供了这样的警示：一个健康的现代家庭，不应成为阻止个人天赋发展和事业拓展的障碍，而应该尽力地成全每一个人；一个人因为家庭其他成员的发展所作出的牺牲，应该得到尊重和回报；如果一个家庭因为个人天赋不同、兴趣不同，而不能将所有成员的力量联合起来，那么完美的家庭首先应该尊重个体的自由。

第二章
情感的现代化：婚姻自由与性自由

托尔斯泰和陀思妥耶夫斯基都曾提出过类似的问题：假如我们不再敬畏上帝，那么我们的道德感靠什么来维持？当神圣感缺席，个体成为道德感的核心，我们是否还能够度过有意义的人生？

宗教能够带给人们强势而甜蜜的幻境，而当人们从这种梦境中醒来，人类也就失去了对更高原则和价值观的恪守，失去了神圣感带来的狂热和极乐状态，失去了圣徒们的英雄事迹，失去了神的诫命带来的确定感和秩序感，而重要的是，我们失去了能抚慰人心、美化现实的种种虚构物。现代人经历了社会分化、经济合理化、生存变化的三个巨大调整，随之而来的是人的意识变化。任何一个转变时期都以一种连续性的破坏和断裂为特征，因此，在转变期的思维特点都是试图把已经开始分离的东西维系在一起。看似从宗教中获得解放的过程，实则要归因于强大的经济力量和文化力量。这些力量慢慢隐蔽地改造了人们的意识形态和生存方式，也改造了婚姻和性的意义。

尼采在宣布上帝死了之后，只能呼唤每个人成为超人，去独立面对这个世界。可是，对于芸芸众生而言，谁又能够成为尼采口中的超人呢？“英雄的人民”也只是知识分子和政治家们的虚构，而具体的每个人则在尘土中承受着生存的困扰，他们的智慧、勇气、耐心，以及对荣耀感的追求都并不强大。他们只是重复地向山顶运送石头的西西弗①。他们人生的意义仅能靠他们在自己的内心去建立。在有限的生命时光里，他们有着难以克服的惰性和甘于平庸的自适心态——他们更多地追寻宁静——"人间有味是清欢，此心安处是吾乡"。对于每个人而言，正是爱情和来自家庭的爱，让他们觉得平庸的生活也堪以忍受。

加缪在《西西弗神话》一书中，提出"人生是否值得一过"以及"如何带着与生俱来的伤痛去生活"的问题。晚年的托尔斯泰也在《伊凡·伊里奇之死》中，通过刻画主人公的死亡，来凸显关于如何生的思考。

伊凡·伊里奇曾是彼得堡一名高级检察官，拥有世人所仰慕的一切：美丽的妻子，乖顺的儿女，家庭幸福，事业有成，富有名望。然而，在一次意外摔伤之后，他发现了原有生活的另一面：妻子和女儿并未真正关心过他，而是在意他的俸禄；他的同事并不因他生病而同情他，反而企图失去他之后的职位空缺；给他看病的医生只是像修复一部机器那样处理他的身体，而不在意他的感受。他曾经深信不疑的世界开始坍塌。在生命最后的时刻，伊凡才发现终其一生，只是为迎合别人的期许而已，不曾有过真正的喜悦，也不曾遵从自己的心愿。在他豁然开朗之际渴望重生，可是死亡却已

---

① 西西弗：希腊神话中的人物，科林斯的建立者和国王，一度绑架了死神，让世间没有了死亡。最后，西西弗触犯了众神，诸神为了惩罚西西弗，便要求他把一块巨石推上山顶，而每当石头将至山顶就又滚落下去。于是他被迫永无止境、重复地做这件事，西西弗斯的生命就被这样一件无效又无望的劳作慢慢消耗——诸神认为再也没有比进行无效无望的劳动更为严厉的惩罚了。阿尔贝·加缪创作了《西西弗神话》一书，他说："活着，就是经历荒诞。而经历荒诞，首先就是直视它。"

临近。

生活中的很多东西经不起质疑，所以只能选择相信——相信相信的力量。今天，人们将圣衣披挂自身，相信人性中所蕴含的神意。追求个体的自由，即意味着开始了反对上帝的战斗。人类正是以自身的努力谱写着属于自己的神话。在普适性的价值和规则之下，人们摆脱了圣化与世俗之间的绝对二律，而自主地获得解放的道路。人类从来没有像今天这样对自己充满信心，当然，其中也隐含着失控的担忧。这构成了一种生动的矛盾：质疑带来更合理的生活，但更合理的生活未必就是更好的生活；而相信现有的生活就是最好的生活那么人们又会落入伊凡·伊里奇生前的颟顸处境之中。

在科学制胜的时代，人类的意识形态变得更加多样而充满矛盾。但每个人都需要找到属于自己的"正确"和"幸福"的生活，以此获得适应性。

根据法国浪漫主义文学先驱斯塔尔夫人的论述，文明的进步不仅要求感受性，也同样要求文化的发展。人类思想要想进步，就必须从政治的束缚中解放出来；文学的进步依赖于作家生活年代的政府形式。1802 年，她出版了小说《黛尔菲娜》，其中就描写妇女渴求从家庭生活中获得解放，并揭露贵族特权的专横阴险。在她 1807 年出版的小说《科琳娜》(*Corinne*) 中，科琳娜是一位极具魅力和才华的表演者和诗人，但因为作为一个女人过多暴露于公共场合，让她成为一个不值得结婚的对象。年轻的苏格兰贵族奥斯瓦尔德尽管很爱她，但他父亲认为两个人的结合不符合家族荣誉。奥斯瓦尔德内心备受煎熬，他在痛苦的家庭包办婚姻中饱受折磨，但科琳娜愿意为奥斯瓦尔德牺牲自己的名誉。她问道："如果心碎了，名誉还有什么用?"但最终她丧失了荣誉，也失去了爱，并因痛苦而早亡。

在斯塔尔夫人的思想中，政治和家族荣誉等都不应成为人们追求婚姻自由的障碍，她的思想产生深远的影响。爱情生活中其实蕴含着革命性的变化：一个人加入另一个人的生活，带来生活方式的融合和变化，进而渗透到人的情感和自我塑造之中。爱情成为一种让人能超越平庸生活的力量。

一、激进化的情感表达，造成“情感”与“理智”的分离

威廉·雷迪①研究了浪漫爱情和性快感之间区别的历史根源，他将其追溯到1200年前后。在这一时期，宫廷之爱越来越被理想化，而神学对强烈欲望、性欲、私欲和贪欲的探讨也越来越深入人心。威廉·雷迪认为，直到19世纪中期，法国人的公众情感除了怀疑和悲观之外，几乎没有别的东西。感伤主义②的情感表达可能只能存于某个特定的领域：在私人、家庭或女性的领域；在艺术领域；在早期的社会主义思想中。乔治·桑所代表的是感伤主义的余波。

强烈的情感体验不会持久，情感表达也会导致一种过热。表达情感，往往也意味着塑造或改变情感。多元共存的情感必然会带来

① 威廉·雷迪(William M Reddy)：文化人类学学者，情感史研究的先驱，曾任职于杜克大学和巴黎高等社会科学研究学院。著作有《浪漫爱情的形成》《现代欧洲的金钱与自由》《感情研究指南》等。

② 感伤主义：亦称“主情主义”“前浪漫主义”，感伤主义推崇感情，漠视理智，主张以情感来约束和代替理性，着重于人的内心活动，是对冷酷的理性主义和僵死的古典主义的反动。随着资产阶级的不断发展，感伤主义渐渐被浪漫主义代替。

目标的冲突，从而失去情感的真实性，而仅剩下人的生物性满足。自我激进化的情感表达正是感伤主义文学的一大特征，而激进带来了虚假，并造成了“情感”与“理智”的分离。乔治·桑也许就是一个例证。

乔治·桑(George Sand)原名露西·奥罗尔·杜邦，1804年出生于巴黎一个贵族家庭，由于父亲早逝，而母亲曾有沦落风尘的经历，乔治·桑由祖母在乡村抚养成人。第二帝国时期，她和王室来往密切，对巴黎公社革命很不理解，但反对残酷镇压公社社员。27岁时，乔治·桑携一对儿女定居巴黎，旋即成为巴黎文化界的红人，家中终日高朋满座，诗人缪塞、作曲家兼钢琴家肖邦和李斯特、文学家福楼拜、梅里美、屠格涅夫、小仲马和巴尔扎克、画家德拉克洛瓦等一大批文学艺术史上名留青史的人物成为她的座上客。

乔治·桑称得上是女性解放的先驱，她倡导女性的主导地位，认为女人不应该成为男人情欲的发泄对象，女人也有自己的七情六欲，应该主动地得到满足。乔治·桑蔑视传统，崇尚自由的新生活，她抽雪茄、饮烈酒、骑骏马、穿长裤，一身男性打扮。乔治·桑这个男性化的笔名，也来源于她的一位年轻情人。她曾借自己的作品公开宣称：“婚姻迟早会被废除。一种更人道的关系将代替婚姻关系来繁衍后代。一个男人和一个女人既可生儿育女，又不互相束缚对方的自由。”

乔治·桑属于最早反映工人和农民生活的欧洲作家之一，她的作品描绘细腻，文字清丽流畅，风格委婉亲切，具有强烈的感染力。《安蒂亚娜》(首版于1832年)是她第一部长篇小说，也是她的成名作。女主人公具有高雅的智慧和高尚的心灵，但她的丈夫德尔马上校却是一个充满了淫威的军官。安蒂亚娜的心受到伤害后，她受到一名巴黎年轻人雷蒙·德·拉米埃的引诱。雷蒙看起来潇洒、雄辩和风趣，其实极为油滑。他首先勾引安蒂亚娜最信任的女仆努兰，接着引诱安蒂亚娜。他深陷一种软弱之中，雷蒙也是竭尽全力地真心爱着安蒂亚娜和女仆努兰，但他的深层情感是不稳定的，目标多变，他的能言善辩显得他激情四射，“如果一个女子符合他的品位，他会侃侃而谈地引诱她，在他引诱中爱上她”。他既像传教士，又像演员，也像是出庭的律师。他最终背叛了自己所爱的两位女性，而无论是安蒂亚娜和努兰，她们都把生命中初次的、无邪的、炽烈的爱献给了雷蒙。最后，安蒂亚娜同她童年时代的男友拉尔夫到印度隐居。而拉尔夫与雷蒙截然相反，他说话结结巴巴，常被认为是智力低下，但他坚定而忠诚地守候在安蒂亚娜身边。当然，雷蒙和拉尔夫还有一个重要的政治观念上的区别：雷蒙是一个自由的君主立宪主义者，而拉尔夫则支持共和。

乔治·桑在这部小说中塑造了几种男性性格。有军官丈夫那样性格粗暴的男子，由于社会给了他权力，便变得残酷无情；也有雷蒙这样可以随意地进出女性的生活并能毫无责任感和羞耻感地利用女性的男子，他的脆弱与自私自利令人震惊；还有拉尔夫那样表面上冷酷无情、笨拙，实际上感情热烈、富有自我牺牲精神的男子。

毕竟爱情和婚姻本身，并不是人生中最重要、最根本的目标。乔治·桑的学识拥有超越时代的广阔性，在她的作品中某些人物有着随性而动的情感和无处安放的灵魂。正如她是这样描述雷蒙的：

> 雷蒙既不是花花公子，也不是浪子。……当他停下来思考时，他是一个有原则的人，但飘忽不定的激情常让他偏离理性。然后他就不能再思考，或者他避免直面自己：他犯了错误，好像他自己也不知道一般，头天晚上的自己努力欺骗第二天早上的那个自己。[16]

乔治·桑对她所处时代的特点有着清晰的洞察。她将安蒂亚娜与拉尔夫情感的纯洁与深刻，与雷蒙情感的易变与徘徊作了对比。而后者更接近现实生活，人们的心总是飘忽无定。人们更容易被富有激情而雄辩的人所吸引，鲜有喜欢木讷、看起来呆笨的人。真正不被表象所欺骗，这对于芸芸众生而言，其实难以做到。

情感是自然的，但也是危险的，它可能将人带到错误之中。然而，谁又能够真正告别非理性的幻想和情感呢？做一个情感人，还是一个理性人？如今，这两者并非泾渭分明，但追求效率和经济增长的现代社会将会让情感沦为一种消费。一种等价交换的观念逐渐渗透到婚姻市场。就像汪丽在《冷亲密》(湖南人民出版社，2023年)的译者序言中所写的那样："亲密关系也是一种人际交际，那么，恋爱也如同交友，与其坠入爱河，不如生出爱意。让我们审慎地运用我们的理性，勿做一个理性过剩的傻瓜或自我意识过剩的马基雅维利主义①分子，而是努力做个快乐充沛、有同理心、渴望与人联接的情感人吧！"爱，是人类永久存续和享受幸福的最终答案。

二、邪灵的火焰：爱情引发的痛苦与仇恨

正是在自然和社会的双重规化之下，男性成为女性心中的谜团，女性也成为男性心中的谜团。纵使一个人身上仅有百万分之一

① 马基雅维利主义(Machiavellianism)：马基雅维利认为，人类愚不可及，总有填不满的欲望、膨胀的野心；总是受利害关系的左右，趋利避害，自私自利；即使最优秀的人也容易腐化堕落；人民有屈从权力的天性，君主需要的是残酷，而不是爱。马基雅维利主义的个体重视实效，保持着情感的距离，相信结果能替手段辩护。

的与众不同，有人也会为之孤注一掷。美国流行歌坛“烈焰”巨星麦当娜曾说：“确实有些男人值得你去追随，但是并不是因为他们是男性，而是因为他们值得。”麦当娜的意思相当明确，那就是真正的两性之爱，并非仅仅出于性的本能，而是灵魂和精神方面的共鸣。

当失去理性的指引，爱情会化为邪灵的火焰，引发炽烈而又复杂的情感。犹如勃洛克①在《被爱情遗忘的女人的日记》中所言：“他们在追求火，想赤手空拳抓住它，因而自己化为灰烬。”

爱情，并非尽如浪漫小说和诗歌中描绘的那般美妙。即使在人们在获得情感的自主和婚姻的自由之后，也难免受到各种力量的干扰和阻碍，从而产生困惑、烦恼和痛苦。《呼啸山庄》（首版于1847年）就将爱情描绘成一种令人备受折磨的痛苦情感。

以世俗的眼光来看，凯瑟琳·欧肖和埃德加·林顿这一对情侣，他们的婚姻堪称完美。凯瑟琳拥有令人迷恋的美貌，而埃德加·林顿也是一个温文尔雅的富家子弟。至于，凯瑟琳对埃德加的感情，作者通过她的自白已经表达得足够明确：

> “谁能不爱他呢？我当然爱他了”/“我爱他，那就够了！”/“为的是他长得俊俏，跟他在一起开心”/“为的是他年轻，满面春风”/“为的是他爱我”/“他将来会有很多钱，我会成为这儿一带最尊贵的女人，嫁给这样一个丈夫，我会感到满意的”/“我爱他脚下的土地，他头上的空气，我爱他所接触过的一切东西，他所说的每一句话，我爱他的每一个表情，他的一举一

---

① 亚历山大·亚历山德罗维奇·勃洛克（Aleksandr Aleksandrovich Blok，1880—1921）：19世纪末20世纪初俄国著名诗人，俄国象征主义杰出的代表，被视为继普希金之后的又一高峰。代表作有《美妇人诗集》《夜晚的时辰》《十二个》等。

动，他的整个一切！”/“如果有这样的人，我也碰不到他们呀。在我眼中看到的，再没有哪一个比得上埃德加了”……

这岂不是“天造地设”的一对男女？这对夫妇纵使思想分歧巨大，但由于丈夫的迁就，两人生活依然很幸福。而希斯克里夫的衣锦荣归，却唤醒了她对野性的爱的追求。

何为“野性的爱”？是人们心底未被世俗和道德规化的自然情感，是深藏于人性之中的洪荒之力，一旦燃烧起来就是那般炽烈，足以摧毁一切理性，令人做出各种匪夷所思的事情，以致令人疯癫和死亡。

主人公希斯克里夫就是一个因爱生恨的人物，以致他不仅把报复行为施加于阻碍他的人（辛德雷）身上和夺走他爱人的人（埃德加）身上，也施予在爱慕他的人身上。伊莎贝拉（埃德加·林顿的妹妹）对他倾心不已，最后随他私奔，希斯克里夫却把她囚禁在呼啸山庄并予以折磨，以发泄自己强烈的怨愤。一个无辜的受害者，正是那个爱他的人！希斯克里夫就是一个邪灵！他看似正义的情感报复，带着一种令人愤恨的邪恶。

希斯克里夫并不像情种维特①，维特对绿蒂的爱是真诚动人的。维特对身外的世界虽有厌憎，但却无刻骨的仇恨，更不会将自己的不满倾注于无辜的人。维特是一个纯粹被浪漫主义染濡至骨的

---

① 维特：歌德中篇书信体小说《少年维特的烦恼》（首版于1774年）中的人物。少年维特爱上了一个名叫绿蒂的姑娘，而姑娘已同别人订婚。爱情上的挫折使维特悲痛欲绝。作者通过书信的形式，呈现一些日常生活中的现象和事件，故事情节十分简单，但小说中所蕴含的热烈的情感令人瞩目。歌德通过少年维特这个形象来探讨启蒙的矛盾，试图冲破传统道德禁锢的维特，最终选择自杀作为出路。

人，不食人间烟火，怀着幼稚的理想主义而死。维特与阿尔贝·加缪在《西西弗神话》中所描述的“荒诞英雄”西西弗的人格相反，他未能战胜生活本身的荒诞性，而死于自己的浪漫幻想，未能从无爱的现实中找到生活下去的意义。这种意义本身也许并不在于外部，而仅在于自己身上。维特缺乏审视世界和塑造意义的能力。

而希斯克里夫对凯瑟琳离奇的“痴迷”和对伊莎贝拉泯灭人性的“报复”，为我们呈现了两性关系中的极端——一边是无私的爱，一边是仇视性的爱。这显示男女之爱本身的复杂性。爱情就像祭坛上的羔羊，无辜的被献祭给了另一种更猛烈的情感——恨。这种恨很容易造成目标的错误，让人变得面目狰狞。人性中邪灵的火焰在希斯克里夫身上得到体现，使他成为身披天使外衣的魔鬼。

唯有宽恕能够完成救赎，而无理性的复仇只会让自己堕入地狱。在“爱—恨”的二维逆转之间，人成为自我情感的奴隶。希斯克里夫就是自己情感的囚徒，情爱之火曾经煎熬过他，但他没有浴火重生。希斯克里夫不能理性地对待他人，成了复仇的魔鬼，变本加厉地报复了夺走他所爱的人，成为一名毁灭者。

斯宾诺莎认为人类的心灵(也包括情感)是自然的一部分。他还把情感分为行动与激情，行动源于我们自身，而激情则有外在的根源。然而，自我和外在并不是绝对不同的，因为两者都是自然的一部分。他还提出了这样一个命题：假如一个人开始恨他所爱的对象，于是他对她的爱便完全消失了。因而，他恨她比从来未曾爱过还要厉害，并且之前他对她的爱愈大，则会恨得愈大。[17]

从《呼啸山庄》中，我们可以看到凯瑟琳的摇摆性，她既忠诚于自我，又妥协于现实。她虽不是爱情奴隶，但也没能成为爱情的主人。然而，从凯瑟琳的选择和命运之中，为我们展现了一个具有现实性的问题：何为爱情的“忠贞不二”呢？爱，为何只能为一人所独占？这是合乎人性的道德规训吗？对于现代社会而言，爱本身岂不更应该具有某种包容性？

人性本身的复杂性，让凯瑟琳陷入选择的困境。她的悲剧在于她未能战胜自己。她的幸运与不幸都在她的性格规定之中，她最终被另一个男性对自己异化的爱所毁灭。也正因此，凯瑟琳的人物形象显得异常真实。她呈现了每个人都可能遭遇的困顿、迷惑。在面对强悍的希斯克里夫时，她显得犹疑而软弱，本来她应该抛弃旧情而面对新的现实，成为保护已有幸福生活的力量，以决然的态度去捍卫自己的家庭。

野性的爱与理性的爱，哪一个更好？哪一个更适合自己？就像英国著名评论家阿诺·凯特尔说的那样：《呼啸山庄》中的男男女女不是大自然的囚徒，他们生活在这个世界里，而且努力去改变它，有时顺利，却总是痛苦的，几乎不断遇到困难，不断犯错误。

这些具有强度而有毁灭性的情感，难道仅仅是作家的虚构吗？事实上，艾米莉·勃朗特擅长以深沉的笔触描写社会现实，以强烈的感情表现现实社会的人在精神上的压迫、紧张与矛盾冲突。毛姆盛赞这部作品，他说："《呼啸山庄》使我想起埃尔·格里科那些伟大绘画中的一幅，在那幅画上是一片乌云下昏暗的荒瘠土地的景色，雷声隆隆，拖长了的憔悴人影东歪西倒，被一种不属于尘世间的情绪弄得恍恍惚惚，他们屏息着……我不知道还有哪一部小说，其中关于爱情的痛苦、迷恋、残酷、执着，曾如此令人吃惊地被描述出来。"

美国影星奥黛丽·赫本曾说："生活中最好的事情是拥有彼此(The best thing to hold onto in life is each other)。"而希斯克里夫所追求的显然仅是对另一个的占有。她在对希斯克里夫的报复中，其实也伤害了他爱的人：凯瑟琳虽然世俗但幸福的生活被打断了，这直接断送了她的性命。而这一切却以爱的名义在发生。于此，我们应该思考何为正当的爱？

对此，身处 19 世纪的艾米莉 · 勃朗特并没有通过作品给出答案。她本人就是一个生性寂寞，自小内向的人，缄默又总带着几分以男性自居的感觉，诚如她的姐姐夏洛蒂所说的：“她的性格是独一无二的。”她的作品在纯净的抒情风格之间总笼罩着一层死亡的阴影。

三、精神平等的爱和伍尔芙的女性主义

夏洛蒂 · 勃朗特的《简 · 爱》、艾米莉 · 勃朗特的《呼啸山庄》与安妮 · 勃朗特的《艾格尼丝 · 格雷》在同一年出版。作为文学“三姐妹”的姐姐，夏洛蒂 · 勃朗特在古典爱情盛行的年代，着重于心灵史的开掘，让《简 · 爱》成为抒写女性自我觉醒的划时代杰作。主人公简 · 爱富有激情、幻想、反抗和坚持不懈的精神，表现出对人间自由幸福的渴望和对更高精神境界的追求。时年 29 岁的艾米莉 · 勃朗特为我们呈现了两性关系中的毁灭性，而夏洛蒂 · 勃朗特则在思想性方面更进一步，为我们带来了一位具有反抗精神的女性形象，其貌不扬的简 · 爱对这个世界发出了来自内心的倾诉、呼号与责难。

苦难的童年，许多人需要用一生去治愈，但是简 · 爱并没有。她独自地走出苦难，主动应聘到桑菲尔德庄园做家庭教师，面对庄园主罗切斯特的刁蛮无理，她敢于铿锵有力地回绝。正是她这样自尊自重的强烈主观意识，让罗切斯特开始渐渐依恋她。罗切斯特外表傲慢，喜怒无常，内心深受被骗婚的煎熬，遇到简 · 爱，他空寂

的心有了归巢。简·爱打破传统阶层的禁锢，和罗切斯特谈一场精神同等的恋爱。听一听，简·爱对罗切斯特的一番陈述：

> 你以为我穷，不漂亮，就没有感情吗？我向你起誓：如果上帝赐给我美貌和财富，我也会让你难于离开我，就像我现在难于离开你一样！可上帝没有这样安排。但我们的精神是同等的，就如同你我走过坟墓，将同样站在上帝面前……

当简·爱知道罗切斯特有一个疯子妻子的时候，她痛苦地离开。一个人风餐露宿，沿途乞讨，历尽磨难，流浪了四天后在沼泽山庄被牧师圣·约翰收留，让她重新做回教师。不久，约翰向她求婚，她清醒地意识到，圣·约翰是个狂热的教徒，他并不爱她，他爱的是上帝，爱情退而其次，简·爱此时也确认自己爱的仍然是罗切斯特。于是，她重回桑菲尔德庄园，但庄园被烧成了废墟，放火的正是罗切斯特的疯子妻子，而她葬身于大火。罗切斯特双目失明，简·爱来到罗切斯特身边，从此和他相守终生。精神同等的爱情，纯洁无杂的爱情，是开在自尊里的花朵。

在小说中的那个时代，在两性关系中，由于社会关系、文化传统和情感机制的原因，求爱的主动权一般在男方，虽然女方有权接受或者拒绝他人的追求的自由，但她们往往无法主动展开追求。简·爱的可贵之处正在于勇敢地走出了这一步，让主动权回到了自己的手里。

简·爱的人生追求有两个基本旋律：富有激情、幻想、反抗和坚持不懈的精神。简·爱摒弃世俗的身份地位，追求精神同等的爱情观，代表英国中世纪女性的觉醒，她独立、自尊、敢于与命运抗争的思想意识，在今天仍然是当代女性的一面精神图腾。

尽管一个人的社会等级越高，他的婚姻的地理范畴也就越广。但在英国，直到16世纪之初，对于贵族阶层而言，才有一个真正的全国性的婚姻市场存在。拥有士绅、骑士或男爵头衔的人的婚姻选择范围十分有限。乡下一半以上的大地主阶级仅能在郡内寻求婚配。到了1740年，一些全国性的婚姻市场在舞会、集会和宴会中发展，这个市场在伦敦是在春天举行，在巴斯则是在初夏举行，来自全国的男女精英青年都能在这里自由遇合。而就农工、农民及工匠阶层而言，迟至1800年，约有三分之二的新郎从村庄里挑选新娘，婚姻范围被限制在一位求婚者可以走路或骑马去拜访一个女孩的距离，或被限制在多数男女去应聘为住在东家的佣工的有限范围之内。[18]简・爱也正是应聘到罗切斯特家去当家庭教师，他们的最终的婚姻也未能脱离地域的限制。而在18世纪末英国，家庭教师仅是一个短暂的职业；且女教师的地位尤其低下，既不会被视为家庭成员，也无法在佣人中找到归属感。

解构主义批评的代表人物J. 希利斯・米勒①说："维多利亚时期的小说以虚构或半真半假的方式反映的共同体拟象。"在这些小说中，全知叙述者感知所有人物的内心，对社会有着多维的刻画，无论是在现实中，还是在想象中，为我们呈现出某些"历史存在"。

在勃朗特三姐妹的小说里，年轻女性的婚姻是最重要的以言行事或以写行事的现象，人物的思想主要通过语言和书信等形式呈现。除此之外，金钱、财产和地位通过赠予、遗嘱和婚姻安排代代相传；女主人公往往通过婚姻重新分配财产、金钱和地位并传承给下一代。

---

① J・希利斯・米勒(J. Hillis Miller)：美国著名文学批评家，欧美文学及比较文学研究的杰出学者，解构主义耶鲁批评派的重要代表人物。作品有《昔理论今》《小说与重复》《小说中的共同体》《他者》《共同体的焚毁》等。

以女性主义为核心的弗吉尼亚·伍尔芙在评价《简·爱》的作者时说："夏洛蒂·勃朗特没有塑造人物的力度和宽阔的视野。她不想关注人生的普遍问题，甚至没有察觉到这些问题的存在。她的全部动力，就在于她要自我申诉：我爱，我恨，我在受苦。"她批评《简·爱》这类故事："总是当家庭教师，总是堕入情网。"

在《到灯塔去》一书中，性爱及母性问题是弗吉尼亚·伍尔芙围绕灯塔重点探讨的问题之一(诸如"女人需要的是什么?""女人必须扮演妻子和母亲的角色吗?")，灯塔折射出的多元意义从不同层面为这些问题提供了答案。但另一方面，灯塔多棱的光辉又使这些答案显得扑朔迷离。而在《一间自己的房间》中，伍尔芙宣扬女性独特的价值，要求女性"成为自己"，女人应该勇敢理智地去争取独立的经济力量和社会地位，仅有这样才能拥有正常、愉快的男女关系。她认为独立女性应该有闲暇时间，有一笔由她自己支配的钱和一个属于她自己的房间。否则，如果没有男人，女人便陷入一片黑暗，而只会互相轻视、猜疑和忌妒。但伍尔芙不是要女性与男性断绝关系，不是要女性斩断与曾经而且一直在压迫、歧视她的社会现实的联系，而是要向社会现实、向历史开放，也向男性开放，紧紧与男性和社会现实联系在一起。

存在主义哲学家西蒙娜·德·伏波娃在1949年写道："'爱情'这个词对男女两性有完全不同的意义，这是使他们分裂的严重误会的一个根源。拜伦说得好，爱情在男人的生活中只是一种消遣，而它却是女人的生活本身。"既然，女人"无论如何注定要从属他人，她宁愿侍候一个神，也不愿服从暴君——父母、丈夫、保护人；她选择了心甘情愿受奴役，觉得这种奴役是她自由的表现；她竭力通过彻底承受自己作为非本质客体的处境来克服它；她通过自己的肉体、感情、行为，极端地赞美被爱的男人，把他设立为价值和最高的现实，她在他面前要自我虚无化。对她来说，爱情变成了一种宗教。”真正的爱只存在于两个平等自主的人之间：“真正的爱情应该建立在两个自由的人相互承认的基础上；一对情侣的每一方会相互感受到既是自我，又是对方。”[19]

与波伏娃认为女人是后天所塑造的不同，英国著名女作家费伊·韦尔登①更倾向于女人是天生的。韦尔登关注女性权利与福祉，但是不赞同极端的女权主义观点，她赞同的是男女“同权不同质”，认为不应当因为争取女权而否认女人自然的特质。

这种观点的差异来源于时代的差异，伍尔芙和波伏娃所看到的社会现实，已经与韦尔登所看到的社会现实大不相同。如今，性别平等的原则得以确立，在经济领域和社会领域，也逐渐模糊了性别的划分。人们更能够通过他人的视角来看待自身，从而能够共情他人。男性也不必总是具备“强硬”“果敢”“坚毅”等男性气质，女性也不必总是被贴上“柔弱”“细腻”“敏感”这样的标签；男性和女性的气质正在相互渗透；坚强、豁达等可以成为女性的优点，敏感、心思缜密等同样可以成为男性的优点。当然，这种气质和地位上相互靠近，也带来了家庭生活中新的冲突。

沃伦·法雷尔在其《获得解放的男性》(*Liberated Man*)一书中，谴责传统男性价值观造成的恶劣影响，认为传统的价值观禁止男人哭泣，男人不能表露出“脆弱、有同理心和怀疑多疑”等感受。由此，法雷尔希望男性能培育内省思维，时刻感知真实的自我，并学会自洽地表达自我的各个方面。[20]

---

① 费伊·韦尔登(Fay Weldon, 1931—)：英国小说家、剧作家、编剧。作品有《食戒》(The Fat Woman's Joke, 1967)、《女魔头的人生与爱情》(The Life and Loves of a She Devil, 1983)、回忆录《费伊自传》(Auto da Fay, 2002)、短篇小说集《恶女》(Wicked Women, 1996)等。

显然，在男女两性的关系中，均有着“平等”与“解放”的诉求，即在相互尊重的基础上给对方更宽裕的自由。

男人死于野心和信念，女性死于深情和浪漫。由“家庭教师与主人的恋情”这一主题出发，《简·爱》与法国作家司汤达的《红与黑》可以互为镜像。那位因能够熟记拉丁文圣经而到维立叶尔市长家里当家庭教师的木匠的儿子于连，和简·爱一样，因为阶级关系而成为情感关系中的“低位者”。但与简·爱的隐忍和追求平等的观念不同，于连一心想出人头地，充满野心，不甘于自身卑微的命运，拥有跻身上流社会的梦想。于连对德·瑞那尔夫人的感情也更多出于征服的欲望，而非爱情，相反，瑞那尔夫人却对于连爱得更为真诚、炽烈。他们的关系经历一波三折，于连虽然枪击了瑞那尔夫人，而瑞那尔夫人却不顾一切前去探监，买通狱吏，使于连免受虐待，并试图挽救他，于连为了表达对封建贵族专制的抗议，拒绝上述，也拒绝临终祈祷。

在《红与黑》中，男人世界充满凶险的明争暗斗，而女性世界则相对单纯许多，无论是德·瑞那尔夫人，还是玛特尔都是真诚而纯情的女人。在于连受刑后，深受浪漫爱情小说熏染的玛特尔亲手埋葬了他的头颅，而德·瑞那尔夫人也在三天后撒手人寰。

四、浪漫主义爱情：风流艳事与婚外恋

偷情，是肉体的叛乱，也是情感自主支配权的体现。自由理性与浪漫情感之间的严格分离可以在《包法利夫人》中见诸端倪。

倘若婚姻仅是两个家庭的一项经济交易或者政治连接的产物，而婚后情感联系并未产生，夫妇自婚姻获得快乐的期望很低，于

是，偷情与出轨则成为高概率发生的事情。

一个受过贵族化教育的农家女爱玛，瞧不起当乡镇医生的丈夫，总是梦想着传奇式的爱情。可是她的两度偷情非但没有给她带来幸福，却使她成为高利贷者盘剥的对象，终而积债如山，走投无路，只好服毒自尽。

在文学史上，《包法利夫人》是一部具有里程碑意义的名作，首版于1856年，被誉为浪漫主义的终结、现实主义的肇始（托尔斯泰的《安娜·卡列尼娜》要比《包法利法人》晚二十年）。在这部小说里，除了塑造了作为书名的这位夫人的形象，还有几位值得关注的男性形象。小说为我们展示了爱玛与三位男性的关系。这些关系如此真实可信，正是因为基于作家对人性的洞察。

福楼拜探讨了当婚姻并没有满足对爱情的期待，当两性之间新奇的魅力褪去，裸露出情爱变淡之后永恒单调时的那些遭遇。爱玛的丈夫查理·包法利是个怎样的人呢？他愚钝、笨拙、迟缓、毫无魅力、没有头脑、缺乏教养，信守着一整套传统观念和习俗。他是个鄙俗之辈，也是个令人怜悯之人。他迷恋爱玛、欣赏爱玛的，正是爱玛本人在浪漫的幻想中百般寻求却无法获得的那些东西。查理朦胧却又深沉地从爱玛的性格中体味到一种五彩缤纷的美，一种雍容华贵，一种梦幻般的冷峻高雅，一种诗意和浪漫情调。查理几乎是不知不觉地爱上了爱玛，那是一种发自内心的真挚感情。福楼拜以含蓄的笔调而又具有肉感美的文字描述了年轻的查理在婚后的幸福生活："早晨他躺在床上，枕着枕头，在她旁边，看阳光射过她可爱的脸蛋的汗毛，睡帽带子有齿形缀饰，遮住一半她的脸蛋。看得这样近，他觉得她的眼睛大了，特别是她醒过来，一连几次睁开眼睑的时候，阴影过来，眼睛是黑的，阳光过来，成了深蓝；仿佛具有层层叠叠的颜色，深处最浓，越近珐琅质表面越淡。"

哪儿有幸福，就向哪儿屈服。作为一个心怀绮丽梦想的怨妇，出轨成为必然。当爱玛遇到那个有着金黄头发的青年，金狮饭店包饭吃的房客莱昂时，初次见面便很谈得来。他们有相同的志趣(两人都爱好旅行和音乐)。此后，他们便经常在一起谈天，议论浪漫主义小说和时兴的戏剧，并且“不断地交换书籍和歌曲”。为此，爱玛很快就爱上了莱昂。而莱昂仅是一个庸俗的人，他会因为攀上这位贵妇而自鸣得意，他对她所产生的也仅是那种肉欲、轻薄的感情。

花花公子口中的“爱”，往往仅是实现肉欲目标的策略。衣装时髦的罗道尔夫·布朗热是一名风月场的老手。罗多尔夫利用举办州农业展览会的机会接近爱玛，为她当向导，向她倾吐衷曲，把自己装扮成一个没有朋友、没人关心，郁闷到极点的可怜虫。他说只要能得到一个真心相待他的人，他将克服一切困难，达到目的。他们一同谈到内地的庸俗，生活的窒闷，理想的毁灭……罗道尔夫欺骗了浪漫而又单纯的爱玛的感情，让爱玛成为自己的姘妇。

女主人公爱玛一度相信罗道尔夫就是自己常在书中读到、常在梦中见到的那种男主角的化身。而罗道尔夫欣赏爱玛的正是她那孩童般浪漫的稚气。在经过长达三年的婚外恋后决心私奔时，爱玛却收到罗道尔夫的失约信。此时，作者以同情的语气描写她经受的痛苦煎熬。

庸人满足于现状，怨妇却向往未来。爱玛遇人不淑，一腔真情付诸东流。当莱昂再次与爱玛姘搭上以后，渐渐地对爱玛感到厌腻了。因为这种暧昧的关系，将要影响他的前程。于是，他开始回避她。而作为丈夫的夏尔·包法利虽然迟钝笨拙，却对爱玛宽宏大量，坚贞不渝，给予她力量无穷的爱。在发现了爱玛的婚外恋后，非但不怪爱玛，反恨自己不是她的婚外恋人；在爱玛死后，盛葬了她，宁可负债累累，也不肯变卖她的东西。相比之下，爱玛的两个婚外恋人，一个损人利己，一个胆小怕事，都是见死不救、冷酷无情的家伙。两相比较，可谓天渊之别。就像现代文艺批评的奠基人圣·佩甫(Chailes Augustin Sainte—Beuve)所说，夏尔是个“可怜的好人”，“一个高尚、动人的形象”。据说，福楼拜写爱玛死时的夏尔，把自己在妹妹卡罗琳去世时的痛苦和悲哀都倾注于此。

令包法利夫人苦恼不堪的社会和爱情之间的对立，是那样尖锐。英国浪漫主义诗人乔治·拜伦说，男人的爱情是男人生命的一部分，女人的爱情是女人生命的全部。《包法利夫人》似乎佐证了这一点。但出于经济条件的制约或清规戒律，爱玛和《呼啸山庄》中的凯瑟琳一样，都无法把爱情作为首要选择。如果不能走出文学，文学将会成为她们的一种致幻毒药。爱玛恰是被浪漫文学所害。她所追求的爱情梦幻最终被残酷的现实所击碎。

作为乡下妇女本应与奶酪和糕饼的制作、储藏室、养鸡场、菜园等粗粝的农务为伴，但她被浪漫小说开拓出“细致温柔”“精致感性”的品格与气质，向往着上层社会妇女的游惰之风，所思所想的并非现实生活中的“柴米油盐”，而是读小说、上剧院、玩牌、访友、旅行之类的事情。爱玛永远生活在云中，眼中只有自己的天使，而不会顾及其他。

爱玛也不是一个善于读书的人，她深陷作家所虚构的世界，过于用情，以浅薄无知的孩子气的方式，让自己去充当浪漫文学里某个女角色。博纳科夫在评论爱玛的浪漫时写道：

浪漫这个词有好几层涵义。讨论《包法利夫人》这本书和包法利夫人这个人物时，我将使用浪漫的下列含义：“一种梦幻式的，富于想象力的心态，主要由于受到文学作品的影响，时

> 常沉湎于美妙的幻想之中。”(浪漫的，不是浪漫主义文学的。)一个浪漫的人，在精神上或感情上生活在一个非现实的世界之中。这个人是深沉还是浅薄，取决于他(或她)的心灵的素质。爱玛·包法利聪慧、机敏，受过比较良好的教育，但她的心灵却是浅陋的：她的魅力、美貌和教养都无法抵消她那致命的庸俗趣味。她对异国情调的向往无法驱除心灵中小市民的俗气。她墨守传统观念，有时以传统的方式触犯一下传统的清规戒律。通奸不过是逾越传统规范的一种最传统的方式。她一心向往荣华富贵，却也偶尔流露出福楼拜所说的那种村妇的愚顽和庄户人的粗俗。然而她那美丽出众的姿容和风韵，她那小鸟一般，像蜂鸟一般的轻盈活泼，迷住了书中的三个男子：她丈夫及两个接踵而至的情人——两人都是卑劣小人。[21]

《包法利夫人》中没有完美的人物，每个人都有着令人痛恨的缺点。这些平凡的人都来源于真实的生活。爱玛的悲剧在于爱慕虚荣和不切实际的幻想，而夏尔的悲剧在于爱玛不是一个值得痴情的妻子。在知晓妻子有外遇但仍不愿与其离婚，这表明在夏尔的意识中，夫妇关系其实并不需要深厚的爱情去维系，即使爱玛在外面拥有情人，他依然愿意维持形式上的夫妇关系。可见，夏尔是一个沉稳冷静、具有包容心的人，他并不期待从家庭中获得更多的爱或者浪漫，而期待有个完整的家，满足于平平安安地过日子。

平凡之人所拥有的魅力，正在于能够实现对平凡的期许，而爱玛的浪漫欲望仅能在想象中去索求。当浪漫之光照不进现实，于是就产生了现实的悲剧。《包法利夫人》的故事取材于现实，夏尔·包法利和爱玛等人物都有原型，夏尔的原型名叫欧解·德拉玛，曾在福楼拜父亲主持的卢昂医院实习。1839 年和十七岁的农家女德尔芬·库蒂丽叶(包法利夫人爱玛的原型)结婚。卢昂博物馆有德尔芬的画像，她长得很美，曾在一家修道院学习，但生性风流，喜欢交男朋友。德尔芬对平凡的婚后生活不满，又不信教，搞了两次婚外恋，最后倾家荡产，服毒自尽。

这种婚外恋的风流艳事，法国文学史上不乏先例，如卢梭的《新爱洛伊丝》和普莱沃①的《曼侬·勒斯戈》，写的都是浪漫主义的才子佳人，而福楼拜着笔于现实主义的庸人和浪漫主义的怨妇。

五、个体主义的形成：回到生活，回到所处的时代

如果将爱从婚姻中抽离，那就仅能剩下肉欲和苍白的生活。让爱回到婚姻吧！让人们在自己所处的时代，过一种富有情感的生活吧！

在《包法利夫人》出版之后，福楼拜听从了文坛相知圣·佩甫的意见——“回到生活，回到人人可以目击的范畴，回到我们的时代的迫切需要，那真正能够感动或者引诱时代的创作。”——1864 年，福楼拜开始《情感教育》的写作。他牢记圣·佩甫的指示，回到他们共有的时代，将婚姻从宗教所赋予的神圣叙事中剥离，从自己的经验中发掘另一个善良妇女作为参证。

在《情感教育》中，福楼拜塑造了一位善良妇女的典范——阿尔

① 普莱沃(1697—1763)：出身法国贵族家庭，从小受耶稣会教育，成年后从军，离开军队后又做了本笃会修士。主要作品有《一个贵族的奇遇和回忆》《克利夫兰先生传》《基勒林的修道院长》等。《曼侬·勒斯戈》阐述了对女主人公曼侬的放荡生活的有关看法，对后来的《茶花女》《包法利夫人》《安娜·卡里尼娜》等产生了影响。

鲁夫人。她虽不曾受过高等教育，但能识字读书；她有乡妇的健康，任劳任怨、安天乐命；她的品德是天生而本能的，所以道行深厚；她没有包法利夫人的浪漫情绪和不识世故的幻想盲动。虽然，丈夫是一个粗俗浅妄又极不可信赖的画商市侩，但她忍受恶运，相夫教子，不慕锦衣玉食，安于荆钗布裙，甚而还要慰藉男子的暴戾之气。这样的妇女正是男权们眼中“三从四德”的典范。

阿尔鲁夫人和包法利夫人同样是真实的人物，两人性格相反。阿尔鲁夫人温柔纯洁、深沉含蓄。她的原型叫爱丽萨(Elisa)，阿尔鲁的原型叫施莱新格(Schlessinger)，是一个德国人，在巴黎开了一家商店，专做音乐绘画以及其他艺术上的交易，曾经盗印罗西尼(Rossini)的《圣母痛苦曲》(*Stabat Mater*)。福楼拜和他们相识是在1836年，那时他还不到十五岁，随着父母在海滨的土镇(Trouville)消夏。他在这里遇见施莱新格夫人，他发狂地爱着这位讳莫如深的少妇，陷入初恋的痛苦。

爱丽萨起先只是施莱新格的情人，而她的丈夫是另一个人——虞代(Judée)。后来，直到这位神秘又缄默的丈夫死去之后，他们才算有了正式的名分。而爱丽萨之所以接受了施莱新格这个情人，只是因为她的丈夫的颟顸伤害了她的信心和自尊，而她的情人是那样执着，那样懦怯，那样经久不凋和生性忠实。[22]

小说中阿尔鲁夫人和现实世界的爱丽萨，可以原谅丈夫有情妇，但不原谅他们毁坏子女的前途；她原谅情人有情妇，因为他们谁也不属于谁。她们眼中的男女之爱并非仅是肉欲的燃放，而更多的是母爱、姐弟之爱和忠诚的友谊。物质的贪婪会不息而自息，肉欲的冲动会不止而自止，她们的内心永久是洁净，并不会因自身行为而受到玷污。她们审视男权施予的道德观，拒绝背负非人性的枷锁。

而福楼拜的伟大之处，正在于向世人阐释了一个人生普遍存在的困惑：人在追求完美、实现自我价值的时候，往往会陷于欲望与现实的冲突，尽管在挣扎过程中或许也有暂时的成功，但总要付出高昂的代价。只要勇敢地承担起这些痛苦，就是一个应该拥有自由而富有尊严的人。每一个人都是一个矛盾体。有一次，他向龚古尔兄弟告白道："我的身体里住着两个人。一个是你们现在看到的，紧缩的上身、沉甸甸的屁股，生来就是为了伏案写作的人；另一个喜欢游荡的，一个真正的快乐的游荡者并且迷恋着充满变化的生活。"

充满激情和幻想的浪漫爱情，曾经被普遍视为幸福婚姻生活的源泉，但这一认识受到了女性主义者和思想家们的长期质疑。他们认为浪漫爱情仅能存于短期的两性关系之中，浪漫爱情并不能带来现实生活的超越感和自我实现。基于人类普遍的心理机制，浪漫爱情总是充满忧患和各种矛盾。因为，浪漫爱情的男女双方都会在意"对自己"和"对对方"的爱，从而这种过分的关切和在意，在无形中消灭了浪漫。浪漫需要行浪漫之事以体现浪漫，但生活终究要回归平凡，而唯有将注意力从爱情方面移开，投入共同的爱好、责任或事业里，这种看似缺乏浪漫的爱情，才会变得持久且浪漫。

与浪漫主义爱情相对，实际上，正如人类学家在各处所发现的，媒妁婚姻远不像那些浪漫文化里受到教育的人所想的那样坏，部分因为"感情能相当容易适应社会要求"是一个事实。无论如何，爱情很少是盲目的，因为它沿着社会能接受的路线发展，寻求类似背景的另一性别的人。如此大大增加了媒妁婚姻的可行性，只要它不是纯粹为了图利的考量而被议定，且在年龄、性吸引力或性情方面没有太大的隔距，就可能运作得不致太坏。这在夫妻被事务分开因此无须共度太多时间的情形，以及夫妻双方都有许多外在兴趣、有朋友以解闷的情形下尤为真切。在“低情感”的社会里，“低情感”的婚姻经常十分令人满意。[23]

其实，这种思想早在19世纪30年代的巴尔扎克的作品中就可以见诸端倪。巴尔扎克的作品体现出新颖的现实主义风格，他所关心的不是爱与荣誉的冲突，而是荣誉与利益的较量。巴尔扎克的新现实主义降低了人们对自我及他人情感的期待，而低情感期待意味着更大的情感自由。

在《高老头》(首版于1834年)这部作品中，高老头是一位业已退休的粮食批发商，为了让出嫁的女儿得到更多的财物，甘愿自己受穷。但他的女儿们不断向他索取，当他穷困潦倒时，则个个嫌弃他。他的女儿和女婿甚至都不愿承认有一个商人作为亲戚。高老头的慷慨以及他的女儿们的不义之举，被一个富有野心的乡下人欧仁·德·拉斯蒂涅所知晓。拉斯蒂涅决定在巴黎的富婆中寻找征服的对象。于是，拉斯蒂涅与高老头的一个已婚女儿德尔菲娜相爱。这份爱掺杂着大量个人利益的考量。但拉斯蒂涅却修复了高老头与女儿德尔菲娜的关系，高老头临终前同意了他们的非法结合。拉斯蒂涅最终得到了财富，德尔菲娜也没有受到她那精明丈夫的敌意对待。在各自利益面前，名誉普遍得到了保护。

巴尔扎克对作品中的男女主角并无讴歌、赞美的色彩，他展示出人性中的真实的一面，略加批驳。他以新现实主义之光照进现代生活的黑暗角落，他所拥有的并不是浪漫主义艺术家的那种态度。他相信包办婚姻不能带来幸福，但基于爱的结合同样脆弱。而金钱，是一种普遍的解决途径，可它在人们的手中极易溜走。显然，福楼拜秉承了巴尔扎克的新现实主义的传统，并将之推到一个更重要的位置——文学的现实主义。

婚姻回归情感与生活的双重现实，浪漫爱情中情感至上的观念被祛魅。爱情作为婚姻的基础，在道德上曾是不容置疑的，但因利益而缔结的婚姻却有着人性的现实性。这种利益包括钱、地位或权力。面对越来越自由、独立的个体，从而造成两种结果：要么更加相信现实利益而不是情感本身——“我是嫁给我先生的家族，而不是他这个人”，要么追求瞬间即逝的当下感受，而不是稳固的婚姻关系。人们正视浪漫情感中的非理性和短暂的美好，因为经济和人格上的独立，男女双方都拥有了处理各自生活的能力，这让婚外恋和单身变得很普遍。

六、安娜的呼声：我要生活，我要爱情

温柔的爱情如何会化为滚滚洪涛，将人带入死亡之谷？当理想与现实互渗，爱情生活就会变得混浊不清，遥不可测。安娜视爱情为生活中的重中之重。这犹如抱着一只珍贵的花瓶在熙攘的人群中行走，你越小心就越有摔碎它的危险。沉溺于爱，却不能超脱于爱，这让原本应该轻盈、快乐的爱变得沉重而悲苦。

“我是个人，我要生活，我要爱情！”这是觉醒中安娜的坚定呼声。这呼声中也隐约展露了托尔斯泰无法使自己的道德良心与动物本能达成妥协。年轻时的托尔斯泰精力旺盛，有着躁动不安的灵魂，渴望着城市生活的声色犬马。他是性情中人，一生都在情与理之间挣扎。荷尔蒙本身所拥有的致幻性，既让人享受到无上的快乐，也让人饱受深渊般的痛苦。

在列夫·托尔斯泰的作品《安娜·卡列尼娜》(首版 1877 年)中，这位被引用为书名的主人公出身贵族，气质高雅，聪慧善良，生性乐观，自然真诚又富有激情，有着令人无法抗拒的美貌和深刻

丰富的精神世界。显然，安娜是女性的一个完美的标本。她是一个有着完整道德观念和独特自我的人。

在姑母的撮合下，安娜 16 岁时便嫁给了比她大二十岁的卡列宁。卡列宁醉心于利禄功名，是一位枯燥无味的正人君子，冷酷无情地维护着他的道德伦理。作为庸俗小官僚，他心甘情愿地接受看似冠冕堂皇的伪道德观，为人虚伪而专制，孜孜于繁缛低效的公务。卡列宁偶然也会有良心发现，做些善意之举，但很快又会将其抛诸脑后，他会为仕途而牺牲良心。安娜与卡列宁结婚八年多，在家庭里备感压抑，仅有儿子谢辽沙能给她些许快乐和慰藉。她充分享受着世俗生活提供给她的种种表面上的乐趣。

然而，改变来自她与渥伦斯基的相遇。在圣彼得堡车站的那一幕令人印象深刻，卡列宁去车站接从莫斯科归来的安娜，她突然注意到他那两只原本平常的耳朵大得离奇、形状恼人。而以前安娜从未注意过丈夫的耳朵，因为她也从未以批判性的目光看过他。卡列宁是生命中早已被接受的一个人物，成为她生活的自然的一部分。但现在一切都发生了改变。而改变的原因是，她看待他的目光改变了。

当生性风流的渥伦斯基向安娜倾诉爱情时，安娜还是清醒的，她不许渥伦斯基提到“爱”字，她说：“我所以不喜欢那个字眼就正因为它对于我有太多的意义，远非你所能了解的。”但他们之间过分亲热的关系引起了社交界的纷纷议论。作为丈夫的卡列宁要求安娜“严格地遵守外表的体面”，并警示她违背世俗规约可能带来的风险。然而，安娜深陷对渥伦斯基的爱情之中，她默默地说：“迟了，已经迟了。”从此以后，他们夫妻之间表面上一切如旧，但内在的关系完全变了。安娜终于成为渥伦斯基的情人。

卡列宁想与渥伦斯基决斗，却害怕自己受伤或被打死，便想到了离婚或分居，但又觉得这使得安娜能够自由地去与渥伦斯基结合，于是怒火中烧。最后他选择继续和她在一起，却用一切手段去断绝他们的私情。这体现出了小官僚的阴暗与狡猾。

安娜无法像她的表嫂培特西公爵夫人那样隐秘地进行自己的风流韵事。她本性诚实，热情似火，她不甘于偷鸡摸狗的勾当；安娜也不像那个做白日梦的乡下女人爱玛·包法利，可以沿着破败墙头偷偷爬上情夫的床；她寻求的是一份有尊严的爱，虽然这份爱相反让她失去了尊严。她把生命与全部的情感都付诸渥伦斯基。

然而，这种诚实让她付出沉重的代价。公开的婚外恋首先让她背负道德败坏的名声。她让一个虚伪社会深感被冒犯，正是她公开地抵抗社会习俗，而不是婚外恋本身。她遭遇人们的白眼和斥责，成为社会愤怒的对象。而渥伦斯基仅是一个讲时髦的徒有其表的男人，婚外恋的丑闻并没有成为他的困扰，他却受到各方邀请，四处走动，参与朋友聚会，被引荐给那些表面上很体面的女人，但这些女人却不肯与安娜在一个屋子里待上一分钟。虽然渥伦斯基也爱着安娜，但是他爱得并不专心，也缺乏耐心和共情能力。这让安娜感觉自己正在失去他。

人们不待见一个婚内出轨的女人，彼得堡和莫斯科的社交界一律对安娜关上了大门。安娜不甘于承受无名的羞辱，而选择对社交界的挑战，她穿上在巴黎定制的漂亮绸袍去看歌剧，但这种挑战带来了与社会共同体的决裂。安娜和渥伦斯基只有选择到乡村里定居。然而，安娜不甘乡村的寂寞，决心“把这里搞得又热闹又有意思，使渥伦斯基不要见异思迁”。她经常约一帮年轻人来搞娱乐聚会。安娜的生活似乎围绕对渥伦斯基的爱情而运转，渥伦斯基赏识这一点。但甜腻的日子终会令人生厌，于是他愈发渴望他的自由。他们之间的关系日渐恶化。

爱情之中的梦幻主题自然地融入了欺骗的主题。显然，欲望上的满足，不能带来灵魂的共鸣，爱情并不能永久地成为生活的全部。安娜对渥伦斯基的热情也逐渐衰减，这使她苦恼万分，失望、忏悔、愧疚，从而否定以前的一切：“……这全是虚伪的，全是谎话，全是欺骗，全是罪恶！”于是，她投向奔来的火车。

“无爱而不能活”，安娜和爱玛一样成为唯爱论者。她们把男女之爱看得比生命本身还重，显然，这是一种极端主义的爱情观。且不管“天涯何处无芳草”，岂不知，爱情之外依然可以塑造一个内涵丰沛的人生。

安娜的情感经历与《包法利夫人》中的爱玛有着很大的相似性，她们都经历了从渴望、激情、挫折、情欲、失望这一兴衰无常的变化，都以自戕告终。对于安娜和爱玛的自杀，可以借用埃米尔·涂尔干①的有关论述加以印证。埃米尔·涂尔干是第一个开始探询这种情感的、规范的、制度的秩序崩塌究竟意味着什么的社会学家，在被奉为典范的《自杀论》中，他提出的“失范”概念在很大程度上与性及婚姻的欲望相关。他提出：有些欲望可以转化为直接的决策，有些则不行。失范型欲望既非压抑，也非无感，恰恰相反，它是处于心中激发过度、涌动难平、永远在追求着某种东西的状态，这种状态甚至被视为“病态”。这种激发过度、涌动难平的欲望无法导向忠诚而稳定的婚姻。在《包法利夫人》中，爱玛所追求的正是在脑海中浮动不已的浪漫爱情，而安娜看似忠诚的爱情观，也会因所爱之人的不忠而变得动荡无定。

安娜对渥伦斯基的爱执拗，但并不纯真，有着与包法利夫人对

① 埃米尔·涂尔干(Émile Durkheim，1858—1917)：犹太人，法国首位社会学教授，《社会学年鉴》创刊人，与卡尔·马克思及马克斯·韦伯并称为社会学三大奠基人，主要著作有《自杀论》《社会分工论》等。

罗多尔夫那种被 PUA① 的相似性。她们与自己曾经付诸一切的男子都有过“卿有爱，我亦有情”的美妙时光，但这两位男主都有着玩世不恭的一面，他们原本不值得寄寓深情，缺乏像罗密欧与朱丽叶那种的舍身忘死的双向奔赴。

黑格尔说过，悲剧人物必须在他的性格、意志中体现某种人的本质，某种超越个体的本质力量。这种力量不仅是情感的力量，更是意识形态的力量。安娜勇敢而又执着地追求爱情，体现出女性自我意识的觉醒，她冲破世俗道德观念和宗法制度的阻挠，却并没有赢得理想中的爱与自由。显然，安娜所挑战的并非仅有自私的男性本身，而是她赖以生存的整个社会。

托尔斯泰通过这篇恢弘巨著深刻地揭示出安娜悲剧命运的根源，即非完整的感性人格决定了安娜的悲剧命运。安娜的选择体现出人性的迷误，做了自我情欲的奴隶，为了实现狭隘的个人情爱，不惜抛家弃子，最终落得悲惨的结局。

在安娜的情感经历之中，与之平行的另一个故事，是围绕列文对吉娣·谢尔巴茨基的求婚、结婚而展开。在托尔斯泰的小说作品中，列文可以说是一个自传性很强的一个人物。列文是一个有道德理想的人，而良心又压得他近乎窒息。列文与渥伦斯基形成正反对照。渥伦斯基满足于一己之欲，表面上时髦却极为世俗，以世俗功利代替道德理想。而列文则感觉自己有责任更好地理解所生活的时代和周遭世界，他寻求属于自己的独立天地。列文的性格和精神上的成长贯穿小说的始终，不断朝向自己理想的方向迈进，这也是托

① PUA：Pick-up Artist，本意是为了将那些不擅长与异性沟通的男性培训成“搭讪艺术家”。但在一系列社会事件后，PUA 成为情感控制的代名词，即指通过语言、行为、环境等多种手段对受害者进行心理操纵，从而达到自己的目的。

尔斯泰的自我投映。

另外，列文与吉娣的婚姻是建立在形而上学的爱情基础上，不仅仅是肉体概念的爱情，而是相互尊重并心甘情愿为之牺牲的基础。而安娜与渥伦斯基的爱情仅是建立在肉欲的基础上，这也决定了它的劫数。

“死亡是灵魂的分娩”（博纳科夫语）。吉娣的分娩与安娜的死亡在时间点上交汇。安娜死时出现的“亮光”意象，成为极具深意的象征——孩子的诞生与灵魂的诞生，获得了同样神秘而又美丽的表达：惊喜与恐惧交杂在了一起。

“一切都是混乱的，一切都正在建立。”列夫·托尔斯泰宽广的视域令人赞叹。乍看上去，托尔斯泰的小说中充斥着道德说教，事实上，他的意识形态如此温和、暧昧，又远离政治，他的小说艺术那般熠熠生辉，那般富有原创性和普世意义，他也并不试图在作品中给予确定性的结论。

而托尔斯泰与索菲亚·安德列耶芙娜·托尔斯塔娅的婚姻也值得我们观瞻：他们既有相互扶持，也有晚年因观念不合而产生的争吵和决裂，但彼此都有一颗深爱对方的心。托尔斯塔娅是沙皇御医的女儿，18 岁时嫁给了 34 岁的托尔斯泰，前后育有 13 个孩子。他们大部分时光过得不错，托尔斯塔娅负责管理庄园，协助誊清和保存文稿的工作，从而让托尔斯泰能够安心创作。有一次，夫妻两人闹不和，托尔斯塔娅跪下恳求托尔斯泰为她再读一遍早年其为自己创作的诗歌和散文，以找回当初的甜蜜，但托尔斯泰此时已死了心。

博纳科夫在《俄罗斯文学讲稿》（丁俊、王建开译，上海译文出版社，2018 年）中对托尔斯泰有着这样的一番评述：他一方面贪婪于黑色的土地、雪白的肉体，以及绿野、蓝雪、紫电之美，也坚持认为小说是有罪的、艺术是不道德的。他在追求真理中苦苦挣扎。事实上，他也许不知道自己所追求真理的过程要比发现虚幻的真理更加重要——俄罗斯的真理与《真理报》上的真理，究竟又是什么样的真理？

晚年时，道德意识压倒了美学意识及其个人意识，促使他置妻子的幸福、家庭的和谐以及崇高的文学事业于不顾，而为了他所认定的道德的必需。在全国性大饥荒和革命形势影响之下，身为贵族的托尔斯泰弃绝本阶级，持斋吃素，向往自耕自食的生活，数次离家出走。屠格涅夫看到托尔斯泰在“关怀社会”的道路上越走越远，清醒地认识到他所做一切皆是徒劳，沙皇厌倦了他“放弃专制统治”的规劝，而革命家们则不需要他的“人道主义”，便写信劝告：“我的朋友，回到文学事业上来吧！”

托尔斯泰最后一次出走时，已是 82 岁高龄，怀揣着 69 卢布，从亚斯纳亚·波利亚纳出发，途中因风寒感染肺炎，一个人流落到阿斯塔波沃车站，并逝世于此。

七、甜蜜的泪水：越是被禁止的，就越是被渴望

查泰莱夫人的情人是与“包法利夫人”“安娜·卡列尼娜”同享盛名的小说人物。

《查泰莱夫人的情人》(首版于 1928 年)被称为西方十大情爱经典小说之一，是戴维·赫伯特·劳伦斯最后一部长篇小说，因书中存在大量的性描写而遭禁 30 年之久。

书中描写的是一位已婚女子康妮因为丈夫腰部以下瘫痪，不得不忍受没有性爱的生活，她在森林中邂逅了守林人梅勒斯，她从他

壮硕的躯体感受到性的诱惑，于是不顾阶级与道德禁忌，投入干柴烈火之中，重新体验到了爱的滋味……由此，年轻女子与两个男人之间展开了一段情欲纠缠，深度揭示了现实生活中巧妙伪装的真实人性。

康妮的第一次婚姻得到的仅是一个残疾的男人，他们的婚姻仅是法律关系维持下的责任与义务，而无法带给她情欲的满足。她所向往的仅是保持原始本性的平凡生活：两性之间的你情我爱，对婚姻生活不可或缺。但第一次世界大战还给她的只是一个性机能残废的丈夫，原本属于她的幸福生活就这样被战争所摧毁。

与《一位老人的爱》中的玛丽·劳里的主动受范不同。康妮遵从自身的欲望和内在的情感需求。她面临的挑战不像玛丽·劳里在两条合规的道路间的选择，而是自我本性与世俗规范之间的尖锐矛盾。玛丽·劳里所面临的两难是“喜剧性的”，而康妮面临的两难选择则是“悲剧性的”。因为，玛丽·劳里无论怎么选，得到的终究是一种“带有缺憾的幸福”，而康妮无论怎么选，只能得到“带有幸福的沉痛”。

为此，劳伦斯对康妮给予了极大的同情，他以真切细腻的笔触讲述了她这个孤独忧郁的贵族夫人在灵与肉、堕落与升华之间的苦苦挣扎。在劳伦斯看来，现代工业文明不仅毁坏了环境，而且扭曲、扼杀了人的自然本性。所以，他最终让康妮选择了回归自然，回归本性。康妮有着作为女性对命运现状不满的抗争精神，因而实现了从僵硬的机器人向一个散发人性光辉的真真正正的女人的蜕变。一纸离婚协议书，康妮舍弃的不是一个丈夫，她舍弃的还是人人都趋之若鹜的名誉、金钱，以及深深厌恶的享乐生活。显然，这也是对世俗规范的一次抛弃。

相对康妮的不幸，克利夫的不幸在于他身体的残缺，这是战争带来的恶果。然而，克利夫又是强壮的，在于他的精神的富足。作为一位矿场主，他发挥自我的创造性而成为一名小说家。他对妻子康妮心怀歉疚，所以力求包容。他说："偶尔的性行为，和长久的共同生活比起来，简直不算什么……那些一瞬的兴奋有什么重要关系呢？……如果缺乏性的满足使你不完备，那么找一个对手去。如果没有儿子使你不完备，那么，只要你能够，生个孩子罢……不过，要以获得一个长久而和谐的完备生活为目的。"很明显，克利夫满心想让康妮留在自己身边。然而，这算是克利夫的自私么？他不愿与康妮离婚，却允许她有情人，克利夫也算是具有现代性人格的"好男人"。

梅勒斯是劳伦斯关于健康、正常、和谐的男女关系最标准的形象诠释。他为了远离机械、金钱，自我放逐于曾经的罗宾汉森林，自愿做一个守林人。劳伦斯显然在抗拒现代工业文明，而梅勒斯则成为性欲、生殖和自然的象征。性，被提升到人生的其他价值和意义之上。"性意味着男女关系的全部。""男女之间关系就是两条河并行，时有交汇，随后又会分流，自行其径。""男人的阳物是一根血液的支柱，它充满了女人的血液之峡谷，男性的血液长河触到了女性血液长河的最深处，但双方都不会破界。这是所有交流中最至深的交流，任何宗教都懂得这一点。事实上，它是最伟大的神话，几乎每个最初始的故事都在表现神秘婚姻的巨大成就。"

康妮在梅勒斯的原始激情的感召下，一步步地放弃"她的坚固的、光辉的、妇人的权威"，在性关系中变得"毫无能力"，蜕化成"一只孵卵期的母鸡"。而"一只孵卵期的母鸡是没有自我的"，这时才是劳伦斯振臂欢呼的"上帝的儿子们和人类的女儿们在一起的时候了"。这时，梅勒斯才愿意考虑把自己的将来与康妮联系在一起，哪怕花再大的代价也要离开他的前妻白黛。

劳伦斯在《查泰莱夫人的情人》中歌颂了男女最为纯粹、自然的爱，却完全罔顾现代工业社会道德规范的约束。男欢女爱，宛如动人诗篇，他意图将之不受任何污染地还给世人。

罗素在《幸福婚姻与性》(陈小白译，华夏出版社，2014 年)一书中说："我们环顾现在这个世界，问问自己，到底什么条件促进婚姻的幸福，什么条件造成婚姻的痛苦的时候，我们不能不得到一个奇怪的结论：愈文明的人，似乎愈不能和一个伴侣有永久的幸福。爱尔兰的农民，虽然到了现在他们的婚姻还是由父母作主，但他们夫妇之间的生活大都是快乐而贞洁的。通常来说，人们彼此区别最少的地方，婚姻最为容易。假如一个男子和别的男子相差无几，一个女子和其他的女子也区别不多的时候，那就没有理由去悔恨未曾和另外一个人结婚。但是，假如人们的嗜好、事业与兴趣都各不相同，则他们总希望一个与自己性情相同、情投意合的伴侣；当他们发觉所得到的没有他们本可以得到的那么多的时候，他们就会感到不满。教会每每只从性的观点去看待婚姻，因此他们不了解为什么婚姻的伴侣有合适与不合适的区别，也因此会主张婚姻不可解散，而不知道这种婚姻所常常包含的许多痛苦。"

八、扭曲而失控的爱

在劳伦斯另一部富有争议的作品《儿子与情人》(首版于 1913 年)中，他通过现实主义和心理分析的写作方法，将他的自然主义和本性唯上的观念落实在具体的家庭生活中。他展现了责任、义务、金钱、权力等对人本身的异化。家庭生活犹如一个泥塘，让每一个拥有自我精神和独立思想的人苦痛不堪。显然，劳伦斯所鼓张的是“个人情感的自由发展”，在意识形态上，对传统的男权观念和家长制形成挑战。

《儿子与情人》带有作者的自传色彩，描写了 19 世纪末叶英国工业社会中下层人民的生活和特定环境下母子间和两性间的复杂、变态的心理。他强调人的原始本能，把理智作为压抑天性的因素加以摒弃，主张充分发挥人的本能。

小说主人公保罗的父母莫雷尔夫妇，只有肉体的结合，而没有精神的沟通、灵魂的共鸣。他们两人是在一次舞会上结识的，可以说是一见钟情，婚后也过了一段甜蜜、幸福的日子。但是两人由于出身不同，性格不合，精神追求迥异。在短暂的激情过后，之间便产生了无休止的唇枪舌剑。保罗的父亲是一位浑浑噩噩的煤矿工人，粗俗、贪杯，把家事和孩子们的前程置之度外。母亲出身于中产阶级，受过教育，对嫁给一个矿工耿耿于怀，直到对丈夫完全绝望。于是，她把时间、精力和希望转移、倾注到大儿子威廉和二儿子保罗身上。

母亲竭力阻止儿子步父亲的后尘，她敦促他们跳出下层人的圈子，出人头地，实现她在丈夫身上未能实现的精神追求。她的一言一行、一举一动逐渐拉开了她和丈夫之间的距离，并最终形成不可逾越的鸿沟，进而影响到子女。儿女们与母亲形成统一战线，共同对付那肉体依旧健壮，但精神日渐衰弱的父亲。

母亲和孩子们的结盟，给孤立无援的父亲带来了痛苦和灾难，却没有给家庭中的任何成员带来好处。父母之间无休止的冲突，也迁延到儿子们的身上。母亲成为家中的强者，统治着这个家庭。她从儿女们的身上获得寄托，消磨丈夫的志气，以便满足自己婚姻的缺憾。

但是大儿子并未能让她扬眉吐气，相反却死了。于是，希冀转移到保罗身上。保罗成了母亲唯一的精神港湾，也成了她发泄无名之火和内心痛苦的一个渠道。她罔顾保罗的天赋和感受，一个劲儿地督促他成名立万，跻身上流社会。她想方设法控制保罗，使他不移情他人，特别是别的女人。这种强烈的占有欲和控制欲使保罗倍感窒息，迫使他一有机会就设法逃脱，但总又难脱母亲那无形的精神枷锁，为此他痛苦不已。

女友米丽安对保罗也是一种磨砺。他们原本因兴趣相投而萌生恋情，然而可悲的是，米丽安过分追求精神满足，也妄图从精神上控制保罗。这使米丽安成为与保罗的母亲争夺保罗的“情敌”。在两个女人的明争暗斗之中，保罗则移情于另一个名叫克拉拉的女人，并从这位“荡妇”身上得到肉欲的满足。然而这种“狂欢式”的融合，是一种没有生命力的、一瞬即逝的结合。

陈良廷先生在《儿子与情人》(人民文学出版社，2020 年)译者序言中评价道：“在 20 世纪的英国文学中，小说家戴维·赫伯特·劳伦斯可以说是富有创见、争议多的作家之一。他敢于打破 19 世纪前辈作家的传统创作方法，以独特的风格，抒情的笔调，细致的心理刻画，抒写原始的美和自然的美，企图表现人类本能的力量。他认为工业化的西方文明过度强调人们的才智，剥夺了人们自然的、肉体的本能，使人们丧失了人性。他相信西方文明正处于没落阶段，并反对一切私有财产观念，这就直接违背了西方多少年来的传统文化和习惯势力。无怪乎他除了受到官方的迫害之外，还遭到评论家的抨击和谩骂，被视为异端邪说，甚至在他死后几十年中，还受到种种非难和歪曲。不过，近年来，他受到越来越多的人的重视，被推崇为 20 世纪英国文学重要的代表作家之一。”

《恋爱中的女人》创作于一战之间。此时，劳伦斯正致力于创建他理念中的完美两性关系，从男人与女人、男人与男人、女人与女人的关系出发，用诗意的笔触呈现了他的哲学观念、社会梦想和对生命个体及两性关系的深入思考，显示出深刻的现代性。

吉塞拉·博刻（Gisela Bock）和芭芭拉·杜登（Barbara Duden）1977年在其《出于爱而工作——爱如工作：论资本主义家务劳动的起源》①中，提出了反对将婚姻浪漫化的观念，认为它将女性的家务劳动重新定义为非劳动，从而巩固了现代早期婚姻关系中女性的从属地位。

> 在传统的家庭和婚姻制度中，妻子终身或者是在婚姻关系延续期间都将其体力劳动和性交给了丈夫，她的行为被认为是出于爱，并且得到的回报也是爱，而事实告诉我们的是一个完全不同的故事，在婚姻市场上，被用来交换爱的不仅仅是爱，还有为了生存而做的工作。[24]

第一次世界大战给欧洲女性带来了选举权，使她们得以进入原本只属于男人的职业领域。工作赋予女性社会自由和经济独立性。战争改变了女性的自我意识，也改变了她们在众人心目中的形象。她们从只知道关心个人的卑微琐事，转变到成为有智慧、有能力的人。

---

① 《出于爱而工作—爱如工作：论资本主义家务劳动的起源》：德文为Arbeit aus Liebe—Liebe als Arbeit：Zur Entstehung der Hausarbeit im Kapitalismus.

九、在爱与自由之间：存在主义的先驱在行动

每个人都应该遵循真实的个人意志而行动，来创造自己的生活。这正是存在主义哲学大师萨特的观点。而自由显然比归宿感更为重要。

卡门，这位吉卜赛女人正是存在主义的先行者。她宁要没有爱的自由，不要没有自由的爱。她随性所欲地将自己塑造成为任何样子。她是抽雪茄的姑娘、小偷、妓女、勾引者、牺牲品、不忠的女人……卡门以俗丽魅惑的人物形象，形成对传统道德的颠覆力。她是尘俗世界的“致命红颜”——一位精神崇高的妖姬。这种眼睛乌黑、目光专注的尤物，进入了语言，进入音乐，进入歌剧院的舞台，进入电影。无论卡门多么怪异、浅薄、轻浮，她与其他不朽的虚构人物一样，有一个关键的品质：她既是我们的镜子，也是我们的梦想。她道出了我们深藏不露的自由心声。

当《卡门》首版的1845年，浓烈的异域色彩、浪漫的吉卜赛人和富有冒险精神的西班牙强盗已经在文艺作品中司空见惯。然而，《卡门》的魅力自有深处：我们渴望自由与爱，却抵御着死亡；但在某些情形下，爱、自由与死亡，这三者形成了不可能三角。为了爱与自由，我们在某个时刻，心中会潜藏着嘲笑死神的念头，并戳穿死神的真面目不过是一个稻草人、一个试图阻碍我们自由的乞丐。她不肯接受任何人的束缚，不作任何虚假的伪装，她坚定地选择自由，勇敢地面对死亡。

卡门是一个落入自由、爱与死亡纠缠的女人。她宁愿死也不愿放弃自由的权利。高傲自由的宣言反复在小说之中回荡，犹如风中

之烛不断闪亮。然而，卡门也认识到爱乃枷锁。爱也是自由和永恒的毒液。爱会束缚她，使她成为不能长久忍受的奴役。为此，卡门不愿妥协，她在男人间游走，翩若惊鸿，略带反讽。她洞悉世俗世界的一切，她知晓自己的爱已沦为别人利用的工具。最终，自由的力量战胜了恐惧，战胜爱。在爱与自由之间，卡门也宁要自由。卡门同样视谎言为奴役，人一旦撒了谎，就落入谎言的陷阱之中，就如人因为爱而受制于爱。她拒绝为活命而撒谎，为此，她带着威严而愉快地走向死亡。

正是这种看淡死亡的轻率，赋予了整个故事巨大的张力。仿佛死亡并不恐惧，仿佛死亡就是一个玩笑，仿佛死亡是一出闹剧，仿佛死亡才是最高的自由。尽管卡门已经在算命纸牌上读到了迫在眉睫的宿命，尽管她在星座与咖啡渣中显而易见地见到了谋杀，但她没有采取任何措施，逃避夺命的刀子。

"死亡，你的尖刺在哪里?"这就是卡门故事的意义，它拨动着隐蔽在人心中的反叛精神之弦。她知道何塞将会杀她，她承认他的权利："你有权利杀死你的心上人儿。"当何塞挥起刀子，她迎接了这一击，就像迎接一阵风，就像迎接自己的爱人。杀戮显得如此轻淡，犹如一个不算太过沉重的诗句。这种将宏大、沉重主题和戏剧性高潮抽离而重建元叙事的创作风格，正体现为一种后现代主义文学的特征。

卡门显然是一个真正觉醒的女性，她知道"得到爱情之后又能怎样"的答案。她必须保持自己的自由，才能拥有纯粹独立的自我。卡门这个人物形象得以确立，正在于她并不是为爱而爱的人，她超越了既往的女性形象，具有鲜明的平民风范，却不沉沦于任何世俗欲望和道德规约，而成为所有时代的自由女神。

《卡门》没有沉郁悲剧的色调。比才的《卡门》无疑是歌剧中的杰作，它既俗气又庄严，既有漂亮的空谈，也有强烈的情感。但在比才将卡门送上歌剧舞台之时，卡门已经诞生30年了。歌剧的简洁明快和情感力量都要归功于普罗斯佩·梅里美(Prosper Merimée)的小说《卡门》。

梅里美出生于1803年，成长于拿破仑战争高歌猛进的动荡时代。成年后，他和同代人发现世界已变得灰暗紧张。到1846年，他几乎写完了所有足以让他青史留名的作品。他的创作没有经历成长的过程，就一步迈入经典而永恒的殿堂。他的写作生涯有着处子般的温婉气息，花的心思很少，却取得如此高的成就。他分享着浪漫主义运动的热烈胜利，雨果、乔治·桑、圣伯夫都是他的圈中同人。梅里美是司汤达的密友，他非常仰慕司汤达，他们共同代表了蕴藉、含蓄、反讽、冷淡的理想风格在18世纪浪漫主义时代的存续。

尼采认为梅里美是现代文学大师，梅里美的创作风格似乎是完全自由支配，自成一体。对待文学，梅里美体现出一丝纨绔子弟的气息：既不充当文学的祭司，也不肯视自己为文学的仆人，而是将文学本身视为自己的情人。梅里美与自己的作品之间保持着隐蔽的“私通关系”，而非山盟海誓的婚约。文学并不是其生命的全部，文学也并不是付诸个人生命的预言。他属于纯粹意义上的说书人，他的想象力严重依靠文献和方志。为此，在最热烈的叙事中也显出一丝傲气，犹如一位绅士在饭后茶余中讲故事以娱宾客，其间不惜屈尊自嘲。他以聪明敬畏的方式利用自己的时代，把他所拥有的狂野、秘密的精神化在可供自己讲述一番的事物中。

乔治·斯坦纳评论道：“他雄辩的力量不是来自带有音乐性的语词，而是来自坚定不移的叙事和刚劲直白的对话。”梅里美的女儿是拿破仑三世的皇后欧仁妮，父女关系甚笃。作为皇室的座上宾，他在1853年被任命为上议院议员。在1870年秋天，他眼睁睁地看着他所熟悉的法兰西倒在普鲁士的铁蹄之下①。

十、沉默与抗争：在历史中触发女人，重新归还女性的位置

《房间里的阿尔及尔女人》原是德拉克洛瓦作于1832年的一幅名画，而毕加索于1954至1955年创造了一幅描绘裸体女仆在舞蹈的名叫《阿尔及尔女人》的画作，密集的构图，鲜明的色调，恢弘的画面，是毕加索创作的一个里程碑。阿西娅·吉巴尔的《房间里的阿尔及尔女人》(黄旭颖译，上海文艺出版社，2013年)则是一部短篇小说集，讲述自阿尔及利亚独立以来一群女性的故事。

这部短篇小说集由法蒂玛述说之夜、今天、昨天和后记四个部分构成。

在《法蒂玛述说之夜》这部分，阿西娅·吉巴尔以两种人称(第一人称和第三人称，而第一人称的“我”也会变换身份，从法蒂玛——法蒂玛的儿媳妇阿妮萨，也许受到毕加索立体主义的启示)结叙的方式，向我们讲述四代女性的生存经验和困境，反抗与服从，以及动荡不定的女性地位。

法蒂玛的母亲阿比亚在13岁时，被从军队休假回乡的图米诱拐，结婚一年后生下了唯一的女儿。而法蒂玛在读完小学之后，在

① 普法战争(英语：Franco-Prussian War)，在法国称1870年法德战争，在德国称德法战争，是普鲁士王国为了统一德国，并与法兰西第二帝国争夺欧洲大陆霸权而爆发的战争。战争是由法国发动，最后以普鲁士大获全胜，建立德意志帝国而告终。

不满 14 岁时又被父亲许给了他所器重的一位已过 30 岁的军士，法蒂玛 14 岁时就生下了一个儿子。而法蒂玛的母亲一直未能自己生下一个儿子，而不能拥有一个儿子就不觉得自己是一个真正的女人。于是，法蒂玛将自己的儿子送给了母亲阿比亚。于是，本应是外婆的阿比亚成了穆罕默德的母亲。而法蒂玛跟随丈夫卡西姆去了法国，住在枫丹白露，然后，又回到阿尔及利亚的米迪亚，然后生下纳迪尔。而在穆罕默德长到十三四岁的时候，他以一身阿拉伯人的打扮回到了自己亲生母亲的家里。而纳迪尔此前从不知道自己还有一个哥哥。

穆罕默德和纳迪尔都参加了游击队，穆罕默德 22 岁时就在一次战斗中死了，而纳迪尔被关进了监狱。

阿妮萨和纳迪尔是在大学期间相识的，并且很快怀孕，生下了梅里姆。他们把梅里姆留给法蒂玛照管，然后继续学业。于是，对梅里姆而言，祖母取代了生母。但当阿妮萨谋到一份教职以后，她想把女儿梅里姆接回自己身边，可是却遭到了丈夫纳迪尔的反对。于是，在争吵几周以后的某一天，阿妮萨只身去了法蒂玛那儿，将女儿带走，去了西班牙自己的母亲那里。

……

自杀未遂的女人，在狱中听到噩耗的女人、在浴室帮人按摩而不幸摔伤的女人、身带炸弹的女人、在死后说话的女人、哭泣的女人……女人们总是在幼小的年纪就结婚，在年老或者不算年老的时候寡居，而丈夫总是酗酒、被囚禁、战死，女人们的声音里既充满温情，也充满悲伤与诅咒。

从 1958 年到 2001 年，支离破碎的，凭记忆回忆、恢复的谈话……或杜撰或接近真实的故事，声音里有阿拉伯语、伊朗语、阿富汗语、柏柏尔语、孟加拉语，也包括法语，然而以女性的音质，从面罩下的嘴唇传出。

阿西娅·吉巴尔出生于法国殖民时期的阿尔及利亚，在法国著名的大学女子高师学院接受高等教育，她为女性权利笔耕不辍。她用法语写作，用阿拉伯语祈祷。阿西娅·吉巴尔是她的笔名，阿拉伯语的意思是“安慰”和“不妥协”。

第二部分

现代主义的爱情

我们在谈论爱情时，究竟在谈论什么

何谓现代主义的爱情？现代主义文学反映了人与人之间的关系疏离，社会变成了人的一种异己力量，作为个体的人感到无比孤独，从而走向了荒诞、抽象、虚无、超脱和自由，形成了意识流、象征主义、存在主义、魔幻现实主义、未来主义等流派。卡夫卡、乔伊斯、普鲁斯特等成为现代主义文学的先驱和杰出代表。总体而言，现代主义文学不再着笔于外在的社会现实，而侧重表现人性的真实和灵魂的颤动，反映着现代人面临纷繁复杂的社会现实下漂泊无定的心理矛盾。

而现代主义爱情则需要我们从婚姻事实和爱情神话中寻找答案。显然，真实生活中的爱情并不以文学中所呈现的所有景观为参照，但文学所呈现的意识形态必然进入人们如何对待两性关系的观念之中。

早在1740年，魏登霍尔·威尔克斯（Wetenhall Wilkes）就曾在《给少女的一封道德劝诫信》一书中提出“婚姻应提供当事人家庭快乐”的观念，“婚姻美满、家庭幸福，是我们在此生能领受的最完整天堂；我们在此世能享的最大欢乐是与一位知己谈话的乐趣……当两人在茫茫人海挑中彼此，意图成为对方的知心伴侣……一方的快乐必因另一方的钟爱而加倍。”威尔克斯还警告勿为金钱和头衔而结婚，同时，强调关键是脾气相投。在威尔克斯的婚姻观念，正体现出现代婚姻观中的“平等”“友爱”“自由”的三大核心观念。[25]

人类文化学者道马斯(Daumas)对18世纪末期情书的研究，揭示了理想爱情所具有的核心特质是：(1)将被爱的人置于自我之上；(2)忠诚；(3)平等；(4)互惠式的给予与接受；(5)排他性。爱情不再被视为是一种危险的、变态的激情，而是一种形成了自我道德的自然情感。女性不再是在克服内在软弱后去争取爱情，而是通过爱情展现自我的真性情。社会也开始视爱情为婚姻的美好基础，而不是婚姻的危险因素，有爱的婚姻是情感庇护所，而非像之前那样，婚姻被视为两个家庭的结盟，夫妻仅是基于契约、义务和荣誉而结合在一起的伙伴。[26]

在现代的话语体系中，两性关系中“平等”“自由”的观念得到弘扬，女性不再是社会生活中的“他者”；相反，经过作家们和女性主义者一致努力，而制造出全新的“女性神话”。由利益主导的婚姻观念，在道义上全面落败，虽然在社会现实中依然鬼影重重。

在现代的爱情观念中，两性之间的亲密关系核心在于友谊，也就是说，友谊成为现代爱情的前提。一个人获得爱情的能力，自然就与一个人的社交能力相关。而社交能力是一个长期的潜力，与性格内向还是外向无关，与交朋友的速度和交到朋友的数量无关。显然，将爱情归结于友谊，是一种对爱情的祛魅。爱情，自然有着迥异于友谊的东西，那种非理性而属于人性和本能的东西。所以，爱情基于友谊，但终又迥异并高于友谊——友爱，友谊之中带着更深厚的爱。

我们向性伴侣索求什么，及如何来获得我们索求的东西，作为深受理性主义熏染的现代人必然会发出这样的追问。如卡尔·马克思所言：“人类自己创造自己的历史，但是他们并不是随心所欲地创造，并不是在他们自己选定的条件下创造，而是在直接碰到的、既定的、从过去承继下来的条件下创造。”

当然，爱情作为人类生活中不可或缺的一种力量，始终不会消失，它本身对每一个具体的人都构成了一种权力。它是构建人们身份和社会关系的重要一环。虽然爱情并不能抹去我们生活中的烦恼、焦躁和对现实的不满，甚至爱情本身可以成为“某种挥之不去的焦虑或不安”，但这都不足以阻挡人们去追寻爱情。

男女之间本是相互需要、可以调和的关系，但由于生理、社会、文化、经济和政治因素，使女性相对于男性而言处于一种弱势地位，为此，针对父权与夫权的反抗成为应有之义，而这自然体现于文学的书写之中。伊娃·易洛思在其《爱的终结》一书中说：“现代婚姻和作为理想的浪漫之爱紧密相关。爱的情感理想是在‘强符号’和紧密的叙事结构之中形成的，这种叙事结构为人们提供了脉络和线索，来塑造生命历程的故事。……这种虚构的情节是一种情感的幻想……幻想是构成现代之爱和现代婚姻的基本组成部分……”

在文学作品中，它们的存在是那么多样且具有明照的光焰。这形成了从文学、心理学、社会学以及历史与政治的交叉。我们关注于当代，以全球性的视角，去触摸人类共同的话题焦点。

第三章

爱欲的终极谜题：跨越一切，永不止休

当他们相见时，天空中满是绽放的烟花！奇迹般降临的爱与蓦然发现的爱，总是给人带来足够的惊奇。可是，“天赐的幸福爱情总是少而又少。每一次成功的当代爱情体验，每一次短暂的欢乐盛宴，往往伴随着另外十次打击沉重的爱情体验，失恋后‘萎靡不振’的时间远超过恋爱时间的长度——它常常造成个体毁灭，或至少造成一种对情感的玩世不恭，很可能让这个人很难甚至无法再爱。这若非天生属于爱情过程本身的一部分，又何至于此呢?”S. 费尔斯通在《性辩证法：女性主义革命案例》一书中如是说。

“爱欲的目的不是个人欢愉，而是更高层次的善。”自柏拉图以来，大多数关于情感的思考以灵魂的三分说为基础。柏拉图认为灵魂是由理性(logistikon)、激情(thymoeides)和欲望(epithymetikon)三个部分构成，亚里士多德和斯多葛学派都对这一观点作出了调整，但奥古斯丁的调整产生的影响最持久，他受到早期基督教关于情感的著作的影响。奥古斯丁将神性定位在一个不可企及的、超然的领域。因此，在他看来，情感指向的是死后的生活。现世的一切都是污秽的、短暂的，包括人的身体。他也认为情感和认知是不可分割的。与斯多葛学派所追求的情感上的宁静相比，奥古斯丁更喜欢生活的情感性，只要它服从意志，以神性为旨归。[27]

当人们试图将情感理性化的时候，就像使用冰消灭火的存在。但是，“冰与火”构成了人类生命的主题，任何一方的毁灭都将致使人类生命活力的消散。对于终身未婚的伊曼努尔·康德而言，屈服于激情和情欲，就是心灵的疾病。他认为，内心的自由建立在自我控制的基础之上，对于自制力而言，没有比情感更大的威胁了。他说：“很难或者根本不能用主体的理性来驯服的偏好就是情欲。”这话与尼采所言相呼应：“结婚的哲学家是喜剧人物，仅有苏格拉底可笑地结了婚。”像柏拉图、笛卡尔、莱布尼茨、斯宾诺莎、约翰·洛克、休谟、帕斯卡、托马斯·阿奎那和维特根斯坦等一众的哲学家的全部身心都被丰饶的思想所占有，所以就没有时间和精力来应付个人的情感了，他们视哲学为自己的孩子，而思考本身为他们的妻子和情人。婚姻被这些哲学家们视为无聊的事情，而没有婚姻的存在，人类可能就无法延续。所幸并非所有人都会听从哲学家们的教导，人们总是以自我的感知去主导生活。

20世纪史学大师吕西安·费弗尔①说：“只要情感史还没有被完成，就不可能有真正的历史。”费弗尔认为，一个人的情感会引起其他人的情感，从而形成一种相互的关系。他还认为“通过理性活动逐渐抑制情感活动”的线性历史叙事正在被“最近的历史”和“复活的原始情感”破坏。[28]

---

① 吕西安·费弗尔(Lucien Febvre，1878-1956)：20世纪史学大师、年鉴学派的创始人，生于法国南锡，1929年与布洛赫(Marc Bloch)共同创办了年鉴学派的核心刊物《经济与社会史年鉴》(1946年易名为《年鉴：经济、社会与文明》)。作品有《菲立普二世和弗朗什孔泰》《土地与人类演进》《命运：马丁路德传》《全观历史》《拉伯雷与十六世纪的不信神问题》《为历史而战》《地理观的历史导论》等。

人类的情感解放依托于意识形态的解放。现代化并非仅表现于科技领域和思想领域，也涉及人类的情感。情感的现代化就是将原本属于个人的情感从道德和宗教的禁锢中解放出来，成为自由的个体主义的情感。每个人对其自身及其能力具有完全不可分割的控制权和使用权。“自 18 世纪开始，情感现代性就开始生成，但直到 20 世纪 60 年代后，基于纯粹主体性的情感理由和享乐意图的性选择方才实现了文化上的正当化”。[29]

如今，性的自由和情感的自由日渐紧密地交织，关于身体解放和情感的自主业已成为普遍的法律理念。然而，这一过程来得并不容易。众多的文学作品为我们呈现了这一点。

一、天性与自由:“温柔地唤醒我的感情”

在 18 世纪中叶，劳伦斯 · 斯特恩(Laurence Sterne，1713—1768)在《在法国和意大利的感伤旅行》(中译本为《多情客游记》，石永礼译，人民文学出版社，2020 年)中，曾就笼中小鸟的遭遇大发议论：世间不曾有什么比那只鸟更“温柔地唤醒我的感情”。从小鸟延展开去，说到“天性”“自由”，乃至巴士底监狱的囚徒。他自诩善于在“鸡毛蒜皮之类的细琐”中悟出民族性差异，而挖苦那些富有野心的“爱国者”。

他的叙述包含某种价值重塑的努力，他将宏大的历史事件淡化为小人物活动的背景，斯特恩浓墨重彩书写的是两性间的爱欲或风情。主人公约里克是一个受冲动和奇怪念头驱使的流浪汉。因此，他的“旅行”便显得很随意，这正好与他不按章法、顺从天性的做法相吻合，在旅行中他极为珍惜“情缘”：“动用诸般情感寻欢求爱(to make love with sentiments）”。在这本篇幅不长的《感伤旅行》中，讲述了五次以上的“艳遇”经历。在法国一落地，约里克就开始目光冶荡地猎艳。在办理租用去巴黎的马车时，见到漂亮妇人L，便毫不迟疑上前搭讪、握手、吻手，那种自来熟让人误以为他们是一对夫妻。在巴黎，见到一家店铺的老板娘颇有姿色，翻来覆去求其指点，因为“男人想的是女人，而不是她的忠告”。在书店他看到俊俏小侍女买言情小说，便尾随之，在僻静小巷里施展挑逗之能事，又是夸赞又是教导又是塞金币。约里克有意炫耀和美女打交道的快乐，“发乎情，止于理”，率性而为，任其自然，创造机会接触，也不怀揣不放。

劳伦斯·斯特恩被誉为意识流乃至整个现代派小说的鼻祖，打破了小说创作的一切规则和束缚。在《项狄传》的开头便是主人公对自己还是一枚精子时的想象，并肆意评论道：“我真希望他们当初造我的时候对自己正在做的事情上点儿心。”《项狄传》的多重叙事交错的结构模糊了文本中现实与时空的概念。斯特恩拥有广博的知识和才智，通过其对一些医学、法律和宗教上的论题的讽刺，可以看到其看待问题的透彻性。斯特恩的作品包含细致的观察、真切的内心活动，体现出对小人物的关切、理解和感情共鸣，其中对女性看似轻佻的逗乐场景，则显出那个时代开朗自由的风气。应该说，后来的詹姆斯·乔伊斯和马赛尔·普鲁斯特都受到了斯特恩的影响。

二、莎乐美的宁死一吻：她想征服的是男性世界，而不是任何一个男人

与福楼拜、哈代等取材于现实、描摹现实的作家不同，奥斯

卡·王尔德带有鲜明的浪漫主义和唯美主义倾向。莎乐美的故事最早记载于《圣经·新约》的《马太福音》中，借用原有故事的框架，王尔德进行了“再创作”。

奥斯卡·王尔德在《莎乐美》(首版于1893年)中塑造了一个令人既爱又恨、既迷恋又迷惑的人物——莎乐美。

莎乐美年轻貌美，原本是个纯情圣洁的少女。在当时的宫廷生活中，追求者无数，其中不乏随从、士兵等下等人物，甚至是荒淫的继父希律王也对她有着不伦之恋。而她早已厌倦了王宫里的一切，对这些追求者毫无感情，为了躲避父王贪婪的目光，独自以明月自喻。

她有一个诗化的自我，却长期陷入内心的孤独，她不肯轻贱自己，委身于世俗的男人，这造成了个人欲望的压抑。莎乐美早年失去父爱，加上继父的荒淫无度，当她听见囚在地牢中的约翰那义正词严的话语时，立刻被深深打动；当她看到约翰憔悴的身体时，不禁心旌摇荡。约翰不畏强权，坚持指责王后与希律王的乱伦之罪，那种洁身自爱的气质立刻就让莎乐美产生了占有的欲望。莎乐美对约翰的爱是纯洁的，她的愿望看起来微不足道，只为一个亲吻。但为了内心的激情，为了满足她内心对爱和美的追求，她变得疯狂而无忌。

约翰对莎乐美构成魅力的是他的德性和勇气，而不是他的外貌和对女性的体贴，这种魅力是纯粹精神性的，但并不是纯情少女对老熟男人的恋父情结。莎乐美的情感世界深刻而丰富。她始终处于复杂的道德环境中，既受到先知的谴责，又受到继父乱伦的威胁，她无力、也无法斩断同道德千丝万缕的联系。她承担着本不应当由她来承担的责任，这使莎乐美这个人物形象的道德特征得以加强。

当原始欲望的无限发展或受极度压抑阻挠时，它不可避免地走向另一个极端。纯洁少女已经完全被欲望和复仇的烈焰所吞噬。在要求被再三拒绝之后，她对约翰的爱变成了恨，宁愿死也要得到约翰的一吻。面对得不到的所爱之人，莎乐美采取了彻底毁灭的方式。

莎乐美的淫荡、肉欲仅是一个自欺欺人的表象，呈现出的却是一个令人震撼的灵魂。她对约翰的追求那般执拗，甚至为爱而不惜将爱人置于死地，以及最后捧着约翰头颅那惊世骇俗的一吻，折射出莎美乐极其丰富而又复杂的心理。她像谜一样，吸引人们去探索和解读。

事实上，莎乐美的欲望指向的仅是自我实现。这欲望来源于叛逆性的满足，她所执拗的那一吻并非真的那么重要。她需要摧毁的是一个高尚而又勇敢男性的傲气，因为这种傲气也同样呈现在她身上。她的欲望并不是私密的，她要将此彰显出来，惊艳于世人。这就是她欲望的核心。莎乐美淫荡的外表依然也只是一个伪装，在污浊不堪的世界，她不想让自己内心的纯洁为人所洞悉，她不以纯洁标示自我，这是她叛逆的精神使然。她并非要在一个老男人身上得到作为一个女人的生理满足，而是利用这个她由衷敬佩的男人呈现她内心的光焰。她拥有高傲不羁之心，她想征服的是男性世界，而不是任何一个男人。所以，外表淫荡，看似拥有强烈欲望的莎乐美更是一个超越尘俗的圣洁女性。她那种罔顾现实的形象，仅能存在于人类的浪漫幻想中。为此，她变得魅力无穷。

与约翰相比较，莎乐美敢于正视自己的感情。她告诉自己要去亲吻约翰，并且用了“必须”这个词。虽然莎乐美是位公主，但是她并没有运用公主的特权去要求什么，而是通过给国王献舞，实现了自己的愿望。

让一个女人超越其美貌而变得更美的，那就是她拥有富有热力的爱。她的爱是炽烈的、疯狂的，在抛却现实考量之后，她的所欲所求就跟理智没有什么关系了。正是约翰的拒绝，让她变得愈加冷酷和坚决。她的这种欲望并没有因被拒而消淡，相反愈发强烈。这有一种得不到就毁灭给你看的决绝。

莎乐美代表的是一种被遮蔽的圣美，正如法国象征派诗歌的先驱波德莱尔所歌颂的“恶之花”。她的“恶”迥异于倚仗权力的邪恶，而是忧郁和痛苦的变体。她生活在“恶”中，却表现出自身的美丽与圣洁。

《莎乐美》表现出强烈的非理性主义和浪漫色彩，可以说是唯美主义运动使王尔德发挥了极大的创作灵感，从而诞生了《莎乐美》这样的作品。《莎乐美》所宣扬的并非肉体崇拜，而是对关于什么是真正的性魅力的深入探究。毕竟，任何一具失去生命的肉体不能保持所谓的性魅力。莎乐美在吻约翰头颅的那一刻，她向这个世界宣告了她那坚不可摧的叛逆，而不是对一个男人肉体上的占有。她以惊艳世人为满足，睥睨众生，追求永恒的死亡。

在《莎乐美》中，我们可以见到新的性别霸权，这是对男性霸权的一种反动——女性霸权。相对那位老迈的约翰而言，莎乐美成为这场感情游戏中的主导者。就如S. 费尔斯通在她那本引起极大争议的著作《性辩证法》一书中所说的那样：“男性社会权力和能量的来源正是女性供给他们的爱，源源不断供给的爱；这意味着爱情就好比是混凝土，男性统治之大厦以它为材料而建造。浪漫爱情不仅隐去了阶级和性别隔阂，且实质上使之成为可能。女性主义引人瞩目的主张是：爱情和性活动的核心是权力斗争，男性在这一斗争中占得上风且持续占上风，是因为经济权力和性别权力存在趋同关系。这种男性性别权力体现为界定爱恋对象的能力，及制定求偶规则和表达浪漫感情的能力。归根结底，男性权力表现为：性别身份和等级在浪漫情感的表达和体验中得到发挥和复制；反过来，主观情感支撑起更广泛的经济和政治权力差异。”莎乐美将费尔斯通此段论述中的“男权”换成了“女权”，形成了一种短暂的女性统治权。

文学批评家埃蒙德·威尔逊在评论奥斯卡·王尔德时说：“尽管不是第一流的作家，但他做了第一流的表演”。威尔逊是以社会的功利性求诸文学，希望文学担负起改造社会的使命，而轻视对文学的审美要求。《奥斯卡·王尔德传》的作者理查德·艾尔曼对王尔德的认识更为深透：“他也能以那种撩人的才智挑战我们的假设。”“他的才智是一种革新的媒介，在一百年前就跟现在一样切题。”[30]

传记作家理查德·艾尔曼长期细致的工作，让王尔德以其独特且完整的形象又回到了我们当中。奥斯卡·王尔德曾被好友阿尔弗莱德·道格拉斯的父亲告发，斥责其为“鸡奸客”。当时的英国的刑法极为苛刻，王尔德被判两年苦役。在其服刑期间，他的妻子与两个孩子迁居意大利，并改了姓。经过几番官司折磨，他对英国失望透顶，获释后便前往法国，最后因脑膜炎死在巴黎的阿尔萨斯旅馆（詹姆斯·索特在小说《光年》里，让小说中的一位人物住进了王尔德死去的那个房间，并且睡的是同一张床），只有同性情人罗伯特·罗比·罗斯与另一朋友陪在他身边。罗斯死后，他的骨灰和王尔德葬在了一起，这一对老友共享着无尽的死后时光。

三、爱情是一道燃烧得更加颓废，也更加危险的火焰

苏格拉底说，没有经过理性审视的人生是不值得过的人生；大卫·休谟则说，过度考察的人生是没法过的人生。无疑，休谟的说

法更接近我们生活的现实。所有的感情都经不起严密的审视，而人的意识和情感中总是有着令人难以琢磨的东西。人与人的吸引和背离，也常常并不是表面的那些东西。孤独无聊既是爱情的助剂，也是爱情的天敌，在马洛伊·山多尔的叙述中似乎可以浮现出休谟的观点。马洛伊在其独白性文字中，道出了人间关系的庸常性危机。

“我们家是每月收入八百的阶层，而我丈夫每个月的收入是六千五百，我们必须要适应这种差距。他们家所有的一切都跟我们家截然不同。我们租的是公寓房，他们租的别墅。……我从小到大接受的教育，始终是要生存下来，而他们接受的教育，首先是生存，然后是如何优雅地、有教养地循规蹈矩地、始终如一地生活，而后者更为重要。”伊伦卡以前妻的角色讲述自己的前夫彼得，但这位妻子在婚后的很长时间里，并不能真正理解自己的丈夫。但嫉妒与猜疑总会在人心中滋生，尤其丈夫与一位作家的友谊，和这位作家本身令她感到了不安。然而，正是为了了解这位作家，伊伦卡阅读他的著作，而正是通过阅读，却让她对作家了解得越来越多。这犹如一种魔法，她被作家的书籍和文章所围绕，并最终与作家结婚。而她的丈夫则是一个沉默寡言的人，他逐渐成为了一个时刻出现在身边的谜。

在他们结婚三年之后，有了孩子，这本来可以成为婚姻的纽带，成为情感的寄托，可是孩子却因猩红热而夭折，这使得伊伦卡将所有的精力投注到两人的关系上。有一次，妻子追问丈夫他们之间到底存在什么问题，丈夫这样回答：“你想让我放弃我作为一个男人的尊严，这点我做不到，与其这样，我宁愿去死。”于是，妻子这样回答他：“你不要去死，还是活下来吧，继续做一个陌生人。”

事实上，丈夫所说的尊严，可能就是妻子不断干涉自己诸如与人交友这样的私事，因为，她一再要求丈夫不与那位作家交往。妻子依然住在丈夫的家里，只是不再同床了。丈夫其实是一个宽容而又耐心的人。他们彼此依旧相爱，也相互聊天，有时也开玩笑，一起去剧院。因为，她和她的丈夫都知道世事中充满无奈、狂热、谎言和无知。伊伦卡与自己的公婆相处也极为融洽，相互之间也体现出足够的爱意，不曾有什么隔阂和矛盾，他们各自都能恰如其分地尽到自己的义务。

为了挽救濒临危险的婚姻，他们也曾作出各自的努力。但是，他们都沉浸在各自注定的空虚无聊的感受中。在妻子的再一次追问之下，沉默许久的丈夫说出了令人震颤难过的话："我真的不需要别人爱我。"

在这个人人都在寻找爱的世界上，这个男人说自己不需要别人的爱！当然，这种爱并不是肉欲的迷恋，更多的是灵魂深处的爱。也许，这对夫妇从一开始就不知道彼此所需要的究竟是怎样的一份爱。当夫妻中的一个人因为爱而成为另一个的羁绊的时候，这种婚姻的分裂性就出现了。这是婚姻生活中所存在的悖论：爱得越深，羁绊越多；羁绊越多，则越发会走向爱的反面。

> 真爱的目的不是幸福，不是田园诗般的浪漫，不是在盛开的椴树下，在沐浴着微醺灯光、散发着惬意香气的家门前手牵手地漫步……这是生活，但不是爱情。爱情是一道燃烧得更加颓废，也更加危险的火焰。

《伪装成独白的爱情》是马洛伊用一生续写的小说。中国市场给予的营销标签是："写尽爱的危险、狡黠与悲凉；献给真正的精神贵族"。他以四位当事人的独白，回忆了两段失败的姻缘，道出人们对于爱情的期盼和彻悟，追忆了欧洲最后一代贵族的文化追求与品格坚守。

1941 年，马洛伊写了《真爱》，《真爱》由一对已经分开的中产阶级夫妇站在各自立场讲述彼此失败的婚姻。近 40 年后的 1980 年，马洛伊又续写了这段爱情故事。《尤迪特……和尾声》以一对情人独白的形式，从截然不同的阶级立场，将 40 年前的故事延续到了当下，为逝去的时代和被战争与革命消灭了的"市民文化"唱响了挽歌。《真爱》和《尤迪特……和尾声》被合订在一起出版，就是《伪装成独白的爱情》。

四位叙述者、四段伪装成爱情的独白，直指真爱的终极谜题，孤独才是真相。前妻追求的是世俗层面的完美婚姻；丈夫相信人生而孤独；第二任妻子看似真爱至上，实则贪恋地位和金钱。失败的婚姻背后有着社会的阶级原因。

"他质朴的文字中蕴藏着千军万马，情感磅礴而表达节制。他写婚姻与家庭的关系，友情与爱情的辩证，阶级与文化的攻守，冷静的叙述下暗流汹涌。揭示出罗生门般的人生真相，描绘出时代起伏的轮廓与人性的诸般样貌。"(引自郭晓晶译《伪装成独白的爱情》，南京：译林出版社，2022 年)马洛伊 · 山多尔用一种个人化的叙事，试图对东欧集权主义进行消解。在家族和个人的失败生活中，见证了宏观社会的失败。东欧和中欧被米兰 · 昆德拉称为"衰落时期的实验室"，多民族和多种文化的缠绕交融，让这块土地拥有特别厚重的历史境遇，同样也留下丰厚的宝贵遗产。这印证了加西亚 · 马尔克斯的观点：苦难而荒诞之地，更有益于文学的诞生。但马尔克斯也许并没有意识到集权对文学自由性的扼杀。

马洛伊 1948 年从故乡孤独出走，1989 年在加利福尼亚举枪自尽。他一生见证了太多亲近之人的死亡：儿子、弟弟、妹妹、爱妻、养子等相继离世。这一系列死亡所带来的惊心动魄，都隐含在平静的文字之后。马洛伊·山多尔也在书里留下了自己的影子——站在被炸毁的公寓废墟中央，站在几万卷被炸成纸浆了的书籍中央，直面文化的毁灭。在马洛伊·山多尔自杀之后的几个月，柏林墙倒塌，东欧剧变，渴望自由的人得以重返自由。[31]

四、爱于峰巅，爱于垂暮之年

那触电一样的深入脊髓的颤栗，带来的也并不都是两情相悦。虽然浪漫的爱情故事总是带着一种柏拉图式的精神理念，可一个女人的美貌足以超越许多动人的诗篇，带给一个男人魂牵梦系的震颤与迷恋，为此，彻夜难眠和茶饭不思，甚至牵念终生。

真正理想的爱侣，应该是灵肉交融的爱侣。正因为有情感的投射，一个人在另一个人眼中才有超越于他们所能感受到的美。精神和肉体的割裂，要么造成不堪的折磨，要么造成有损自尊的屈辱。

在娑婆世界，尘世凡间，绝对的爱是存在的，但它往往仅是极为短暂的东西。倘若企盼永世不变而又绝对的爱，那就只有在爱的巅峰时刻将自己化作永恒。一个男人的一生都被“对一个女人的爱”所定义，《霍乱时期的爱情》所展现的就是极为奇旷的人间爱情。主人公弗洛伦蒂诺·阿里萨无疑是爱情最为忠实的信徒，他将一生都交给了对一个女人的爱。从二十岁开始，他像着了魔一样，展开了对女主人公的追求。在漫长的追逐爱的征途中，他既忠贞，又浪荡。他的一生都由爱演绎，爱情使他脱离平凡与猥琐，变得神圣、坚强和无所不催。从而让人类之爱有了某种神性，形成一部爱的史诗。

与费尔明娜·达萨循规蹈矩的婚姻生活相比，失去爱情的阿里萨就像一个无家可归的孩子，绝望和悲伤一直伴随着他，即使是在放纵情欲的日子里，阿里萨坚守着心中的幻象，借用博尔赫斯的话说：他毫发不爽地梦见她，使她成为现实。

费尔明娜说："他好像不是一个血肉之躯，而是一个影子。"然而，她也终于发现，自己对这个影子的思念比对亡夫的思念要多。阿里萨最终战胜了时间，经过五十一年九个月零四天的等待，在历经种种磨难之后，将心爱之人拉回到自己的身边。

他们的人生已近终点，在垂暮之年重逢，他毫不含糊地对她说："那是因为我为你保留着童贞。"似乎他曾经有过的放荡生活都是为暮年的相遇在做练习，他的纯洁不是身体上的，而是来自他的精神。世俗情爱的标准无法衡量他的灵魂。在争取爱情的战斗中，他已经将自己塑造成为一个圣者。阿里萨口中所谓的童贞，恰如安妮·埃尔诺在自传性小说《一个女孩的记忆》《一个女人的故事》和《悠悠岁月》中所说的"处女之身"，是非所爱之人永远夺不走的。这份对童贞的守护源于幽深的内心，无论身躯遭受了什么，这个圣洁的东西依然存在，仅有对真爱之人才会彻底交出。

他们登上一艘游轮，开始"蜜月"旅行——蜜月旅行所探索的并非外部世界，还有身边的这位情人——更内在、完整的自我，这是被延误了半个世纪的旅行。也许只有加西亚·马尔克斯这样的天才小说家才能塑造出这样奇旷的、史诗般的爱情。其中，感人至深的是两位风烛残年的老人的做爱，那是文学世界中鲜有的场景——"在幻想的驱使下，阿里萨大起胆子，用手指肚探索着她那干瘪的颈项，她那像装着金属骨架的胸部，骨骼已经销蚀的塌臀部，以及那老母鹿般的大腿。她闭上眼，心满意足地任他抚摸，但并没有颤抖，只是抽着烟，时不时地呷一口酒。最后，当他的爱抚滑至她小腹时，她的心里充满了足够的茴香酒。"少年时代憧憬的肉体已经老迈不堪，曾经散发着幽香的双唇飘散出难闻的酸味。而费尔明娜喊出了催人泪下的声音："如果我们一定要干那种见不得人的事，那就干吧！"这声音是那样直白和朴素，但饱含着摧枯拉朽的力量——"他们之间的感觉并不像新婚燕尔的夫妇，更不像相聚恨晚的情人。他们仿佛一举越过了漫长艰辛的夫妻生活，义无反顾地直达爱情的核心。他们像一对经历了生活磨炼的老夫老妻，在宁静中超越了激情的陷阱，超越了幻想的无情嘲弄和醒悟的海市蜃楼：超越爱情。"因为，长期共同的经历使他们明白：不管在什么时候，任何地方，爱情就是爱情，离死亡越近，爱就越浓郁。

历经半个世纪的等待，他们迎来了灵肉交融的时刻。因为精神之爱的旷日持久，让肉体之爱得以升华。精神之爱加深，肉体之爱也不断得到深化，而肉体之爱的深化又会反过来促进精神之爱。阿里萨与费尔明娜在垂暮之年，却攀上了人间情爱的巅峰。

尽管他们的身体不再富有生机和激情。但他们的心依然像年轻人那样跳动。他们不能再畅享性生活的酣畅欢快，但他们确认了对彼此的爱。他们一直不肯走出属于他们的舱室，他们将自己锁进了"爱的巢穴"。"在舱室里那凝滞的香气中，她最终控制住自己。他们平静而健康地做了爱。这是满脸皱纹的祖父和祖母之间的爱，它将作为这次疯狂旅行中最美好的回忆，铭刻在两个人的记忆之中。""健康地做了爱"——多么奇异的表述！健康来源于彼此的坦诚、全面开放和自愿接纳，不掺杂一丁点的不情愿、不自在。

老树发出新芽，生机从坟墓中萌发。当游轮抵达旅程的终点，可阿里萨不想结束，他命令船长在船头挂起标志瘟疫的小黄旗，将这疯狂而令人迷醉的旅行继续下去，惹得船长恼怒地问："见鬼，那您认为我们这样来来回回究竟走到什么时候？"

然而，船长负责的仅是如何开船，而不是船开往哪里、开到什么时候。"一生一世"，阿里萨的回答令故事失去了边界。他与费尔明娜的爱情变成了永久的航程，似乎再也不会结束，他们的爱情传奇获得了永生。

就像作家所说的那样："弱者永远无法进入爱情的王国，因为那是一个严酷、吝啬的国度"，而"任何年龄的爱情都是合情合理的"，但生活也在改变和塑造着一个人——"人不是从娘胎里出来就一成不变的，相反，生活会逼迫他一次又一次地脱胎换骨。"

如果没有现实生活的野蛮残酷，爱情就难免失去力量而显得空虚。加西亚·马尔克斯让阿里萨和费尔明娜的爱情在无休止的战争、恐怖和霍乱中展开，在平庸、琐屑的世俗中展开。在书写伟大爱情的同时，也在批判这个荒乱不堪的现实世界。

许志强教授在一篇评述中写道："《霍乱时期的爱情》是一部承上启下的一部作品，将'孤独'和'爱情'的主题重新诠释，而且让'爱情和老年'的主题出现在叙述中，书写其情感浓烈的新篇章，从诗学上讲也是一次引人瞩目的凯旋：《百年孤独》的愤世嫉俗的洪流汇入明净宽广的河床。作家对加勒比地区的反复书写，呈现出一条深入反思基础上的诗学变化的脉络，在《霍乱时期的爱情》中抵达一种诗与思交融的圆满之境。""在《霍乱时期的爱情》为代表的中后期创作中，喜剧取代了悲剧，爱的力量战胜了胆怯孤独。"[32]

加布里埃尔·加西亚·马尔克斯本人是个社会主义者。他的小说中，预设了一种对传奇生活的圆满回答。《霍乱时期的爱情》被作者奉为自己最真诚的作品，像《族长的秋天》那样为本人所珍视。

五、跨越年岁，永爱不止

渡边淳一在《男人这东西》一书中写道：

> 雄性的特性本来就是能动的、富于攻击性的，而现代社会却竭力抑制这种雄性本能，一味地推崇高雅和理性，结果男人原本应有的威猛强悍的气势荡然无存，机能性大为减退。所谓结婚，就是两个成长环境、家庭教养、价值观念以及感知能力等截然不同的男女走进同一个屋檐下共同生活的行为过程。男人狩猎的本性使其很难对妻子永远保持强烈的性冲动，而“一夫一妻制”强迫男人违背这种本能。结婚是男女相爱最终结合的美好结果，但同时它又是一种让人感到饱受束缚的契约，因为它使得双方同时背上了必须终生与同一个人共同生活的重负，而且只能同对方一个人发生性爱关系。在二三十岁的年纪，便要缔结“从今往后至死只同她一个女人交合”“终生只与他一个男人交合”的契约，想想就令人不寒而栗。可以说，这是一种极其残酷的制度。而假如违约，就会被视为有悖道德伦理，受到全社会的抨击。[33]

渡边淳一所说的是当代社会的日本男人，受女性时代的柔化而隳沉，逐渐丧失爱的能力。而多丽丝·莱辛(Doris Lessing，1919—2013)的小说《爱的习惯》中，塔波尔·乔治是一个爱而不止的人。爱成为乔治生命的永动机，一旦失去爱，他的心脏就会膨胀，就会产生“心绞痛”般的感受。爱，成为他的习惯；或者说，他习惯于爱。爱，像空气一样离不开他的生活。他不断地追求爱，即使到了花甲之年。在书中几个人物之间，也均存在着跨越年纪的爱。

乔治·塔波尔的爱并没有陷入“此生唯一”的道德陷阱。他不断地寻找适合自己的目标，当然，他也并非那种纵情滥交之徒，他有着自己的选择。他寻找的依然可以说是他真心所爱者，只是这个所爱者并非固定于某一个具体的女性。

乔治·塔波尔年轻时是一个戏剧演员，如今年届花甲，生命中原力却未见耗减，他依然会担当戏剧的演出人和给一些报纸写写戏剧评论。陷入孤独的他，显然很想与两位前妻(米拉和摩莉)中的任何一位复婚。于是，他先给远在澳大利亚的米拉写信。他与米拉曾经同居五年，却被命运分开，在分开后依然保持了四年的通信。他视米拉为自己的终生恋人。但米拉回信说，自己同乔治的关系已经越来越远，不再像过去那样想同他结婚了。但乔治没有绝望，把乘飞机的费用电汇过去。于是，米拉回到伦敦待了两周，她找了一堆借口，然后又离开了乔治。

乔治是真心实意地爱着米拉，但显然米拉对他的爱不够决绝。在机场与米拉告别时，两个人都饱含深情。米拉眼中充满热泪，而乔治虽然眼睛干涩，但“崩溃的就不仅是心中的爱情了”。在米拉离去以后，乔治依然给她去了一封信，信中提到他愿意与她回到曾经甜蜜幸福生活过的公寓去住，但米拉却只回了他一封非常理智的信。乔治·塔波尔决定必须停止对米拉的思念了。

乔治是戏剧界的名人，挣了不少钱，同几个女人有一些缠恋，一些女人也希望让别人看到自己与乔治·塔波尔在一起。但现在的他却显得较为抑郁，他疑心自己患有心绞痛，但医生说他的心脏没有问题，他的身体依然健康。他却时常因为胸口产生压迫感而从梦中醒来，早晨起床也常有一种沉重的忧郁感。他依旧还会怀念米拉，但不久他就去看了他的另一位前妻摩莉。

摩莉年满五十，看上去并不显老。摩莉在与乔治离婚后，嫁给了一位议员，但现在孀居了。

摩莉是一位富有战斗性的女权主义者，同乔治两人政治观点相同。而米拉丝毫不关心政治。乔治在与米拉离婚之后，在经济方面帮助过摩莉。此时，乔治说起想要米拉同他复婚的事，这令摩莉大吃一惊。随后乔治向摩莉乞求：“有我在你跟前，你是不是也不会那么孤单呢？”摩莉向乔治坦白，自己很快就要结婚了，对方是一个比自己要小得多的医生。

他与摩莉分别以后，因为在夜晚的泰晤士河岸走了太久，而害了流感，咳嗽得厉害，但是没有去看医生，只是一个人在床上躺着。乔治不肯去医院。医生说，如果不住院，他就需要护士日夜在家中护理。

于是，一个在找过渡性职位的女孩勃毕·蒂蓓特被派到乔治的家里。勃毕体格瘦小、皮肤黑黑的，生着一双忧郁的黑眼睛，“她服侍乔治或者招待乔治的众多探视客人的时候，总是摆出一副冷漠的、甚至懒散的样子，但这种神态却很迷人。”

不久乔治还是开始问她一些关于个人事业的问题。她说她只是演一些小角色，做替身演员。于是，乔治对她说：“给我表演点儿什么。”正是因为一段表演，拉近了两人的距离。

乔治跟勃毕·蒂蓓特跟勃毕谈了很多自己生活上的事，谈起自己的孩子，都快三十了，即使跟一个打算与之结婚的女孩住在一起一个星期，也不会发生什么。他认为青年一代正在失去爱的能力，自己这一代人在爱情和性生活方面要比当前的年轻人成功得多。

乔治与勃毕在同一张床上睡觉，俨然成了一对情侣。乔治同勃毕做爱，她闭着眼睛，他发现她一点儿也不笨拙。事实上，勃毕·蒂蓓特也不像她看起来那么年轻，她已经四十岁了，离过婚。但未曾体验过丈夫的柔情和对自己的关心。而今，乔治让她体验到了这种幸福。

得益于乔治的人脉，勃毕回到剧院工作。她在一个小型歌舞剧里演出一个小段子，扮演“两个半男半女、几乎像一对双胞胎似的少年”中的一个。乔治观看了勃毕和那个男青年的演出，虽然，她觉得这样的演出让自己受到了侮辱。

演出结束以后，乔治到后台去接勃毕，看到她正同“她的另一半”在一起。那是个二十来岁相貌相当英俊的年轻人，对勃毕的名望很高的丈夫表现得毕恭毕敬。

这出小歌舞剧取得了成功，一直连续上演几个月，后来还搬到一个较大的剧场继续演出。为此，勃毕一直非常忙碌。一个星期要参加好几次排练，每天晚上都不在家。但乔治也不想再看两个顺从的、忧郁的孩子随着残酷的音乐扭动肢体，也就没有再去过她演出的剧院。他有一天在街上看到勃毕和那个男青年走在一起，但没有嫉妒。勃毕与乔治依旧恩爱。

有一天晚上下着大雨，勃毕并没有在往常的时间回来，乔治感到担心，就叫了一辆出租车到剧场去接她。守门人说勃毕不在剧场，大概早就走了。“我看她的气色不太好，先生。”后来守门人把那个男青年的住址告诉司机。

乔治走进虚掩的门。乔治的出现，让两人“像受到惊吓的小动物，迅速把头转向在门口站着的乔治。两张脸立时僵固了。勃毕很快地瞥了年轻人一眼，好像有些害怕，雅基的神情则是阴郁的、愤怒的。”

乔治没有表现出任何的嫉恨和愤怒，他对勃毕说：“我是来找你的，亲爱的。下雨了，剧院看门的告诉我你像是生病了。”

多丽丝·莱辛是继弗吉尼亚·伍尔芙之后的又一硬核的“文坛女斗士”，不屈的自由女性。1919 年 10 月 22 日，出生在伊朗古城的一所石屋中，原名多丽丝·泰勒，后随第二任丈夫改姓莱辛。多丽丝 4 岁时，全家辗转回到英格兰老家，不久又迁至非洲的津巴布韦垦荒种地。1950 年，她携《野草在歌唱》回到欧洲，轰动英美文坛。在《野草在歌唱》的主人公玛丽身上，能看到文学史上最著名的小说人物——包法利夫人、查泰莱夫人的影子。莱辛通过玛丽的故事，展现了女性在特定时空的生存困境。

> 婚姻就是这么回事。她的朋友们之所以要结婚，就是为了自己有个家，谁也没告诉她们该怎么做。她模模糊糊地觉得结婚是正确的，每一个人都应当结婚。她认识的人，都在暗地里不事声张地、冷酷无情地劝她结婚。她就要过幸福生活了，但她完全不知道将要过怎样一种生活……

43 岁时，莱辛出版了她的长篇小说《金色笔记》，这部长篇小说被誉为“女性解放运动启蒙书”。但莱辛拒绝这一标签，说“我想写的是一部记录时代的编年史”。2007 年瑞典学院将诺贝尔文学奖授予多丽丝·莱辛，颁奖词称《金色笔记》为“一部先锋作品，是 20 世纪审视男女关系的巅峰之作”。

莱辛交游广泛，情史丰富，热衷于社会运动。在不同文明、种族间的迁徙和波澜壮阔的人生，赋予了这位“亚非欧的女性精灵”非凡的见识，她一生写下五十余部小说。

六、“情感三问”：因何而爱，该爱何人，及如何去爱

正如阿尔贝·加缪所言：“不被爱只是暂时的不走运，不会爱才是真正的不幸。”

与持久的夫妻关系相比，在短暂的风流韵事中，“爱情”更加强烈。吉蒂和《包法利夫人》中的爱玛等女性所追求的浪漫爱情，必然

与浪漫的象征物发生紧密的联系。这种浪漫爱情都发生在一个理想化的、永恒的亲密和消费的乌托邦中，意味着纯粹的私人世界，伴随着的是无忧无虑的闲暇、足够丰盈的物质享受和欢庆的感受。

这类“爱情”都脱离了生活的日常性，浪漫爱情总是与“度假”“派对”“文学”“艺术”等有关。显然，如果把每天一起吃早餐以及由此产生的亲密关系也理解为“爱情”的话，这种现象是文化“制造”的。而治愈“浪漫爱情”正是其反面——现实生活必须面对烦扰的日常。在这种平凡与琐碎之中，维系婚姻，甚至保持激情，都需要双方付出努力。因此，正确的爱情和婚姻需要把“浪漫”与“现实”这两者不容易调和的态度和活动结合起来。要想取得成功，夫妻双方必须自发地将“热恋”的品味注入浩荡如流的岁月之中。由此，“拥有共同的兴趣”“交谈”“彼此了解”“理解对方的需求”和“妥协”，成为治愈婚姻和浪漫爱情的药方。

“我知道你愚蠢、轻浮、头脑空空，然而我爱你。我知道你胸无大志、粗俗不堪，然而我爱你。我知道你平庸浅薄、势利虚荣，然而我还是爱你。无论你喜欢什么，我都会竭尽全力去喜欢。”这段话听起来饱含深情，但品咂之下你又会觉得，当一个人对所爱之人说出这样的话时，也正意味着爱的消失。毕竟，当一个人心中充满的爱时，他会把对爱人不好的评价放在心底。此刻，不爱正需要借用爱的名义。

这是毛姆的长篇小说《面纱》中，作为细菌学家的丈夫瓦尔特·费恩在要求自己的妻子吉蒂与他一同去往霍乱肆虐的湄潭府，而发生争吵时所说的一段话。此时，丈夫已经知晓曾经爱过的妻子与香港助理布政司查理·唐森偷情，为此心怀幽恨地想惩罚吉蒂，去接受“瘟疫之地”的考验。

《面纱》首版于 1925 年，堪称一本婚恋教科书。从结婚对象的选择，到婚姻生活的经营，再到婚姻破碎后的处置与拯救，都能给人们带来启发。《面纱》所讲述的故事中，包含两性关系中的多种元素，既有正面的忠贞、信任、责任与爱，也有负面的欺骗、伪装、背叛和暴力。少女时代的吉蒂反抗母亲，却又继承了母亲的人生观。她也像其母亲一样将自我价值建立在男性身上。吉蒂也像《包法利夫人》中的爱玛那样，想象中的婚姻生活是热烈浪漫、充满激情，她想嫁给一位帅气、有权有势的人。但严苛的婚配要求，让她一直难以觅得理想中的如意郎君。为此接受了生性孤僻的医生瓦尔特·费恩的求婚。于是，她离开了伦敦浮华而空虚的社交圈，随新婚丈夫瓦尔特·费恩远赴神秘的东方港口城市——香港。瓦尔特是一位忠诚而尽职的丈夫，却不解风情。当吉蒂遇到能说会道、风情万种的香港布政司助理查理·唐森时，意乱情迷，就飞蛾扑火般地投入对方怀抱。在发现妻子的婚外恋时，瓦尔特却不动声色，通过精巧设计，试图让妻子看清所恋之人查理·唐森的自私与虚伪。为了惩罚妻子，带她到霍乱肆虐之地的湄潭府，不料却导致了自己死亡。而一直仰仗于人的吉蒂在一系列的打击之后，死里逃生，逐渐获得觉悟，找到了生命的价值感。

唯有清醒才能获得真正的坚强。瓦尔特是一个内心超越自我外表的人。他的灵魂极度清醒、丰富，却不露声色，他喜欢阅读历史和科学，讨厌谈论自己。瓦尔特显然也对吉蒂有着清晰的认知，但他也许是被吉蒂的外貌或者她性格中的某种特质吸引，所以，他愿意娶她、照顾她、包容她。瓦尔特对妻子有一种居高临下的视角，他不愿意与吉蒂聊关于自己的事情，这使得他们很难有寻求情感共鸣的语言。他那种轻淡与冷漠，一度让吉蒂很受伤。吉蒂渴望从男人身上得到的价值感在丈夫身上没有得到回应。而她在与查理初次见面时，就发现他眼里闪动的惊异，那种惊异其实仅源于她的美貌。但那种带电的眼神足以让她觉得自己被爱了。她觉得自己能够被一个位高权重的人所青睐，获得了虚荣心的满足。

因为缺乏独立性，吉蒂与查理都是弱者。弱者必须仰仗强者才能找到自己的存在感，一个弱者是不可能真心爱一个比自己更弱的人。而真正的强者必须是独立的人。瓦尔特看起来性格孤僻、沉默寡言，仅是一名医生，但是他能够接纳别人的缺点，是一个能够决定自己命运的强者。当然，在婚姻关系中，瓦尔特也并非没有过错。他虽然爱着吉蒂，但却很少与她交谈，没有让她参与到自己的事业之中。

在"好情人"与"坏丈夫"之间有着值得重新认识之处。吉蒂所欣赏的是坚强的男人，但其所深情投向的查理仅是一个外强中干的人，外表光鲜的他只不过是一个深谙官场，喜欢笼络人心、自私自利、冷酷无情，更多依赖妻子多萝西的蠢货。

毛姆以"面纱"为书面，存在多重隐喻：面纱存在于虚幻爱情与真实婚姻之间，存在于虚伪的社会角色与人物的内在品质之间，也存在于奢华生活与人对独立自由和高尚的人生追求之间，爱情、婚姻、人性和生活面前都有一层不真实的面纱。揭开这一层层的面纱，"将是一条通往宁静的路"。揭开这多层面纱，其实也就要求回答因何而爱、该爱何人和如何去爱的这三个基本问题。吉蒂通过现实的磨难，终于认识到，精神上的充实、高洁才是愉悦的源泉，付出与责任才是生命的价值所在。

通过《面纱》，不由得令人想到达芙妮·杜穆里埃的《蝴蝶梦》（又译《吕蓓卡》），两部小说风格迥异，旨归却极为相似。《蝴蝶梦》以悬疑元素和象征性而著名，并成为20世纪的爱情经典。在《蝴蝶梦》中，富丽豪阔的庄园、佣仆簇拥的身份之类的浮华表象，却成为人们痛苦和被束缚的根源。这正是在告诫人们，对幸福的追求不应仅看重形式，关键在于寻找真实的自我。婚姻的真谛就在于平等、真诚和勇于献身。只有明白了爱的本质，才不会被婚姻功利的外表所迷惑。

“一入豪门深似海。”在作品的一开始，杜穆里埃就将曼陀丽庄园定义为坟墓，赋予庄园死亡的气息。女主人公“我”对于英国贵族、时髦的鳏夫迈克西姆一见倾心，很快便答应了他突如其来的求婚。当“我”来到了美丽豪华的曼陀丽庄园。而这座曼陀丽庄园仍然笼罩在一个死去的女人的阴影之中。“我”婚后的新生活随即受到了威胁。

吕蓓卡犹如一个传说，她从未现身，却阴魂弥漫，豪华雄伟的庄园曼陀丽犹如她的墓穴。神秘的吕蓓卡、华丽的曼陀丽庄园、傲慢阴险的女管家和吕蓓卡的暗中情人，都是一种隐喻，一种象征。在华丽高贵的外表下，吕蓓卡却是一个不幸的女人。曼陀丽庄园威严气派，俨然是社会阶级规则的象征，却成为男主人公不幸婚姻的梦魇。华丽的外表之下，背后都是男女主人公生活中挥之不去的阴影，根本无法使他们获得快乐和自由。男主角曾拜倒在财富和虚荣的婚姻里，为此出卖自己的灵魂。最终，心怀怨恨而又恶毒的女管家将整个庄园毁之一炬，却让男女主人公摆脱曼陀丽庄园和吕蓓卡的阴影，以一个男人和一个女人的相爱而拯救彼此，不再陷入世俗的门第和身份的顾虑之中。完美无缺是一种虚幻，平凡真实的人生才是他们想要的幸福。

七、真爱之谜：欲念如火，不伦之恋

爱情是如何奇迹地降临？可以在上下车擦肩而过的瞬间，被美妙无比的眼神和彼此散发的光芒所吸引，或者因为一次意外的撞车事故而走到了一起。正所谓“无巧不成书”，在文学的世界里，对于被天造地设的爱神秘击中的一瞬有着无穷无尽的表现方式。

弗拉基米尔·博纳科夫的《洛丽塔》（主万译，上海文艺出版社，2005年）一书中，展现了一个中年男子亨伯特对一个12岁美少女洛丽塔深沉的迷恋，为了亲近这位早熟、热情的洛丽塔，他娶女房东为妻，成为洛丽塔的继父。

女房东在亨伯特的日记中发现了他对自己的不忠和对自己女儿的企图，极为生气，但在外出寄信时遭遇车祸而死。于是，亨伯特将洛丽塔从夏令营接出来一起旅行，他们途中以父女之名住进了一个旅馆。他在洛丽塔的饮料中下药，试图迷晕她而进行猥亵。不料，那药对洛丽塔全然无效。令人意外的是，第二天清晨，洛丽塔主动挑逗亨伯特，于是发生了不伦的关系。

随后，亨伯特告知洛丽塔母亲已经去世，在此别无选择的情况下，洛丽塔接受了必须和继父生活下去的现实。亨伯特带着洛丽塔继续以父女的身份到处漫游，他利用美味的食物、美丽的衣饰和零用金钱等小女孩喜欢的东西来控制洛丽塔，以继续满足自己对她的欲望。洛丽塔长大后，开始讨厌亨伯特，她意识到“即使是最可悲的家庭生活也比这种乱伦状况好”。于是，她脱离继父的掌控。一开始亨伯特疯狂地寻找她，但最终无奈地放弃了。

三年后，亨伯特接到了洛丽塔的来信，信中说她已经结婚并怀有身孕，需要亨伯特给予金钱方面的援助。于是，亨伯特寄去了现金、支票，以及卖房契约。他要求洛丽塔说出当初拐走她的人。洛丽塔告诉他那人正是奎迪。奎迪曾被洛丽塔视为东方哲学家，其实，他只是一个剧作家。在洛丽塔随奎迪出走后，奎迪一度要求她和其他男孩子拍摄色情影片，但遭到了拒绝，他便将怀孕的洛丽塔赶了出来。亨伯特要求洛丽塔离开她的丈夫跟他走，但是她拒绝了这个要求。亨伯特伤心欲绝，便追踪并枪杀了奎迪。最终，亨伯特因血栓病死于狱中，而17岁的洛丽塔则因难产死于1952年圣诞。

《洛丽塔》是关于人类欲望的悲剧，但却因为书中的不伦之恋而被多国列为禁书。纳博科夫在小说中曾引用一位诗人的话说，“人性中的道德感是一种义务，而我们则必须赋予灵魂以美感。”当然，在《洛丽塔》中，这种所谓的“美感”既有艺术华丽的诗意，也充满了情欲堕落者阴恶的罪恶感。

博纳科夫在与埃德蒙·威尔逊的通信中说：“……我沮丧地想，这个纯洁、严肃的作品会被某个轻率的批评家当作文学的噱头对待。这种危险对我来说越发真实，因为我认识到，连你都既不理解也不想理解这个复杂、不寻常的作品的文本组织。……你真的认为，契诃夫之为契诃夫，是因为他写了‘社会现象’，写了‘富农’‘兴起的农奴’（听上去像浪花）和‘新的工业中产阶级的再适应’？我认为，他写的是温和的李尔王在狱中提议跟他女儿讨论的那些东西。……当你果真阅读《洛丽塔》时，请注意，它是道德的，不是在描写美国的富农。”[34]

小约翰·雷博士①在《洛丽塔》的序言中所写的那样：“作为一份病历，《洛丽塔》无疑会成为精神病学界的一本经典之作。作为一部艺术作品，它超越了赎罪的各个方面；而在我们看来，比科学意义和文学价值更为重要的，就是这部书对严肃的读者所应具有的道德影响，因为在这项深刻的研究中，暗含着一个普遍的教训：任性

① 小约翰·雷博士：为博纳科夫所虚构的人物，他为《洛丽塔》所写的序言，也正是作品的一部分。约翰·雷被作者赋予了他所不屑的特质并加以嘲讽，作者在后记中也明确表示“不管约翰·雷说了什么，《洛丽塔》并不带有道德说教”。博纳科夫所重的是文本的创新性、艺术风格和趣味性。

的孩子，自私自利的母亲，气喘吁吁的疯子——这些角色不仅是一个独特故事中栩栩如生的人物，他们提醒我们注意危险的倾向；他们指出具有强大影响的邪恶。《洛丽塔》应该使我们大家——父母、社会服务人员、教育工作者——以更大的警觉和远见，为在一个更为安全的世界上培养出更为优秀的一代人而作出努力。”[35]

在创作《洛丽塔》时期，博纳科夫陷入了经济拮据的生活窘境。《洛丽塔》借用情色小说的外壳，描画着人与世界相遇时的种种境况，蕴涵着深切的悲剧感，成功地抵达了人类地狱般的灵魂深处，这体现了一个严肃作家的良心。另外，博纳科夫抗拒文学沦为意识形态宣教的载体。因此，与其说《洛丽塔》是一部批判之书，毋宁说它是一部怜世悯人之作。通过幻美迷离的文字，可以窥见纳博科夫用魔术般、充满幻想的情节编织出的生活真相，除了体现对美的沉迷之外，还促使人们进一步地对人类生存困境的思考。

也许，少年之爱，尤显为美。纯洁天真之中，带着很强的探索性和先天性的渴求。与《洛丽塔》那种跨年之恋和现实背景所不同，《爱欲或爱达：一部家族纪事》(韦清琦译，上海译文出版社，2018年)既是一部历史传奇，也是略带未来主义科幻色彩、反映当代生活的小说。

故事横跨百年，发生在一个政局动荡、名曰“反地界”(Antiterra)的星球上。这个星球的地形与我们的“地界(Terra)”有着某些相似之处，在那儿的北美洲，法语和俄语几乎与英语一样普遍，但其历史却与我们的不尽相同。

1884年夏天，15岁的少年凡·维恩来到阿尔迪斯庄园的玛丽娜姨妈家做客，初遇两个表妹——美若天仙的12岁的爱达与单纯任性的8岁的卢塞特。少年凡初遇爱达，一见钟情。但是，爱达其实是玛丽娜与凡的父亲德蒙珠胎暗结的产物，后来德蒙娶了玛丽娜的妹妹阿卡，但阿卡因精神失常自杀身亡了。因此，凡与爱达其实是同父异母的兄妹。

> 在他俩的爱情故事中，祝福的话语以及抒情的灵感第一次降临到了这个粗野的少年身上，他低语着，呻吟着，用畅快温软的语言吻她的脸，用三种语言——世界上最伟大的三种语言——呼唤着各种昵称，这将汇集成一本秘密爱称词典，并且要经过多次修订，直到得出一九六七年的最终版。当他的动静过大时，她便发出嘘声，并将嘘声吐入他的嘴里，此时她的四肢坦然地缠绕着他，仿佛她在我们所有的梦境里已定爱多年了。

虽然凡与爱达的不伦之恋为社会所不容，但他们爱得轰轰烈烈。“金星挂上了苍穹，维纳斯嵌进了他的肉体”。谁知，爱达的妹妹卢赛特也爱上了风流倜傥的表哥凡。炽热的命运之轮裹挟着表兄妹三人展开了逾八十年的爱情征途，他们或以身殉情，黯然消亡，或悲喜交加，抵达情爱的巅峰。忠诚与背叛、爱恋与仇恨、自私与忘我、冷酷与温情、喜悦与绝望，这些人性的所有元素，构成了一部跨越时空、丰饶浪漫的家族纪事。罗伯特·奥尔特评论道：“《爱欲或爱达：一部家族纪事》中关于爱侣所企及的生与美之愉悦的演绎，是小说史上鲜有人能望其项背的成就。”

这是一生炽烈的爱恋，从少年到垂暮、死亡。也许，正是因为故事发生在另一个文化背景不同的星球上，爱情中的反道德因素才会被人们淡化和接受。（这份奇异的爱情发生在同父异母的兄妹之间，而他们的母亲也是一对姐妹。）纳博科夫由此可以无所顾忌地运用细腻灵巧的笔触，抒写了凡与爱达的惊世之恋，从萌芽、生长、喷发到背叛、重逢、成熟的整个过程，千回百转，层次分明，荡气回肠。正如埃德蒙·怀特所言，“纳博科夫是20世纪最富激情的小说家”——而这激情在《爱达》中表现得尤为炽烈。

> 在那神秘的部位有一抹煤黑色。一次严重的烫伤在两肋间留下一块粉色的疤。他吻了吻疤痕，又垫在自己紧扣的手上躺下来。她伏在他褐色的身子上审视着那蚂蚁王国的商队向位于肚脐的绿洲进发。……高大的自鸣钟不知敲响了哪个一刻钟，爱达此刻手托腮帮看着那令她惊叹、尽管也有些乖张的勃动，正沿顺时针方向坚定地抬升，浑厚的男性力量重整旗鼓向上举起。

凡与爱达都博览群书，有着聊不完的话题，这让他们不仅有肉体的结合，更有灵魂的交融。他们一生接受彼此。他们的情感真诚而炽烈，虽经分离，却永未冷灭。爱达之于凡，就如格蕾卿之于浮世德，贝雅特丽采之于但丁。

书中的凡要写一部关于时间的书——《时间之肌理》，这是他们痛苦与爱情的结晶。在丧失未来，而仅有过去之时，凡早年的老情人爱达则坚信时间是不可认识的。这等于否认了凡一生的努力。他们的时间中仅有爱，而他们的爱也将随他们从人世的离去而湮灭。

而博纳科夫才是真正的写书人。这是一部最能体现纳博科夫风格的作品，他是一位最具创新性、最善于玩弄文字游戏的文本学家。《爱达》第一部的开头和结尾分别套用《安娜·卡列宁娜》的开头和《包法利夫人》第一卷结尾的话——“所有幸福的家庭不仅相同，每个不幸的家庭却多少相似”（这里为了嘲讽俄文翻译的不严谨，故意将意思颠倒），“九月初凡·维恩离开曼哈顿去鲁特时，他已经怀了孕。”(《包法利夫人》第一卷的最后一句：等到他们三月份离开托特的时候，包法利夫人已经怀了孕。)——托尔斯泰和福楼拜都是博纳科夫极为推崇的两位作家。书中运用暗示、戏仿、隐喻、反讽、重构、双关、象征、拼词等各类修辞手法。凡的父亲德蒙(Demon)，英文原意是魔鬼，作家称凡的身体里“流有他父亲的魔鬼之血而变得强壮”，“魔鬼之血”(demon blood)显然与“德蒙”(Demon)构成了一个绝妙的双关。书中不断变化叙述方式和视角，顺叙与倒叙、回忆与现实交织，比如，以凡的视角的表述与爱达的回忆互为映照甚至矛盾。在凡的印象中，他第一次见到爱达，“爱达捧着乱蓬蓬的一束野花。她身披白色斗篷，配着黑色夹克，长发间嵌着一只白色蝴蝶结”。爱达则反驳他是在做梦，她从未有过这样的衣服，也不可能在大热天穿黑色夹克。爱达的表达可以视为一种重构。而德蒙和玛丽娜的偷情与凡和爱达的不伦之恋，阿卡的自杀与卢塞特的投海自尽，前者都是对后者命运的一种暗示，暗示这个家族的情爱传统，有一种难以摆脱的宿命的意味。

作家强调了时间上的过去和当下性，否定其向未来的延展。由此，凡与爱达在“伊甸园”不无“醒时同交欢，醉后各分散”的意蕴。《爱达或爱欲》里，情欲描写诗意而恢弘，其中包括艾达的妹妹 8 岁的卢塞特被迫目睹两人的交欢，壁橱锁孔透出来的那双绿眼睛。另外，卢塞特在 26 岁跳海前脑海里闪过的种种幻象。

> 八十年后，他仍能怀着青涩的痛楚回忆起爱上爱达时最初的欢喜。记忆在少年懵懂的吊床的半空中与想象相会了。如今在九十四岁高龄，他喜欢追溯那第一个爱意融融的夏天，并非视之为刚做的梦，而是一种对意识的再现，如此还能在午夜之后、在浅轻的睡眠与清晨第一粒药丸之间支撑自己。你接着

说，亲爱的，就只一会儿。药丸、枕头、巨浪、亿万。就请从这里继续吧，爱达。

凡与爱达老年时依然情爱绵绵的场景让人不禁联想起《霍乱时期的爱情》。在故事结构上，《爱欲或爱达》与《霍乱时期的爱情》有些许相似之处，都是相遇，分离，重逢，因爱情而耗尽一生。但不同之处在于：阿里萨与费尔明娜是终其一生在追求，仅在暮年始得甘露；而凡与爱达则挚爱一生，垂暮之年依然热烈。阿里萨与费尔明娜相信时间的永恒性，而凡与爱达则不相信时间，为此他们无所顾忌，信奉尽早行乐。如果说，凡与爱达的旷世之恋是一首田园牧歌，那么其中卢塞特的殉情而死，则是不折不扣的悲剧。在死亡作为底色的映衬下，爱情愈显得深刻而迷人。

第四章

文学与生活：爱情是克服危机、超越平庸的力量

爱的本质是付出和给予，爱他人的前提是爱自己，但并不意味着爱自己和爱他人是对立与矛盾的。弗洛姆说，爱是一种能力，而不仅仅是一种需求。在爱中，不是我需要你所以我爱你，而是我爱你所以我需要你。

自由的婚姻和自由的性，成为典型的现代产物。人的性自由并非仅仅出于罪恶的生物冲动，而具有独特生活方式的文化属性。德国社会学家库尔特·施塔克说道："人类不需要任何禁止，也不需要任何强制。人类什么都不需要，只要自由的空间就可以了……我得到的结论让我感受到人类拥有如此不可思议的渴望：他们多么不愿意给自己的情感踩下刹车，而是希望它们继续发展下去；他们多么渴望自己变得脆弱，因为没有受到伤害的脆弱是美丽的，因为人们被允许拥有混乱的情感、被允许表现得软弱，当温柔的人比残酷的人拥有更多的机会时，那真是再美好不过的事了。"

20 世纪是一个暴风骤雨的世纪，人类经历了两次世界大战，也见证了科技和经济的迅猛发展。理性之光让人类走出了蒙昧无知和宗教的束缚，然而，人类似乎尚未学会诚实地面对所有事实，从

而导致“诸神之战”。

在整个20世纪，情感自由的主张得到了各方行动者的肯定，这些人包括哲学家、科学家、作家、艺术家和先锋知识分子，整个时代被一种崭新的文化气象所塑造。人类发生了很多的“第一次”。

伊萨克·巴别尔①是一个乐于写人生所经历的“第一次”的作家：《我的第一笔稿费》《我的第一只鹅》《初恋》《浴室之窗》(可以题名为《我的第一次窥视》)……这些“第一次”带来的发现与顿悟。巴别尔自称为“沉默派大师”，他呼吁人们要给作家“写坏作品”的权利。“生活总是在尽其所能地模仿小说，因此好的小说大可不必贴近生活。”巴别尔曾这样写道。

> 敖德萨的男性不同于彼得堡的男性。这几已成为定律：敖德萨的男人在彼得堡无不生活得如鱼得水。他们既能挣钱，又是黑发男子，彼得堡淡黄头发的虚胖的太太总是对他们一见倾心。所以，敖德萨人来到彼得堡后一个倾向，总是落户于卡缅诺奥斯洛夫斯克大街。人们讲，这话乃说笑而已。不，不然。事情要涉及较为深层的东西。即这些黑发男士带来了些许阳光和轻松。[36]

正如卡夫卡一样，巴别尔的作品对其时代有着某种预言。而独裁者害怕天才的预言性。所以，独裁者常常能最敏感地发现天才，

---

① 伊萨克·巴别尔(Isaac Babel，1894—1940)：犹太裔俄籍作家、短篇小说家，生于敖德萨，以短篇小说集《骑兵军》《敖德萨故事》跻身世界文学巨匠之列。1939年在苏联的大清洗中被诬陷为间谍，1940年被秘密处决，1954年被苏联当局平反。1986年《欧洲人》杂志选出100位世界最佳小说家，巴别尔名列第一。

并想方设法从灵魂或者肉体消灭之。1917 年，巴别尔因短篇小说《浴室之窗》被当局指控描绘色情，但控告因政治骚乱不了了之。

一、卡夫卡的预言与集中营里的爱

弗兰兹·卡夫卡赋予小说中的独特人物的个体经验，成为众多后来被纳粹迫害者的集体体验。

卡夫卡可能隐隐约约已有所预见，他的小说离奇地预言了奥斯维辛，预言了针对犹太人的大屠杀。后来，他的三个妹妹都在大屠杀中丧生，包括他最喜爱的妹妹奥特拉，她在卡夫卡病重之时给予他悉心照料。其他家庭成员也都死于大屠杀，包括他的挚爱女友密伦娜。如果卡夫卡的生命再长久一些，无疑也会遭遇相同的命运（卡夫卡 1924 年去世，希特勒于 1933 年出任德国总理，集中营大屠杀发生在 1942 年）。1935 年，卡夫卡的一些作品就被纳粹列入“不良文学名单”，纳粹从他的最后一任女友多拉·迪曼特那儿收缴并销毁了他的二十本笔记和多封书信。

早在 1938 年，同为犹太人的瓦尔特·本雅明就将卡夫卡的作品解读为对大屠杀的预言，尽管那时大屠杀尚未开始，本雅明对此也有预感，最终他与夫人一起在西班牙边境自杀。

卡夫卡通过写作预见了整个犹太民族的浩劫。而他那看似非写实的作品却真实地成为现实的折射。也许，作品与现实并无边界，唯一不同的是作品呈现的现实更真实，更魅惑，更危险，究竟是他的作品预见了大屠杀，而后大屠杀发生了，还是因为大屠杀要在未来发生，而后他才创作出那样的作品呢？人物内心的现实与外部的世界现实，又有着怎样本质的差异呢？我们相信天才的存在。而天

才也许就在于他拥有神秘的预见未来的能力——在想象的世界，见证了真理。借用乔治·斯坦纳的话说："他(卡夫卡)慢慢将现实从焦点移开，从而产生出具有系统性和逻辑性的幻象——大都来源于对局部历史环境带有反讽性的精确观察。在卡夫卡梦魇般精确的场景之后，是布拉格和衰落的奥匈帝国的地貌。"

作者无法阻止文本创作的未来。卡夫卡的作品超过了作者的意图，产生了一种机器般的自行运作。卡夫卡认为他的作品"可能发展出新的秘密学说，发展出一种卡巴拉①。"卡夫卡曾是波希米亚工伤事故保险公司的员工，有一次他看着位于布拉格古老的犹太会堂，说道："这个会堂已经在地面以下，但不止如此，人们会尽力铲除犹太人，把这个会堂碾成灰烬。"[37]

本雅明曾说，卡夫卡有一种罕见的才能，能够自己创造寓言，而且他的寓言的意义从来不会被清晰的阐释所穷尽。相反，他会想尽办法防止阐释。他的语言不像传统寓言和新约中的寓言，有着明确的教义，而卡夫卡的作品会在不确定的意义中延伸。他让我们看到恐怖逐渐生成的每一个细节。"《审判》揭示了恐怖状态的经典模式。它预言了诡秘的施虐行为，预言了极权主义悄悄塞进私生活和性生活的歇斯底里，预言了缺乏个性的杀手的无聊空虚。"[38](乔治·斯坦纳语)

无论是《审判》，还是《城堡》《失踪者》(又名《美国》和《下落不明的人》)都没有写完。但这些作品中的主人公都遭遇无辜的迫害，在冷酷无情的官僚机器运转中，他们都必然地被迫害致死。《变形记》《在流放地》《判决》《绝食表演者》这类作品的主人公最后都死

① 卡巴拉：卡巴拉生命树，又名倒生树，是一种在犹太教中使用的神秘符号。据《旧约·创世记》记载，生命之树位于伊甸园中央，而卡巴拉借由此来描述所谓通往神的路径，或神从无中创造世界的方式。

了。《失踪者》《地洞》《修建中国长城》其中都有与奥斯维辛对应的情形与景致。《失踪者》的第一章名为“司炉”，其中的自由女神手持的不是火炬，而是利剑。据说，《失踪者》的结局，卡夫卡安排的是一个“大团圆”，但他出乎意料地中断了写作。

卡夫卡的写作几乎延续到他生命的最后一刻，正如他所说，我的生命是写作，且仅有写作。卡夫卡把命运变成了作品，也把作品变成了命运。表面来看，卡夫卡是个自传色彩很强的作家，几乎每一部作品都是在写他自己。但卡夫卡认识到自己作品中所拥有的强大力量。这种力量超越了他的控制力。这与那些作家以上帝之手决定作品中的一切的风格迥然不同。

相比卡夫卡那些神奇的寓言，我们难以再接受奥斯维辛真实呈现的种种残酷了。然而在奥斯维辛，也有真实的温暖人心的爱情故事发生，虽然很少，甚至仅为孤例，因此更值得铭记。

士兵对待“敌方”女性，往往就是肆意践踏。这在战争历史中屡见不鲜，也包括苏联军队在解放奥斯维辛集中营之后，对女性所施予的暴行。

在奥斯维辛集中营，屠杀犹太妇女是党卫军的神圣责任，而与她们发生关系则是犯罪。虽然也有党卫军成员在酒精的作用下，将意识形态抛诸一边。但有一个事实却颠覆了我们的想象：至少有一位党卫队看守爱上了作为囚犯的犹太女性。来自斯洛伐克的海伦娜·斯特洛诺娃与党卫队守卫弗朗茨·温施的故事确实是发生在奥斯维辛集中营最离奇的故事之一。

海伦娜是在1942年3月被送到奥斯维辛。她在奥斯维辛集中营初期的经历与其他犹太女性并无不同之处，同样是在饥饿和身体虐待中挣扎。最初几个月，她被派去拆建筑、搬碎石，睡在满是跳蚤的稻草堆上。她惊恐地看着身边的女犯一个接一个死去，她意识到要想活下去，就需要转到一个不那么耗费体力的分队。一位女友给她提了一条建议："加拿大"分区的一个女犯刚刚去世，如果海伦娜愿意裹上白色头巾，穿上从那个女人身上脱下来的条纹囚衣，就可以混进整理衣服的营房工作。海伦娜就这么大胆地照做了，可不幸的是，卡波①看出她是"混进来的人"，并对她说，她会被送进"惩戒分队"。这无异于死刑判决。

赶巧的是，那天刚好是党卫队守卫弗朗茨·温施的生日。在吃午饭时，卡波问谁会唱歌或者会朗诵为之助兴，一个希腊女孩说自己会跳舞，而海伦娜因为嗓音很好听，在党卫军和卡波的要求下，海伦娜一边流泪一边演唱了一首歌。等海伦娜唱完之后，温施说了一声："谢谢。"他还轻声要求她再唱一遍。于是，海伦娜又唱了一首在学校学会的德语歌。

也就因为这首歌，温施要求卡波让这位唱歌如此动听的女孩第二天继续来。这个要求救了海伦娜的命。于是，海伦娜正式成为"加拿大"分区的一员。虽然温施对海伦娜十分友善，但海伦娜一开始对他很"反感"。然而在接下来的几周里，温施依然和善地对待海伦娜。在他休假期间，他还让手下的犹太男孩给她送了几盒点心。他休假回来后，做了一件大胆的事：给她递纸条，上面写着："爱——我爱上你了。"这却让海伦娜感到痛苦极了，这违背她曾经受过的教导和自我体验，她觉得自己宁愿死，也不愿跟一个党卫队

---

① 卡波(Kapo)：这个词来源于意大利语中的"Capo"，意思是"头儿"。集中营的管理者从每个片区或每个"工作分队"中选出一名囚犯担任"卡波"。卡波对他的囚友们有极大的控制权。由于卡波跟其他囚犯朝夕共处，因此他们比党卫军守卫有更多的机会肆意妄为。当然，如果卡波不能令主子满意，他们自己也面临着危险。(见劳伦斯·里斯：《奥斯维辛：一部历史》，刘爽译，广西师范大学出版社，2016年。)

守卫在一起。

温施有自己的办公室，他想出各种理由让海伦娜来见他。有一次，他让海伦娜给他剪指甲。海伦娜说，我听说你杀过人。他说没有那回事。然后海伦娜说，别让我再踏入这个房间，我也不给别人剪指甲，并转过身说，“我要走了，我不想再多看你一眼。”于是，温施感到自尊受到了伤害，拿出手枪说，如果你敢走出那扇门，我就要了你的命。可海伦娜说，打死我吧！我宁愿死也不愿再做个两面派。她走了出去，但温施并没有开枪。

随着时间流逝，海伦娜渐渐意识到，温施是个可以让她依靠的人，他不会让任何不好的事发生在她的身上。有一次，海伦娜听说她的姐姐和姐姐的两个孩子将被送进焚尸场，于是不顾宵禁离开营房，跑到焚尸场附近。温施知道后，立即去找她，他把她按在地上揍她，这样别人就不会怀疑他们的关系。他让对海伦娜说：“赶快告诉我你姐姐的名字，要不就来不及了。”温施从焚尸场找到了海伦娜的姐姐，把她拉出了队列，但海伦娜姐姐的两个孩子死在了毒气室。随后，温施将海伦娜的姐姐也安排在“加拿大”分区工作，让她留在海伦娜的身边。

在温施救了海伦娜的姐姐之后，海伦娜对温施的感情发生了很大的变化，她发觉自己爱上了温施。他不止一次为她冒险。与奥斯维辛其他一些男女不同，这对恋人从未发生性关系。在那个人间地狱，他们眉目传情，匆匆说出情话或潦草地写下字条。这让海伦娜受到鼓励，感到温暖。但他们最终被人告发了，没有人知道告发者是看守，还是犯人。

海伦娜和温施被抓了起来。但他们都一口咬定他们之间什么事都没有。最后，海伦娜被要求在“加拿大”营房的一个区域独自工作，远离其他女犯。温施更加小心谨慎地保护海伦娜和她的姐姐，直到奥斯维辛解放。[39]

奥斯维辛体现了人类最原始的残忍特质，有着太多的谋杀、偷盗和背叛，而海伦娜和温施的爱情故事像是开在冷酷严冬的一朵艳丽的鲜花，给人带来希望与温暖，有着极其重要的意义。在那样的环境下，爱情竟可以在一个犹太女犯和一个党卫队守卫之间滋生。很多人可能不相信这样的故事，可是却无人能否定人内心对美好爱情的真切渴望。这种爱情，又岂能被种族仇恨与阶级所隔离？

同样，在希特勒的统治下，哲学家卡尔·西奥多·雅斯贝斯不愿意抛弃他身为犹太人的妻子格特露德而受到迫害，失去教职，而且面临着随时都有可能被送去集中营的威胁。绝望中，格特露德曾想牺牲自己好让丈夫活下去，继续他的写作。但雅斯贝斯却表示，如果他背弃了对妻子的责任和她的信任，他的哲学也就毫无意义。尽管他的所有作品都无法发表，他还是坚持写作。有人问他你为什么还在写书？甚至有一天你所有的原稿都会被烧掉。他回答说，人不能未卜先知，我所思考的东西在写作过程中变得更清楚了。如果有一天人们起来推翻暴政，我不愿两手空空站在那里。

1945 年，雅斯贝斯夫妻作为纳粹“最终解决”的对象被列上了黑名单，计划在 4 月 14 日将其送往集中营。幸运的是，在这之前的 4 月 1 日，盟军攻入了海德堡，解除了他们的厄运。

二、文学模仿生活：饱经磨难，本真而又纯粹

爱情，因纯粹而灿烂迷人，也因磨难与坚贞而愈显珍贵。爱的关键是两个人创造一个共同的世界，而这个共同世界能够超越任何力量的阻碍。

文学如何模仿生活？《古拉格之恋》（英文名：*Just Send Me Word*）是奥兰多·费吉斯（Orlando Figes，1959—至今）在写作《耳语者》收集材料时，发现一对恋人在长达八年的时间里多达 1246 封的秘密信件而引出的，从而为我们呈现一个真实而又令人嗟吁的爱情故事。

列夫·格列勃维奇·米申科和他的女友斯维特拉娜·阿列山德罗芙娜·伊万诺娃，他们同为莫斯科大学物理系的学生。如果不出意外，这对恋人会幸福地生活下去，但战争成了最大的意外。1941 年爆发了卫国战争，列夫义无反顾地报名参军，做好为苏维埃捐躯的准备，但他最终成了纳粹的俘虏，被关进了集中营。最终，美国人解救了他。美国人曾劝说他去往美国，但他怀着与家人和恋人斯维塔见面的兴奋，登上了回苏联的卡车，而苏联当局却用阴森的枪口迎接了这些战俘。

在简单的审判后，列夫的罪名就是间谍，迎接他的将是十年的劳改营刑期。在劳改营，每个人都要像牲口一样干活，没有人在乎囚犯们的死活。很多人就在劳改营中死去了。然而，列夫是幸运的，凭借他在物理上的一技之长，被调进了干燥车间做技术员。在稍安定之后，列夫开始给斯维塔写信。

他一开始怕斯维塔由于他的囚犯身份不愿理他，或者早已忘了他，又怕通信会给斯维塔带来麻烦，因而一开始只给亲人写信，信中附带问起斯维塔的情况。但出人意料的，斯维塔得知列夫还活着后，立刻写了封信寄到古拉格。在信中除了表达对列夫的思念之外，还忍不住责怪列夫为何不愿写信给他。

列夫明白了斯维塔对他的心意，从此，两人的通信就不再间断。古拉格里还有一类劳工叫自由工人，其实，他们都是刑满释放的囚犯，因为苏联当局的限制，导致他们无处可去，只能重回劳改营做工。他们的身份不再是囚徒，从而有较多的自由。列夫的大部分信件和斯维塔的大部分回信，就是通过自由工人之手递交的。在自由工人和其他朋友的帮助下，斯维塔还曾秘密来到古拉格与列夫会了几次面。从 1946 年到 1954 年，在列夫被关押的八年间，这不间断的通信和偶尔的会面，给了列夫支撑下去的动力。他们终于熬到了释放，并结了婚，白头偕老，直到离世。

在这本书中，今天的读者可以看到爱与信念是如何保护和滋养一个人，这些饱含情感的信不仅帮他们共同度过最痛苦的时光，也可以看到看似坚不可摧的极权制度自行瓦解的过程。

> 我走到哪里都有你跟着。如果脑海中浮现出什么美丽的东西，比如一首美妙的音乐、一首普希金或者彭斯的诗、一幅画，我就会联想到你，就会看到你，看到你的面容、你的眼睛，你的笑容动不动就浮现出来……有时，听见一首美丽的音乐，我知道你也喜欢，仿佛和你在一块欣赏似的。这时，我的心情就会平静下来，遇事就更能忍耐了，对人也更加和蔼了。我的维斯塔，有你在真好，你无时不在，也无处不在——诗中有你，散文里有你，音乐里也有你，连我的线路图里都有你，我的眼睛里只有你。[40]

> 斯维塔呦斯维塔，这个世界肯定是美好的，但是当它被你照亮的时候会更加绚丽多彩——因为有你发光，世界才明亮。没有你带来的光明，这个世界我不想看，也不感兴趣。没有你的世界是黑暗的世界，你离去的世界是半黑暗的世界。你真想让我去享受那样的世界吗？[41]

从列夫和斯维塔之间的这些通信中看，对这份宝贵的爱情，两人看得甚至比生命还重，斯维塔害怕失去列夫，列夫也害怕失去斯维塔。当斯维塔因工作未能及时给列夫回信时，列夫一度惊恐地害怕斯维塔把他甩了，但随后就证明这只是个小误会。有了爱情的支撑和斯维塔的鼓励，列夫由一开始的绝望，变得开始有希望起来。斯维塔不幸得了抑郁症，列夫反过来鼓励她，两人正是相互慰藉，才挨过了艰难岁月。

从列夫被抓进古拉格开始，直到他被释放为止，这对恋人之间的信件大部分通过“非法”渠道递送，从而逃脱了当局的审查删改。列夫的信是古拉格日常生活的实时记录，而从斯维特拉娜的信中可以看出，当时的苏联老百姓其实也大都知道古拉格就在身旁，只是嘴上不说，但劳改营的铁丝网挡不住他们的同情心，隔不断他们的正义感，大家纷纷伸出援手，帮助里面受难的人。为此，《古拉格之恋》不仅仅是一个爱情故事，它也体现了在强权之下，人们善良仁爱、团结互助、坚韧不拔的精神。

在分开的 14 年时间里，他们坚守着爱情。列夫夫妇分别于 2008 年和 2010 年与世长辞，死后合葬在一起。在列夫和斯维塔的情感经历中，我们能够见到威廉·雷迪对法国大革命时期的一段评价：“大革命并没有为大家提供一个情感庇护所，而是演变成了一个情感战场，在这里每个人的真诚都被怀疑，在这里人们忙于转移怀疑的努力对生存而言是多么重要，其本身就是一个不真诚的表现。”[42]威廉·雷迪还提到，当时处于统治地位的雅各宾派也为自己的地位而焦虑不安，他们不敢承认这种焦虑，而转移这种焦虑的最安全方式就是常常怀疑他人(滥用间谍这样的罪名，是弄权者一贯的伎俩)。雅各宾派的这种表现同样出现在斯大林时期的统治者身上。

与此主题相同并形成同构的是英国作家约翰·伯格在82岁时创作的小说《A致X：给狱中情人的温柔书简》(吴莉君译，台海出版社，2017年)。与奥兰多·费吉斯发现列夫和斯维塔的信件的真实情形相似，《A致X》的叙述者是在“镇中心旧监狱的某间牢房里搜出了数捆只注明了几月几日却没有写年份的信件”，那是女子爱妲写给狱中情人泽维尔的信。当然，这是一部虚构的作品。通过信件编构故事，这并非多么具有创新性的技法。但这部作品中充盈着一个热情与敏感的女人对狱中男人温暖的爱，以及对一切美好事物的深情，足以令人动容。她不厌其烦地记述镇上每日发生的琐事，在看似稀松平常的琐屑之事中，可以嗅见人们的焦虑、对动荡战事的恐慌和对自由解放的渴望，这是一个女性在艰难时事下为相爱的人提供抗争的能量。约翰·伯格1944至1946年在英国军队服役，作品中的细节有着无可置疑的真实感。哈罗德·品特评价说：“《A致X》是我多年来读过的最温柔，同时也是最尖锐的作品之一。它的力量来自对写作技巧的节制使用，来自它对幸存与压迫之下的不朽之爱的详述。”

对照奥兰多·费吉斯《古拉格之恋》，也会让人联想到鲍里斯·帕斯捷尔纳克的小说《日瓦戈医生》中最为动人的章节。日瓦戈一生与三个女人有瓜葛——妻子冬妮娅、情人拉拉和同居女友玛琳娜。冬妮娅与日瓦戈青梅竹马，但他们之间亲情的成分大过爱情，如果理解为爱情，也不过是男女世俗的友爱、爱人般的体贴，缺少灵性的成分。玛琳娜在日瓦戈落魄潦倒时与他同居，但他们精神上无法沟通，他们仅是一种肉体之爱。而拉拉是上帝的馈赠，日瓦戈将真正圣洁的、癫狂的、神性之爱实际上给了拉拉。

与列夫与斯维塔的那种持久而又隐忍的爱情有所不同，日瓦戈和拉拉的爱情诞生在战火硝烟中，充满着疯狂、怪癖与激情，日瓦戈与拉拉之间的爱情虽然短暂，但他们的爱依然是不朽的。列夫和斯维塔之间，和日瓦戈与拉拉之间，他们的感情都是经受磨难的本真之爱，这是“灵魂与灵魂相遇”。也正因为磨难，他们的感情超越了卑微世俗之爱，上升到了生命本真的神性高度，散发着超脱尘世的光辉和欢乐的天堂气息。正如列夫成为俄罗斯男性遭受苦难洗礼的象征，拉拉也成为俄罗斯女性遭受苦难洗礼的象征，他们都位列令人仰瞻的爱情群像当中。他们之间的也正体现出帕斯捷尔纳克的“爱别人，特别是不幸的人”的思想。

作为历史学家的奥兰多·费吉斯和作为作家的帕斯捷尔纳克都是非凡的叙事者。他们都拥有旁观全局的清晰视角，也有着对他人痛苦的敏感性。在他们的笔下，展现出一个辉煌的俄国文明如何迅速地被摧毁，变得野蛮化，也看到狂热的意识形态如何造就扭曲的世界，和普通人在面对艰险世道时被裹入历史洪流所遭遇的悲剧性的一切。

三、生活即文学：作为真实情感媒介的是诗歌，还是眼泪？[43]

在第二次世界大战之后，在埃及西部、靠近利比亚边境的阿瓦拉德阿里(Awlad‘Ali)贝都因人不再四处游牧，住进了固定的房子里，这种定居生活导致了男女之间更大程度的隔离。在游牧时期，女性可以相对自由地在家族的帐篷之间走动，但一旦住在房子里，她们就更有可能被阻止与男性亲属或陌生人见面。这就限制了她们的行动自由。女性的行为也会受到严格的羞耻规范“哈萨姆”

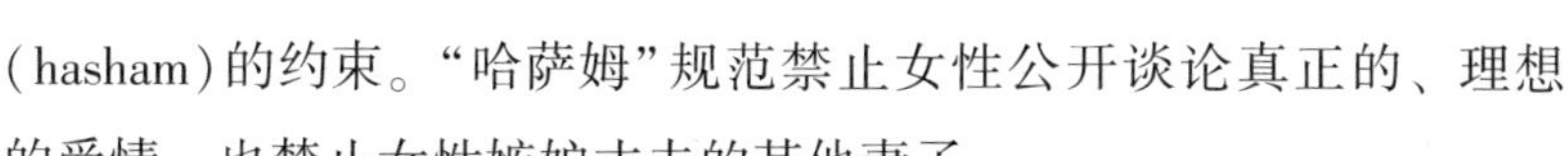

(hasham)的约束。“哈萨姆”规范禁止女性公开谈论真正的、理想的爱情，也禁止女性嫉妒丈夫的其他妻子。

这里的妇女会演唱一种名为“津纳瓦”(ghinnawas，字面意思为“短歌”)的歌曲，这种歌曲大多是即兴演唱，有时是迅速变化的对话，形式上类似于日本的俳句，在情感内涵方面类似于美国的蓝调歌曲。作为一种口头文学，尽管“津纳瓦”有体裁规则，并且被程式化，但仍然是阿瓦拉德阿里人的女性用来表达她们感情的渠道。

阿瓦拉德阿里人认为带有情感色彩的语言缺乏真实性，因此并不指望这样的语言合乎逻辑、前后一致。相比之下，“津纳瓦”是“个人生活的诗歌”，讲述的是悲伤、令人苦恼的爱与思念、对丈夫其他妻子的嫉妒，以及对于丈夫之外的某一个男人的爱。因此，津纳瓦提供了一个窗口，通过它可以了解贝都因人的自我、内心、意识、精神或完全没有宗教色彩的灵魂。

一位叫马布鲁卡(Mabrūka)的妇女嫁给丈夫已经16年了，是六个孩子的母亲，她发现丈夫打算娶第二任妻子，但是她似乎一点也不为之烦恼，只是说：“让他娶吧，我才不在乎呢。但是他应该给我买些好东西。他一无是处，他一直都是这样。一个真正的男人应该关心他的家人，确保他们拥有所需要的一切。”即使她的丈夫婚后和新婚妻子在一起的时间超过了通常的七天，她的反应也很淡定，似乎毫不在乎。在第二次婚姻后的第10天，他终于又来了，给她带来了从市场上买的食物。马布鲁卡只抱怨说他忘记了一些东西。然后她丈夫拿起枪去打猎了。她告诉正在拜访她的莱拉说：“已经好久没有见到他的人影了。”莱拉温和地问她是否会想念丈夫，得到的是一个果断的回答：“不可能。你认为我还爱他吗？我甚至没问过他的事。他想来就来，想走就走。”不久之后，她开始吟唱饱含深情的诗歌，其中充满了悲伤和失望，内容是：“他们总是对我许下虚假的诺言……”

妻子对侮辱的正确反应不是掉眼泪或口头反击，而是背诵一首诗。而她的诗歌暴露了她的真实情感。人们在公共场合交往时会戴上“面具”，把真实的面孔保留在“后台”，但在私下创作甜美的诗歌里，她们可以展示真实的自我。

无论是在形式上还是在审美上，“津纳瓦”诗歌都很适合表达不能在“哈萨姆”规范框架内用语言表达的情感。“津纳瓦”既是程式化的，又是即兴创作的，这就创造了一种模糊性，从而为情感的表达创造了空间。吟唱者总是可以隐藏在诗歌形式的背后，声称由于受到体裁的限制，自己只是在遵循一种传统。当然，“津纳瓦”是一种古老的艺术形式，在阿瓦拉德阿里人的心目中，它和埃及开始将西部沙漠逐渐现代化之前的光辉时代有关。

这位叫马布鲁卡的妇女的随性创作，与挪威作家卡尔·奥韦·克瑙斯高有些相似。

克瑙斯高在写作他的第三部作品《我的奋斗》时遇到了困境：他知道自己要写什么，却写不出来。他自信有才华和天赋，但却陷入了瓶颈。生活本身让他无法像以前写作《出离世界》和《万物皆有时》那样继续虚构。他被生活这个黑洞吸入其中，失去了编织故事的能力。他变得焦躁、迷茫、痛苦甚至绝望，直到有一天，他迎来了才华大爆炸的奇点，猛然醒悟：既然生活让我无法虚构，那么为何不来写写这个无法让我虚构的生活？既然焦虑、失眠、清扫、做饭、纸尿布、面包、香肠、酒、妻孩、朋友、邻居、嫉妒……一切让我无法写作，那么我就来写写这些让我无法写作的焦虑、失眠、清扫、做饭、纸尿布、面包、香肠、酒、妻孩、朋友、邻居、嫉妒……于是，他不做任何虚构，事件、人物、地点、时间……照搬现实，这种对生活的白描形成了作品。克瑙斯高的作品包含全部的生活，从而成为21世纪最引人瞩目的文学现象之一。[44]

作品成为对生活的凝视，没有人可以认定作家必须靠虚构才能获得名义上的存在。克瑙斯高放弃的是文学所追求的完美，他把对自我重要性的放弃当成一种动力，坦然接受存在诸多缺陷的生活。在克瑙斯高那里，文学中没有故事，故事就是生活本身。

我们阅读小说，是不是就在阅读别人的生活？而所谓的文学不也正是为了更有效地展现人之所以为人的真实，以各种技巧引发别人的共鸣吗？《我的奋斗》标题来自希特勒，却是对希特勒那部作品的反讽。希特勒的作品源于虚假的激情，而克瑙斯高的作品则源于对生活的绝望。凭借轻盈灵巧的叙述，除了标题之外，克瑙斯高不带一点儿反讽，他把真实原原本本地还给了依靠“虚构”获得生存的文学，就像抛弃避孕套而直接谋求与文学的做爱。克瑙斯高成为了谁？克瑙斯高在作品的最后一卷中，“欣慰地宣布，我已经不再是个作家了。”

四、生活模仿小说：新欢与旧爱

生活本身就是每个人的作品。我们需要以创作者的视角来看待生活。事实上，我们无法说，生活比作品更深厚、更广阔，也不能将之反过来说，作品比生活更深厚、更广阔。相比那些努力刻画现实，却远离现实的庸俗之作，我们更应钟情于富有想象力和具有创新性的文本。

神奇的想象力与敏锐细致的观察力见诸杜布拉夫卡·乌格雷西奇①的所有作品，她将虚构、回忆、引述与评论穿插起来，形成跨文本的碎片结构。于是，读者难以分辨出哪些属于生活，哪些属于小说。如果说，小说是源于生活，那么，生活也是对小说的模仿。在文学繁盛的时代，或者对于那些热爱文学的人，他们的生活难免为文学所规化。

乌格雷西奇模糊了生活与文学的边界，总是让读者感到她所叙述的一切都是真实发生的。她那碎片化、即时性的写作，能让人产生强烈的代入感。每一段文字都从细微之处入笔，将读者代入她真切的体验之中，经历着她的经历，感受着她的感受。乌格雷西奇聚焦于本族群的历史，却又极具国际化和时代感。她在欧洲各国游荡，视角多维，于细微之中，见其广阔。

在《无条件投降博物馆》(何静芝译，云南人民出版社，2024年)的“里斯本之夜”一节中，她讲述了前去葡萄牙参加文学会议，而与一位名叫安东尼奥的青年发生短暂恋情，以及在这次会议期间与前夫P. 相遇的故事。故事简短，却激情四射，回忆与正在发生的感受磅礴而至。时空交错的叙事让故事极具诗意与魅力，令人品

---

① 杜布拉夫卡·乌格雷西奇(Dubravka Ugrešic，1949—2023)：克罗地亚裔荷兰籍作家，出生于前南斯拉夫，1991年南斯拉夫内战爆发，杜布拉夫卡因公开反对战争及民族主义，遭到国内舆论的猛烈攻击，于1993年被迫离开克罗地亚。此后，先后在哈佛大学、哥伦比亚大学和柏林自由大学等多所大学任教。1996年定居荷兰阿姆斯特丹，从事小说创作、文化评论、翻译、文学研究及编辑出版等工作，致力于推动母语的开放性，维护文化的连续性。作品有《渡过意识之流》《谎言文化》《无条件投降博物馆》《多谢不阅》《疼痛部》《芭芭雅嘎下了一个蛋》《狐狸》等。

咂回味。

“我们以浪漫对抗残酷，用疯狂的爱抵抗疯狂的时代”。《里斯本之夜》本是《西线无战事》作者雷马克的柔情力作——“艰难时世里，没有爱，他活着也无味；有了爱，她对于死也无畏。”

那是《无条件投降博物馆》中的叙述者（文中的“我”，是否是乌格雷西奇本人？我们姑且于此称之为“文学女士”）第一次去葡萄牙，为了感受里斯本的风情，于是叙述者（文学女士）比聚会日期提前几天到达。她手里拿着的就是雷马克的这部小说。

“四十五岁的我，孑然独立于世，手上只有一个包，里面装着一些要紧东西，好像世界是一个防空洞，而我正在这里避难。”到达里斯本之后，文学女士住进了会议主办方为其订下的酒店。也就是在那种闲淡的游逛中，与那个叫安东尼奥的青年相遇了。一切都像是安东尼奥的一场预谋，他面临着付不出房租的窘境，而叙述者也不是一个金钱富余的人。安东尼奥主动搭讪这位人到中年的文学女士，逛街、泡吧、跳舞、喝酒，然后上床。

在发生了一夜情之后，文学女士对这位相貌俊朗的男青年产生了迷恋。而那位男青年则会违背临走前“再次赴约”的承诺，而他又出现在女主角能够看到的地方——酒吧，或者某个咖啡馆。于是，两人再一起逛街，再次上床。在第二次或者是第三次发生关系之后，安东尼奥吐露了自己的苦衷：付不出房租，面临即将被房东起诉的窘境。而女主人公心生怜悯，将主办方付给她的车马费给了这位青年。但直到文学女士离开里斯本，这个青年也没有还钱的意思。

在文学女士看似漫不经心的叙述之下，我们可以见到一个中年单身女性对性爱的渴望，以及对生活所拥有的冒险精神。几天以后，文学女士的前夫 P. 也来了，并住在了同一家酒店。由此，二人演绎了一场新欢与旧爱在短时期交杂的情感故事。

虽然，多年以前，文学女士在与前夫分开之时，对他恨之入骨。在主办方的名单上看到了P.的名字，也“曾暗暗希望他在看到我的名字后能够主动退出”，但是，这个“我曾经的恋人，是我一生的所爱，是我曾不惜为之或与之共同赴死的男人”，也“是我多年的噩梦，是一场干扰了我太久的爱情高热，是我的软肋，是我从未痊愈的伤口”，终而在文学会议中坐在她的对面。穿越时空的回忆与即视的现场感，牵连在一起，在叙述中电光火石、云卷云舒。

这确实既像是小说中的情节，也像是生活中的情节。在会议间歇的时光里，文学女士提议说，晚上愿意带前夫P.去上城转转。于是，这给了前夫P.讲述自己爱情故事的机会。“他十七岁时爱上了一个同龄的女孩。两人在一起三年，后来分手了。她结了婚。自此之后两人再不相见。一年年过去了，他一直没有结婚，经常想着她。后来有一天，他听说她守寡了。听说后的第二天，他就在街上遇见了她，并发现她原来一直就住在自己隔壁的街区。她的女儿已成年。他们又恋爱了，爱得与过去一样深，至少他是这么说的。最初的日子既甜蜜又充满了烦恼，她总是怪他记错了事，把与其他女人做过的事情，算在了她头上。”

之前，文学女士常想象自己与前夫的会面，想象见面后，彼此之间会说些什么，做些什么……而在真正相遇时，“我都在揣测P.是否还记得，能记得多少，与我的记忆又相差几何。而他就像猜到了我的心思，表现得滴水不漏，不肯露一点破绽让我重提旧事。他早已带上自己的一半从我身边离去，如今再见，丝毫无意再与我那一半破镜重圆。”文学女士叙述道。

事实上，P.甚至连普通的日常话题也避而不谈。为了避开他们共有的情感历史和自作多情地关心各自的生活处境之类的话题，P. 将话题集中在自己所创作的小说上。文学女士识破了前夫这一以阻止她打开记忆的策略。

“该死的男版山鲁佐德①!”她暗骂，“你的心呢，P. ?”她绝望地腹诽着。她想着 P. 如何残酷地剥夺了她回忆往事潸然泪下的权利。“这无疑是一场凶杀。这同时也是 P. 的自杀。”她如此认定。

但这一切貌似的漠不关心，并不能阻止文学女士与前夫 P. 再次上床，重温身体之交，代替言语之交。书中的叙述者叙述道：

> 仿佛是为了把爱情的口香糖再嚼一会儿，为了检验它是否还延展，还有没有味道，为了嗅一嗅对方的过去，再多索取一点，压榨一点，消耗一点，摇摇对方的保险箱，拿走最后一枚硬币补偿自己……我们回到酒店，上了同一张床，就好像这是不可避免的事。就好像我们必须嗅一嗅对方的气味，看看多年后的变化，我们闻起来是香还是臭，我们的唇是否还能彼此亲吻，性器是否还为彼此湿润……我们出于放纵而上床，出于贪婪而上床，出于我们有这个权利而上床，里面或许也有一丝柔情、半刻虔诚和一点纪念的意味。我们出于恨意上床，出于好奇上床，为了让对方臣服，为了再一次征服，为了再输一次，为了看看还剩下什么，为了不伤害彼此，也为了伤害彼此……

两具身体缓慢地动着，不时停下来，疑惑自己究竟在做什么。文学女士为前夫 P. 奉上与过去一样的喘息，并不指望能真正达到

---

① 山鲁佐德：《一千零一夜》中的故事讲述者，她以一环套一环的故事来避免国王杀害她，最终令残酷无情、易于暴怒的国王受到感化，与之白首偕老。

什么目的。她从他体内缴获了她应得的尊重，以此惩罚他，也惩罚她自己……第二天早上醒来，她感激地发现他已经不在了。她想她与之共眠的是一具尸体，她与它之间不再有什么剩下的东西，“不再有痛楚，唯剩一点恶心，也很快就过去了……”

叙述者说，生活似乎想讲一个什么故事，而生活真的又在努力超越作家。一个坚定的断语出现了：“生活是难以预料的，此刻的输家，也许是彼刻的赢家。”

书中的叙述者——那位文学女士，抑或就是乌格雷西奇，精妙地将生活视为每个人的作品，现实中的每一个人都成为生活的创作者。她写道：

> ……安东尼奥这位业余创作者，将我们之间简单的床戏，处理成了一个故事，我不知道它是否算一个爱情故事，但至少其中不乏温柔与激情的意味。而与此同时，P. 作为职业作家，却将我们伟大热烈、旷日持久的爱情故事，缩略成了一场可怜的、磕磕绊绊的床戏。当然，这里面也有我的错。

间隔不久的床上体验，让文学女士见证了前夫 P. 与这个偶遇的青年安东尼奥之间的差异。

> 我熟知的 P. 疏远了。我一无所知的安东尼奥却突然离我很近。……是的，安东尼奥是我的亲人，在迥异的表面之下，我们有着相同的内核：我们都是世界的弃儿。

是的，是生活这部作品决定了人与人的亲疏远近。相比此次文学会议大家所讨论的“过渡时期文化的改变”“民族文化的式微”“作

家的角色”，以及“知识分子的责任”，乌格雷西奇似乎在告诉我们：生活这部作品本身有着一个更广泛、更深切的主题。

五、人是世上的大野鸡：沉痛而又清醒的两性世界

“在我们期望成为什么人之前，我们应当首先看清自己是谁。然后，才可以忘记。”(纳丁·戈迪默语)

赫塔·米勒用诗意而强悍的语言，为我们带来一个沉痛而又清醒的两性世界，让我们看清了人的面目，尤其是那些操纵着权力的男人的面目。在作品中，女人们更清楚地认识到自己的处境与内心渴望。赫塔·米勒所有的关于女性的小说都值得我们一再品读，而每次品读都会让我们的思绪更凝聚，带领我们步入人类灵魂的深处和更宽广的地带。

我们有理由相信，赫塔·米勒小说中的人物都来源于现实，而非作者的恣意想象。小说中每个人物都是一群真实人物的拟象。赫塔·米勒的字句像音符那样跳动，带着灼人的火焰，冲破阻碍，降落在读者历史经验和想象力交汇的空间里，让生活在自由世界的人们产生波浪般的抽搐与悸动。就让我用内容提要加以呈现吧。

《心兽》：1980年，年轻女孩萝拉来自贫穷偏僻的小村庄，大学期间，和五个女孩住在简陋的宿舍里。为了逃避灰暗现实，她随意与各种男人发生关系，其中就有一名体育老师。某一天她被发现在宿舍自尽了。她的朋友不相信她会自杀，体育老师拥有最大的嫌疑，她的朋友们想找到事实真相，于是成立秘密小组。因为以诗歌的方式记录齐奥塞斯库统治下的日常生

活，不久被盯上了，而暴力逐渐逼近他们。（沈锡良译，江苏人民出版社，2010 年）

《今天我不愿面对自己》：一名制衣厂的年轻女工，因在运往意大利的衣服中夹带一张“我等你”的纸条，被控在工厂卖淫并失去了工作，而且必须定期接受秘密警察的盘问。秘密警察的问话，涉及她过去的一切，而那些细节足以把她推向深渊。但这名女工没有气馁，反而更加清醒，她全神贯注地应对盘问。透过层层盘问，却渐渐唤醒主角的记忆。（钟辉娟译，江苏人民出版社，2010 年）

《狐狸那时已是猎人》：潜流暗涌的罗马尼亚，秘密警察横行，肆意的权力之手悬在每个人的头顶，人们生活在弥漫着无所不在的恐惧、屈辱和绝望之中。学校教师阿迪娜和工程师克拉拉是一对好友，但克拉拉所爱的男友就是一个肮脏的秘密警察，他负责监视阿迪娜和一群年轻的音乐家。两位女友之间的友谊由此陷入危机中，阿迪娜每天下班回家，都发现挂在卧室的狐狸尾巴短了一截，这预示着威胁越来越近……（刘海宁译，江苏人民出版社，2010 年）

《人是世上的大野鸡》：越来越多的罗马尼亚邻居离开了村庄，温迪施一家也在等待当局同意他们去国外的许可。在漫长的等待中，生活停滞了。在不受约束而又无所不在的权力背后，潜藏着各种交易。而女儿阿玛莉显然看到看清了现实，于是作出了决定，用自己的肉体换取当局的公章。而她父亲其实也在引导她这般行事。（陈民译，江苏人民出版社，2010 年）

《独腿旅行的人》：从东欧流亡到西德，伊莲娜暂居在柏林的一间政治难民营，不久后搬到一间公寓住下。她陷入了与三个男人的四角关系，并竭力保持清醒。在这个过渡时期，伊莲娜对故土充满眷念，但卑微的个体却像洪涛所裹挟的一片树叶，她看着柏林街道的景象，与记忆形成强烈对比，而内心陷入苦痛的挣扎。（安尼译，江苏人民出版社，2010年）

赫塔·米勒以自身曾有的经历和体验，以简洁、精炼、冷硬的语气，为我们呈现了女性所遭受的苦难、屈辱、威胁、绝望、无助，以及难以言说的心理含蕴。当然，这是由男性主导的社会所施予的，但罪责并不在于男性，而在于那个灭绝人性的极权体制。在这些女性为主角的小说中，爱情是稀有的，爱情不再是爱情本身，而成为谋求其他目标的工具，笼罩在暴力的阴影之中，缺乏应有的温情和浪漫幻想，仅代表着人的欲望和冷酷的现实。

今天的姐妹们站在崭新的土地上，但赫塔·米勒为我们提供了一种底层的、负向的情感参照，让我们发现人类的灵魂深渊在何处，让我们从无情中看到最真挚、炽烈的真情，揭开了一切虚伪的面纱，看到丑恶世界曾经有过的样貌，从而更加激发我们自由的情感和创造幸福生活的勇气。

六、生活是每个人的待解之谜："通奸社会"的兔子归来

约翰·厄普代克（John Updike，1932—2009）的一生发表了大量体裁多样的作品，包括小说、诗集和评论集等。其小说作品往往打破当时的文学禁忌，充满性描写，如《夫妇们》（*Couples*）首版于1968年，其中有换妻派对，并撰写露骨的性爱情节。当年他曾荣登《时代》周刊的封面，封面上的大标题是"通奸社会"。厄普代克

也曾被英国《文学评论》杂志授予“糟糕性描写小说终身成就奖”，因其作品存在“现代文学中粗鲁、不得体或荒谬的性描写段落”。他的《兔子四部曲》①亦是如此，有兔子婚外情、兔子换妻、兔子一夜情，甚至与儿媳上床，“兔子”的“一生是一段向女人身子里钻的旅程”。可以说兔子走过风光无限又危险至极的性爱之旅。

《兔子归来》这篇小说描写了在 1969 年 7 月 16 日至 10 月 31 日这段时间所发生的故事。36 岁的兔子哈里返回家中，到他父亲所在的印刷厂里去当排字工。此时的哈里变得颓废、慵懒，对社会上发生的一系列变化感到迷惘，他保持着沉默和安静，维护着传统的秩序，他与妻子的婚姻成了无性婚姻。哈里过去的生活一直比较安逸，但变化即将到来。哈里的妻子詹妮斯在其父亲的车行里就职，而且正在与车行的一位员工查理搞婚外恋。兔子知道此事后，却并不想干预他们，直到有一天他与妻子詹妮斯发生了争吵，兔子狠狠地打了她。于是詹妮斯弃家而去，和查理公然同居。不久，经一位黑人工友的引见，哈里认识了嬉皮士少女吉尔并将其带回家中。而吉尔不久又把一个外号叫“斯基特”的黑人青年带到这个家里。这个拼接起来的家庭以及家庭成员的某些行为，惹发邻居不满从而毁于火灾。兔子失去了自己的房子，不得不到父母家去住。更糟的是，他还失去了工作。幸好，最后在妹妹米姆的帮助下，兔子和詹妮斯又重归于好。

而詹妮丝在此期间所经历的和十年前的哈里一样，她通过身体

---

① 《兔子四部曲》：是约翰·厄普代克以“兔子”哈利·安斯特朗为主角创作的系列作品。《兔子，快跑》首版于 1960 年，继而又创作了《兔子归来(1971 年)》《兔子富了(1981 年)》以及《兔子歇了(1990 年)》，作品试图反映美国自二战后 40 年来的社会历史风貌，内容涉及越南战争、登陆月球、能源危机等。

的自由，来寻求精神上的自由。而她的情人查理在詹妮丝的转变过程中，起到了重要的作用。与哈里相比，查理更热爱生活，懂得享受生活，也懂得如何去欣赏别人、赞美别人。所以，在同詹妮丝交往中，他“不仅让她感到自己肉体的存在，也让她感到声音的存在。”正是他的鼓励和欣赏，进一步增强了詹妮丝的自信，使她容光焕发。詹妮丝的自信和哈里的迷惘形成了鲜明的对比，詹妮丝的地位得到了巨大的提升，以她的自信和镇定处理她所面对的任何问题，而哈里在一定程度上成了她的附属。

南非国宝级作家、1991 年诺贝尔文学奖获得者纳丁·戈迪默说：“约翰·厄普代克所写的北美郊区的中产接近专业人士的生活，关于他们离婚和情事的语言优美的风俗小说，在非洲以及许多其他地方，在性和家庭生活还在由习俗和环境决定的读者中，注定是无法激起指代性的反响的。”[45]

《兔子归来》为我们展现了第二次世界大战之后美国社会所出现的变化。战争时，男人奔赴前线，大批妇女走出家庭、填补了劳动力空缺，甚至还有妇女参加了军队，担任战场救护或军队文员，为战争的胜利作出了自己的贡献。但战后，大批退伍军人回归社会，妇女们面临着重回家庭。妇女解放运动在这样的背景下自然地发生了。1963 年，美国女权主义思想家贝蒂·弗里丹发表了《女性的奥妙》一书，为妇女的权益呐喊，鼓励妇女摆脱传统的性别角色，保持独立自我，寻求新角色。

“现代个体的形成，与情感个体、经济个体、爱情个体、理性个体的形成是同时进行且互为一体的。这是因为，当爱情在婚姻中(还有在小说中)占据中心地位的同时，婚姻作为家族联盟工具的作用也受到弱化，这标志着爱情成为在社会流动方面的新角色。然而，这种情况完全不等于爱情从此与经济盘算一刀两断，事实上它加剧了经济盘算，因为总有女性和男性希望凭借爱情点石成金，踩着社会阶梯不断地往上爬。爱情使得婚姻与经济及社会再生产策略之间的般配显得没那么露骨、没那么正式，因此看到越来越多的现代人在择偶过程中情感包袱和经济包袱并重的情形。当今的恋爱结合包含理性考量和战略利益，把双方的经济和感情特质融为一体成为单一文化。”伊娃·易洛思在《爱，为什么痛?》中如此说道。

七、庸常性危机与“那美好的战我已打过”

是什么让伴侣在一起？又是什么破坏了他们的关系？当你渴望实现的事物却在事实上成为你实现自我的阻碍时，残酷的乐观主义便出现了。劳伦·贝兰特在《残酷的乐观主义》提到庸常性危机，身处不同文化背景、不同社会经济地位的行动者，以低调的方式与不稳定性和不确定性的细微戏码斗争着。

贝兰特回溯了情感和美学意义上对戏剧性的调谐过程的回应，这些过程在谈论不稳固性、意外和危机中展开。由此，贝兰特认为在以其他任何方式理解之前，历史性当下首先是被情感性地感知的。她提出我们延展性的此刻往往以新形式的时间性为特征。同时，她解释了为什么一旦危机本身被正常化，创伤理论便无助于我们理解人们在漫长的时间中调解和适应的方式。因为创伤理论关注的仅仅是那些动摇我们的生活的正常感的反常事件。

在小说《光年》(孔亚雷译，广西师范大学出版社，2018 年)中，詹姆斯·索特写下了“被时间磨损的爱与婚姻”，“心碎地写出家庭与自我、占有与放弃之间逐步扩散的裂痕。”

维瑞和芮德娜的生活，似乎只是一场无尽的飨宴。丈夫事业有成，妻子优雅聪慧，他们有两个可爱的小孩，一群迷人的朋友，还有一只狗和一匹马。模范家庭，理想人生，却在几无觉察间如一艘大船渐渐腐朽，无可挽回……

离婚之前，芮德娜对自我的欲望十分珍惜，对日常生活细节极为迷恋。但当她在健身房跟一个希腊的老人锻炼时，她突然察觉到自己的体内有一种深切的力量感。

就像詹姆斯·索特所说："我相信人应该有正确的活法和死法。"芮德娜正体现了作者的这种思想——人不应该为了他人的认可而循规蹈矩。她相信每个人的生命最深处有着某种根源性的东西，她发现了自己的匮缺。

真正致人伟大的并非名声、财富和拥有的权力，而是内在的丰富与纯粹，是完全投入并创造自我的勇气。"只爱自己真爱的人，只做自己真爱的事"，就像芮德娜那样，当人生走到尽头，会有"一种收获和丰饶感"，一种"伟大的旅程走向结束的平静"，就如《圣经》中使徒圣保罗所说，"那美好的仗我已打过。"

"年过四十，失去青春而又没有稳定收入的芮德娜，却毅然离开温暖舒适的安全地带，投入一种全然自我的新生活。"（孔亚雷语）

当然，她会遇到困难，但她不害怕。她对前方充满信心。说不定——无数的思绪和念头，转瞬即逝地涌向她——到最后，她甚至会与维瑞达成一种新的、更为坦诚的相互理解；他们的友谊最终会变得更深厚，更无拘无束。总之，这是可以想见的，正如她可以想见的许多其他事情。她将离开所有对她不再有用的东西；她将转身面对未来。

芮德娜在与维瑞离婚后，出发去了欧洲，她向维瑞说了“再见”，“就像一次普通的出行，就像之前有过的上千次一样。”

> 维瑞留在家里。每样东西，就连那些她的东西，他从未碰过的东西，似乎也在分享他的失落。他突然被生活舍弃了。不管是不是爱，那种存在感——那种充满每个空房间，让它们温暖、明亮的存在感，已经消失了。对一个女人的依恋，那种天真的贪婪，突然使他感到绝望、不知所措。一道致命的空隙已经打开，就像一艘班轮和码头之间，距离突然宽得跳不过去；一切都还在，还看得见，但却再也无法重获。

离婚后的芮德娜在达沃斯和一个叫哈里·帕尔的男人在餐厅相遇。“他一头卷发，眼睛是黯淡的蓝色。他五十岁，有副庞大的身躯，和一张被岁月摧残的、湿纸般的脸。”

……

因为单身，被人爱慕，她感到自信和一种异教徒式的幸福。

后来，她认识了戏剧演员理查德·布罗姆。虽然，他演的戏她没有看懂，但她并不感到失望，她已经被他征服了。“他有张不被信任的脸，一个什么都尝试过的男人，他的饥渴强烈到足以杀人。他的动作有着疯子般的紧张，但首先打动芮德娜的是他的眼睛。她看出了其中的力量和嘲讽，那双眼睛属于她的某个兄弟，某个她向往却始终无法成就的自我。”

芮德娜在离婚后，重新发现了自己对一个男人的爱。“有时他去看他演出。她坐在观众席，隐藏在他们中间，尽情欣赏他的样子，沉浸于他们之间那不为人知的一切。她可以无休止地凝视他，去收藏，去窃取他的脸，他的嘴，他大腿的力度。终于，她满足了，便去找伊芙喝一杯，或在特罗伊家享用咖啡甜点。他们不问她从哪里来，他们把她介绍给朋友，她比客人更受欢迎，她令人惊艳，仿佛被生活灌醉了，全身上下都写满了激情。她是那种丈夫和妻子都乐意看见的女人……她的勇往直前也让他们对自身的美德更加确信。她在透支她的人生，这一目了然，从她的表情，她的每个姿态，她将其挥霍一空。他们为她着迷，正如一个人为这样的念头着迷：将人生一饮而尽。而她的坠落会证实他们良好的判断力，他们的理性。”

在另一部与《光年》并立的作品中，《这一切》(刘伟译，海南出版社，2022 年)为读者呈现了一个普通人一生的轨迹，作为海军军官退役的主人公，回到纽约成为一家出版社的编辑，“生活向他敞开”，他结婚又离婚，新恋情接踵而来，肉体激情周而复始，也经历了残酷的背叛，而他仅能在图书市场、文学事业和一场接一场难过的交际晚宴中安身立命。战场的英雄落入生活的庸常，随着老友们渐行渐远，不断地更换住址，父母离世，和爱的纽带褪色凋零，在他认真思考死亡的年纪，他想要回到他曾经战斗的地方，太平洋、冲绳岛，那儿“有他生命中唯一勇敢的部分”。

在詹姆斯·索特的笔下，生活的碎片有了永恒的意义。他能够用简洁的笔墨将丰富重大隐秘发生的事件呈现出来。他以切换自如的叙事视角和平淡如流水的文字，赋予看似庸常的生活以史诗般的品质。在主人公与数十位人物之间，詹姆斯·索特以敏锐的洞察，通过那些极其细微的事件，呈现人物在暗淡的日常中显露的光芒，而人物的情感也在不同的场景、插曲中不断扩展蔓延，映照出所有出场人物在时光中流逝的生命轮廓。

“这些生活共同完成了一个人的一生。”记忆作为抵御遗忘的堡垒，深刻地唤起了一整个难以估量的世界。

我刚刚遇见了最棒的女人，他本想说。他遇见她纯属偶然。他一边上楼一边兴奋地想着这件事，然后进入公寓。她说她结婚了，但那可以理解——到了人生的某个时刻，似乎人人都结婚了。同样到了某个时刻，你开始觉得你认识所有人，没有一个人是新的，你将在你熟悉的人，尤其是熟悉的女人中间度过余生。并不是因为她很友好，原因比那更多。他想试试那个电话号码，但那样很蠢。她应该还没到她住的那条街。他已经急不可耐了。他不能表现出来。

主人公鲍曼去伦敦参加书展，因为回程航班延误，回到纽约时已经很晚。机场等候出租车的人很多，他不得不与人拼车，因此，他结识了三十二岁的女人克莉斯汀。后来，他们又在一对夫妇举办的晚宴上再次相遇，他们的爱意在看似平淡的交谈中涌现。

每个人说起自己的生活都撒谎，但他不对自己的生活撒谎。他把它变成一首高贵的哀歌，其间贯穿着你曾拥有的，你似乎能一直拥有但永远无法真正拥有的。

在生活与虚假的生活之间，你会如何选择？没有人能够更理解这些。在“情色专辑”《昨夜》(张惠雯译，海南出版社，2021 年)中，詹姆斯·索特捕捉事情意外失控的瞬间，并挖掘出那一瞬间的全部美丽、恐怖、心酸、爱、欲望、悲伤与困惑，以照见男女之间隐秘的关系，以及关系变化的时刻，照亮了人们竭力隐藏的角落，并将他们困在当场，无法脱身：时而炽热，时而压抑；时而具破坏性，时而又给予救赎；时而充满诱惑，时而炽热炽烈而压抑，时而毁灭，时而救赎，时而摄人心魄，时而催人肺腑。在被当作书名的那篇短篇小说中，女主人公马莉特身患重病，即将由丈夫沃尔特进

行注射而死，而丈夫的那名年轻的情人苏珊娜也被邀至家中，在隐秘弥散的死亡气味之下，充塞着三者之间的情感迷离与眷恋。在忐忑、惊悚、恐惧而又兴奋的氛围中，呈现出三个人物复杂而多样的经历与情思，平直的叙事，情欲饱满而张力十足，让人五味杂陈。

> 他几乎没有呼吸。他等着，但她再也没有说什么。他把针头扎进去，几乎不相信自己在做什么——完全不费劲儿——然后慢慢把针管里的东西推进去。他听见她叹息一声。她躺下去，闭上了眼睛。她的面容平静。她已经启程了。上帝，他想，上帝啊。他认识她的时候她才二十多岁，双腿修长、那么天真。现在他松开了她，让她沉入流逝的时光之中，像一次海葬。她的手还是暖的。他拿起它，贴放在自己的嘴唇上。他拉起床单盖住她的腿。房子里出奇地安静。它完全陷入沉默之中，致命时刻的那种沉默。他甚至听不到风声。

在妻子马莉特临死之际，沃尔特脑海中回想的竟然是她年轻时的性感形象，在爱意与悲伤之中，沃尔特却又感觉到了解脱，他在完成死亡注射以后，便慢慢走下楼去，寻找他的情人。他的情人苏珊娜一个人躲到了外面，似乎要远离这个死神光顾的房子，但是她并没有离开，而是坐在停在外面的车里。她被邀请回屋，两人一起喝了些酒，然后……

詹姆斯·索特以平直的笔触，直抵人类灵魂的中心，在情色荒诞中，让我们见证生活的无意义和注定的幻灭，而我们所能寻求的就是曾经生活的经历——“那美好的战我已打过”。

爱情和婚姻，为人们带来重建自我以及与他人关系的机会。“人际关系就像国家与国家之间的关系一样，不仅会被人们加以考量和渴求，存在争论、背叛和斗争，而且会被人们根据各自想象的脚步进行切磋协商，其间充满了对社交亲密或是社交疏离等内涵。”恰如易洛思在《冷关系》中所言，“它通过一种想象自我与过往自我的新方式，重建了自我关系以及自我与他人的关系。”

爱情和婚姻关系也是建立在人际交往上，是人际关系中的一种特殊关系，就像汪民安先生的那本书名——《亲密关系的核心是友谊》。而詹姆斯·索特的小说作品，往往让我们看到夫妻关系中友谊的瓦解。

第五章

欺骗与裸露：要具体的爱，不要抽象的爱

摩洛哥作家塔哈尔·本·杰伦在《谬爱》小说中写道："生活只教会我一件事，就是不能轻信。男人是不会真心的，他们懦弱，而且为达目的，会许诺给你月亮，甚至会让星星落下来使你惊奇，只为了让你上当受骗。之后，他们很快就腻烦了，开始东张西望。……爱情在书本里、影像里、电影里是美好的，事实是，在爱情中，重要的是日常的生活。而这，人们却很少说，因为这不容易说清楚。如果你的男人在跟你面对面吃过饭之后，还爱你，如果他在节日晚上跟平时的一星期的某一天对你同样关注，这就是爱情。"[46]

在平等与自由这两个现代道德中的关键价值的张目下，人类的性自由渗透到消费者行为中，变成了一项具有政治和道德意义的工程，变成了道德层面和消费层面的自我认同。

婚姻和性作为一种愉悦原则，虽然为社会所压抑，但无时无刻不在意识的潜流中暗涌，从而把恋爱中的男女送上了征途，去追寻解放这种被压抑的愉悦。随着城市化的扩展和消费者休闲领域的兴起，性变成了一种娱乐，而不是为了生殖，在各种消费场所中探索和实现着"不被压抑"的自我。现在，性成为从社会规范的枷锁中被解放出来的健康自我所必备的一项基本属性。

爱是一种自由。对应的，不爱也是一种自由。否则，爱的自由没有任何意义。爱是一种自发的情感，是一种权利，而非是一种义务。钱锺书对杨绛女士有一段评价，被社会学家视为理性婚姻的典范：一、在遇到她之前，我从未想过结婚的事；二、和她在一起这么多年，从未后悔娶她做妻子；三、从未想过娶别的女人。这种触及双方的生命隐秘心中的爱，在这尘世间是那般鲜见，那般难得，而更多仅能存于人们的理想之中。

当代人的情感更多会听从自我内心的驱遣，不只是受社会环境的驱遣，而人们对另一个人的激情又是那么容易耗失，生活中的琐事造成两颗心的分离，婚姻失望和无爱婚姻会相对普遍地存在着。即使在建立起来的亲密关系中，忧患也从未远离。事实上，鲜有人能幸免于亲密关系带来的忧患。情侣们照样可能感觉到彼此的厌烦、焦虑、愤怒，以及争吵和冲突，从而带来思维的混乱、自我怀疑、情感的压抑等。当爱从婚姻中褪色，爱情中曾经圣洁的一切变得世俗，男女双方都被迫以清醒判断力来直面生活的真实状态。

正因为大多数人的婚姻隐含着欠缺和不完美，基于人类的补偿心理，婚外恋也就成为人性的必然。

讲述婚外恋的文学作品有很多，法国作家夏布洛尔的《不忠实的妻子》就是其中的一个典型。原本生活富裕的模范夫妻，因为一次偶然的邂逅下，妻子却有了婚外情，并陷入其中不能自拔，最后丈夫不堪忍受杀死情夫。正如书名所表明的那样，不忠实的妻子自然会给丈夫或者自己带来厄运。然而，掩卷之余，当代人一定会问：不忠，究竟是忠于什么？是忠于世俗成规，还是内心的感受与渴念？面对易逝的青春韶华，一个人是否应该去寻求更丰富、更广阔、更自由的生活？

这种困惑，正如美国诗人弗罗斯特在《未选择的路》那首诗中所描述的那样：

黄色的树林里分出两条路，可惜我不能同时去涉足，
我在那路口伫立良久，我向着一条路极目望去，
直到它消失在丛林深处。
但我却选择了另外一条路，它荒草萋萋，十分幽寂，
显得更诱人更美丽，
但我知道路径延绵无尽头，
恐怕我难以再回返。
也许多少年后，在某个地方，
我将轻声叹息，将往事回顾，
一片树林里分出两条路，
而我寻找了人迹更少的一条，
从此，决定了我一生的道路。

1939年，历史社会学家诺贝特·埃利亚斯在瑞士出版了一本名为《文明的进程》的书，他在书中提出了这样的一个观点：在向现代性过渡的过程中，中世纪男女可以自由表达的情感被禁忌所束缚。这些禁忌被内化了，外部的强迫变成了自我的强迫。这会导致灵魂的扭曲，在最好的情况下，可以通过运动来宣泄野蛮的、不受控制的情绪；在最坏的情况下，会导致“强迫行为和其他症状”。埃利亚斯将体育作为情感的安全阀。

今天，人们通常将情感和性欲视为个人的东西，没有人能够强行赐予，也没有人有权加以剥夺。然而，人们往往也并不能自主地支配自己的情感和肉体，情感中的欺骗和性欲的扭曲又是十分普遍。人间的悲喜剧也因此上演。

一、人的皮囊是一个魅力符号，在两个地方需要裸露

人类灵魂蕴藏着不可探尽的奥秘，而所有的幸与不幸也来源于此。“只有在人与人的结合的两极，在还没有语言或再也找不到语言的地方，也就是只有在目光的交换和相互拥抱中，才能真正找到幸福，因为只有在那里才存在亲密无间、自由、秘密和彻底的无所顾忌。”

在《骗子菲利克斯·克鲁尔的自白》(中译又名《大骗子克鲁尔的自白》)中，托马斯·曼像巴尔扎克一样利用色情作为社会批判的主要手段。这是托马斯·曼的未竟之作，最初写于1911年，但没有写下去，转而创作《威尼斯之死》，一直到1954年，79岁的曼重新捡起43年前搁置的线头，开始续写，进展出奇地顺利，前面已完成部分竟然未改一字，前后一气呵成。可见，克鲁尔这个骗子的身影一直盘桓在曼的心头。

灵魂仅会在爱的苦难中成长。主人公克鲁尔诞生于“发霉的贵族血统”中，出身于一个嗜酒的破落贵族之家，未曾经受“爱的苦难”，他在空虚的情感上面走钢丝，游龙戏凤。他从小聪明伶俐，才华出众，靠装病和作假学会了逃学。在一场闹剧中，逃脱兵役。他沉迷于感官享受和白日梦。他曾装成小帕格尼，却不会在小提琴上拉出一个音符。他装出很博学的样子，滔滔不绝地说着各种外语，事实上一无所知。他装扮成侯爵，就像一位在撬保险箱的盗贼：“衣服成就了人，侯爵——或者反过来说：人成了衣服。”克鲁尔是伪装的老手，他挪用侯爵的签名、财富和言语，只要有机会，他会随手从衣架上取下一件衣服化装成为另一个人。

这个骗子向人吹嘘自己做爱的功力，犹如一个邪教教主。“与我做爱得到的满足，比与普通男人得到的满足甜蜜一倍、刻骨铭心一倍”，他说自己的性欲冲动蕴藏着非凡的能量。从女仆到妓女，从女小说家到女王似的伊比亚少女，都成为他调情的对象。因与生俱来的美貌，克鲁尔如鱼得水，颇有女人缘。他这样的人注定缺乏真正的深情，他对男女之爱就像没见过世面的男人吃牡蛎，狼吞虎咽。他玩世不恭，先后在法兰克福、巴黎和里斯本等大城市鬼混，活色生香地与妓女厮混，用花言巧语骗取贵妇的钱财和富家小姐的身心。

这里的爱情仅是一种伪装。克鲁尔天生具有骗子与爱人的魅力，他以自己的化身在富人中穿行。克鲁尔在偷香偷金的狂热欲望中走火入魔，但玩弄骗术的人最终也会骗己。欺骗让他滑入了在劫难逃的险途。对于“窃玉偷香”者而言，异性的身体被当成了最美的消费品。克鲁尔所谓的欺骗性的爱，其实只是一种欺骗的消费行为。他对女性身体的侵占，就像小偷潜入一座别墅。

骗子的词语充满着超凡的迷惑力量，到处都是讽刺的锋芒。然而，女人的愚蠢往往是不可理喻的。最精彩的一幕是戴安娜自甘受虐，她叫道：“你不要在我的眼皮底下偷我的。我会闭上眼睛，假装睡着。但我会偷偷地看你偷……继续，在我身边偷，摸索，徘徊，找东西下手，拿走！这是我最大的愿望。”她还祈求克鲁尔，“亲爱的，把我翻过来，用鞭子抽我，直到鲜血直流！”

人的皮囊成为一个魅力符号，能够挑动人的欲望。“女孩的秘密在于她真实地生活在她的身体之中”，“应该学会阅读自己的身体”。作为一个比任何机器、建筑更加精妙的存在物，身体犹如一个矿藏，负载着更有价值、沉重的内涵。除却生物性上的价值而外，身体也被文化所改造，体现为“功用与形式和谐结合”。身体的价值体现为多重的，它作为价值/符号运作着。在“色情化”的身体中，占主导地位的则是交换的社会功能，激发人们消费的欲望和激情的幻想。换句话说，人们管理自己的身体，把它当作一种财产来照料、当作社会地位能指来操纵。就像在城市的道路两侧栽花种树，身体也被当成一项可以美化的工程，美丽和性感是两个主导主题。

克鲁尔既以“爱情”为目的，也以“爱情”为手段。当然，他心中的爱情也仅是肉欲之爱。显然，他缺乏对自我的审视和道德要求，他沉沦于世俗的感官享乐。克鲁尔是曼所创造的“猴戏”中的一个主角，并不是一个十恶不赦的人，本质上不好不坏，他玩火而不自焚。这个骗子最终如何收场，因为曼的死去而无从得知确切答案。

《菲利克斯·克鲁尔》掩护了曼身上蔑视礼俗的天赋。曼滑稽地模仿了19世纪末颓废派回忆录中的经典主题——家中的女仆对小主人的性启蒙。克鲁尔自鸣得意的叙述中强行闯入了整个丑陋的经济社会现实。老爷们想象着他穿着苏格兰呢裙，美国的女继承人们渴望与他闹点丑闻。英语俚语中正好有个一针见血的双关语：“Prick”既指阳物，也指针刺。两者都能穿透金钱和阶层那俗艳的气球。《菲利克斯·克鲁尔》提醒我们：社会的外表无论多么优雅，两个地方需要裸露：床上与坟墓。[47]

爱尔兰作家科尔姆·托宾在《魔术师》这部关于托马斯·曼的家庭传奇里，让我们看到了一个富有同情心的作家形象。曼一生都在与自己内心的欲望、家庭和他们所经历的动荡时代斗争。托马斯·曼出生于德国边远小城吕贝克，父亲受礼教约束，显得保守，母亲来自巴西，迷人而难以捉摸。年轻时的曼向父亲隐瞒了他的艺术抱负，在写作上超越了被家庭所看好的哥哥，写下《魔山》这样的作品，获得诺贝尔文学奖。在纳粹统治时期，他逃离德国，前往瑞士、法国，然而和爱因斯坦同一天到达美国。他的子女们一直以不同的方式对抗着他们祖国的统治者。作为一个富有国际声望的作家，人们反复期待曼的政治表态，而他却对此谨言慎行。

二、画眉山庄的爱：不要沉溺于幻想，不要为爱而爱

在《呼啸山庄》中，画眉山庄是与呼啸山庄邻近的一个山庄。山庄的小主人埃德加·林顿(Edgar Linton)是温文尔雅的富家子弟，他倾慕凯瑟琳的美貌，向她求婚，天真幼稚的凯瑟琳同意嫁给林顿。也就是说，画眉山庄继呼啸山庄之后，成为了凯瑟琳的家。为了复仇，衣锦还乡的希斯克里夫经常拜访画眉田庄，而林顿的妹妹伊莎贝拉对他倾心不已，最后随他私奔。当林顿死去，希斯克里夫又成了画眉田庄的主人。

相较呼啸山庄的与世隔绝和《简·爱》中桑菲尔德庄园的神秘与沉闷，画眉山庄的环境宁静、祥和，内部也明亮辉煌，象征着理想中的文明世界。更重要的是这是《呼啸山庄》中的第二代人开始甜蜜爱情、最终化解了上一代人仇恨的地方。

在奈保尔的《游击队员》中，画眉山庄有个冠冕堂皇的名头——人民公社。这其实只是吉米向萨波利切公司争取来的一片土地，它伫立在荒原、杂草丛生的小路深处。这个画眉山庄貌似是一切美好希望的开始，而画眉山庄(人民公社)奉行的所谓机密“一号公告”只不过是象征性地喊喊土地革命的口号。山庄主人吉米的办公室非常简陋，堆满了破烂的杂物。然而他住的地方却十分豪华，家居陈设都来自英国，这一切都暗示了所谓的人民公社实际上就是萨波利

切公司的附属品。可是住在画眉山庄的吉米还带有不切实际的幻想，认为自己就是《呼啸山庄》里那个命运坎坷却衣锦还乡的希斯克里夫。

《游击队员》是奈保尔根据 1972 年发生在特立尼达的一个真实事件而写，奈保尔对这一案件十分关注。1973 年他写了长篇评论《迈克尔・X 和特立尼达的黑色权力谋杀》，登载在伦敦的《星期日泰晤士》杂志上。1975 年，奈保尔以这一事件和主要的三位当事人为素材创作了小说《游击队员》。小说描写了一个叫简的英国女人带着对权力与艳遇的天真幻想，随着来自南非的情人罗奇来到加勒比海上的一个无名之岛寻求冒险和刺激。然而，岛上的一切令人大失所望，所到之处散发着腐败和死亡的气息。当公社“画眉山庄”向简打开，当山庄的“革命领袖”吉米成为简寻找激情的对象，一场扣人心弦的谋杀接踵而至……岛国上，亚洲人、非洲人、美洲人和前英国殖民者生活在一种压抑而茫然的歇斯底里之中。

《游击队员》的主题思想即种族、性、暴力、政治多重主题思想，背景是 1970 年发生在后殖民时期的“黑色权利”运动，不过小说并不直接处理政治事件，而是围绕吉米、简和罗奇三个主要人物之间的戏剧性事件，来揭示该地区混乱的政治和复杂的现实。

《游击队员》包含几个男女的情爱纠葛，简、吉米和罗奇构成奇特的三角，他们都遭遇困境，内心感到绝望。

简是伦敦出版界从业人员，追随男友罗奇来岛上。原以为罗奇是个与众不同的人物，谁知是个凡夫俗子。她在此地转悠了四个月，想和当地人搞点风流韵事。

罗奇在一家老牌英国殖民公司——萨波利切公司做公关，代表公司和画眉山庄打交道。他有光环，有见识，却没有政治抱负，生活漫无目标。于是，简也看出了这一点：他试图逃避现实，是个

“坐等事情发生的人”，等他自己所做的一切变得没有意义，变成虚无和徒劳。

许志强教授在《忧郁的热带》(参见《部分诗学与普通读者》，浙江大学出版社，2021 年) 一文中说：“简和罗奇这两个人物，我们在萨特的《理智之年》、多丽丝·莱辛的《爱的习惯》中也似曾相识，他们的绝望和恐惧主要是源于存在论意义上的自由意志。这些来去自由的欧洲人，把冒险行为当作测试意志的工具，将自由选择视为增强其存在感的途径。”

小说的另一个主角吉米，有野心且懂得塑造自己，懂得如何利用身份和外部世界周旋，但政治资本不足。他是加勒比华人和黑人的混血人种，在杂货铺后院长大，原名詹姆斯·梁，变成了詹姆斯·艾哈迈德，后来名字后面又加了一个穆斯林尊称——自称“吉米·艾哈迈德哈吉”。他是画眉山庄的主人，搜罗了一帮贫苦男孩，自封“最高统帅”，把山庄变成“人民公社”。他说：“我不是任何人的奴隶和种马，我是勇士和火炬传递者。”事实上他只是在灌木丛里打发时日，偶然和伦敦来的白种女人搞上一把。他称呼罗奇为“主人”，动辄谈他在伦敦的遭遇，半是怨愤，半是讨巧和卖弄。隔着一道殖民文化的阶级鸿沟，他对白人女性简产生好感。他的性幻想成了一种僭越行为，而僭越本身则带有几分高雅和刺激，糅杂着自卑、自怜与愤恨。

伴随着一场政治动乱，岛国变成“屠宰场”。战斗大体悄无声息地进行，所用的武器是个人的道义、规则和意志。吉米说：“当人人都想战斗，也就没有什么值得去战斗了。人人都想打自己的小战役，人人都是游击队员。”这段话被用作扉页题词，点明小说的题旨。

《游击队员》的结尾让人感到惊悚而困惑。吉米为什么要将简杀害？罗奇的反应也较为怪异，明知简遇害，为何佯装不知，还销毁简的回程机票？吉米没有必要杀人，除非他真的是疯了，而罗奇不动声色地处理后事，只能理解为他要安全逃离这个地方，免得他自己也被吉米杀害。

探究《游击队员》给予我们的启示，那就是：不要沉溺于关于异域的幻想，真正有深度的感情仅能在共有的文化背景的人身上觅得，而超越语言和共同设想的感情，最终的结果就是幻灭。

将奈保尔的《游击队员》与 F. S. 菲兹杰拉德在《了不起的盖茨比》相对照，我们会发现两部作品中主要人物的共通性：他们献身的对象并非所爱之人，而是爱本身，爱的梦想。所以，最终也拥有共同的悲剧性——爱的幻灭。

在《游击队员》和《了不起的盖茨比》中，我们也隐约可以看到康拉德在《黑暗的心》里，为我们所展示的在经济繁荣的表象之下，人的个体性被严重颠覆、物化和异化，人们追求物质的疯狂欲念超越了理性的控制，而精神世界的迷乱使每个人的孤独意识随处弥漫。

如劳伦·贝兰特在《残酷的乐观主义》(吴昊译，工人出版社，2023 年)中所言：“对别样生活存在的执著的乐观本身就是对一切生活存在最残酷的一记耳光。”危险来源于我们自身的期待，而看不到潜在的残酷。人们所希望的理想状态、未来的事业、幸福的家庭、亲密关系，以及生活总能重新开始的幻觉，这些都是“残酷的乐观”。生活在这些期望的簇拥里是危险的，会被这些期待所耗竭。而应该从中全身而退去沉浸地过一个真正的生活。

贝兰特说：“这不仅仅是一个情感理论，它其实还是有关于政治经济结构下的‘希望’的理论。……残酷的乐观也被用来当作一种滞后感官和‘耐受的技术’，因此很容易被国家机器、政党、公司集团、领导、父母、一段不那么舒服平等的浪漫关系以及你自己利用，或者互相利用，从而成为一种顺从、默默承受的关系。”为此，“需要警惕叙事治疗和‘残酷的乐观’之间的界限，叙事疗法不是人的幻梦，其中存在着诱陷，不让你醒过来，让你和灼人的现实总保持距离，总在利用浪漫化一切的方式逃避。因此有必要频繁回顾，以示警醒。”

三、问题之书：灵与肉，轻与重

“如果生命的初次排练就是生命本身，那么生命到底会有什么价值?”米兰·昆德拉常常将自己置身于小说之中，与自身的创作互动。在其作品中，历史与现实，真实与虚构杂糅在一起，既可随意拆开，也可随意拼装。拆开来是各自独立的故事，组装起来就是一部诗意的复调式小说。而贯穿其作品的始终是同一个主题：人生不过是来自何处与去往何方的问题。

生命只是一个过程，然而，任何人都无法逃避对生命的存在与价值的追问。可是，问题没有答案，人生仅能是一种痛苦。这种痛苦往往是由于人们对生活目标的错误选择，对生命价值的错误判断。世人皆为目标而忙，殊不知目标本身就是一种空虚。而如何活好这一生？这才是我们每个人相对容易回答的问题。

“追求的终极永远是朦胧的……赋予我们行为以意义的，我们往往对其全然不知。”《生命不能承受之轻》便是被视为在方向感匮乏、意义感缺失的时代，不得不读的问题之书。尤其是关于男人与女人，书中展开的是在我们的时代中男人与女人所经历的情感与心灵的历程。

小说背景为20世纪60年代捷克斯洛伐克的历史剧变，故事以托马斯与特蕾莎偶然而宿命般的爱情为主线展开，不仅仅是描述几对男女感情上的纠葛，也不仅仅是书写个人命运在大的境遇变迁中的沉浮、个人在变革时期的选择，更是一部层次丰富、意象繁复的哲理小说。从永恒轮回的谵妄之下人的生命分量几何这一带着神秘感的疑问开篇，随着不断穿插的书中人物的生活走向、所思所想提出了生命之轻与重、灵与肉的相对论。

托马斯一生有过两百个女人，是一个世俗意义上的薄情郎。然而，他又是一个地道的万人迷。他与特蕾莎认识仅有个把钟头，十天后，特蕾莎就从两百公里之外的小镇奔赴到布拉格与其同居。米兰昆德拉用手术刀一般的语言解剖着这个男人的灵魂，托马斯为何这样？他在女人身上寻找什么？托马斯并不沉浸于女性的肉体，总在探究每一个女性身上令其感到神秘的部分，他要找到每个女人的不同之处，品赏并征服它。这是托马斯的欲念。对他而言，每个女人的独特性，不在于外表和她喜欢什么，而是隐藏在女性身上任何人都无法想象的那一面。他的好奇心，让他成为女性灵魂的捕手。同时，他不对任何一份情感负责，因为没有谁能够用肉欲关系和情感去挟持他。他是一个情感上的游侠。他曾经结过一次婚，但离婚后他得到了解脱。孩子判给了前妻，而前妻总是阻碍他看孩子。他就是这样一个自由的、不在乎道德和舆论的男人。

直到特蕾莎成为例外。阅女无数的托马斯在特蕾莎身上意识到爱情的存在。这时，他觉得自己应该负起责来。没想到特蕾莎没有征求托马斯的意见，就直接辞掉工作，到布拉格来找他。特蕾莎一心想与托马斯在一起，又假装不是特意为找他而来。托马斯让特蕾莎住进了自己的家里。此前，托马斯从不留女人在家过夜。特蕾莎除了迷恋托马斯的魅力之外，另有一个企图就是脱离原有的丑陋环

境，她向往优雅自由的生活。此前，她的自我和情感一直被压抑着。与她周边的酒鬼和粗野的人不同，她初见托马斯时，就被他优雅的外表迷住了。特蕾莎一心想出人头地，她梦想走进托马斯的世界。在布拉格，托马斯给特蕾莎找了一份在杂志社洗照片的工作，而帮忙的人正是托马斯的情人萨比娜。萨比娜与托马斯一样，是一个重视自我和自由的人，对男人不要求爱情和责任。他们像存在主义哲学家萨特与伏波娃一样，尊重各自的独立性并保持着真诚的关系。

但特蕾莎缺乏安全感，她把生活的全部渴念系于托马斯。“她好像害怕有一天，人们对她说这里不属于你，回到你原来的地方去。”结果，特蕾莎看到萨比娜写给托马斯的一封露骨大胆的信。特蕾莎发现托马斯与众多女人有着关系。爱情与忠诚对托马斯无足轻重，对于特蕾莎则很重。

于是，特蕾莎常做跟女人和死亡有关的梦。托马斯对她的噩梦无能为力，但特蕾莎的一无所有激起了托马斯的同情。这种同情并非出于怜悯，而是共情。于是，他和特蕾莎结婚了，但他告诉特蕾莎，人的灵魂和肉体是可以分开的，任何艳遇都无法威胁到她在他心里的位置。特蕾莎利用自己的弱势一次次去修正他们的关系。

当苏联入侵捷克，一些注重自由的人移居海外。托马斯偕同特蕾莎来到了瑞士，而萨比娜也在瑞士。托马斯仍与她幽会。而特蕾莎在瑞士一时找不到适合自己的工作，于是，她留下一封信后返回捷克。其实，她要知道托马斯是否会回捷克找她。她赢了，托马斯追随她回到了遭受极权统治的捷克。回到祖国之后，特蕾莎依然只能去酒吧当女招待，而托马斯因为曾发表一篇具有政治敏感性的文章却不肯悔罪而丢掉了医院的工作，成为一名玻璃擦洗工。也正因为这份工作，他的艳遇来得比当医生时更容易。当特蕾莎从他的身上嗅到了别的女人味道后，她崩溃了。为了从托马斯不忠的痛苦中得到解脱，她决定“打不过就加入”，她跟一个在酒吧喝酒的男人发生了关系。当她发现跟自己上床的那个男子竟然是一位秘密警察时，她产生了越来越多的怀疑与幻想。她害怕那名警察拍下他们性爱的照片来要挟她，她害怕托马斯抛弃她。于是，她跟托马斯一起去了乡下，以远离她熟悉而又害怕的一切。乡下可以让托马斯远离女人。在乡下，托马斯成为了一名拖拉机手。有一天，她突然发觉托马斯头发花白，动作笨拙。她感到了自责，托马斯从一名体面的医生，一步步地被拖往社会底层。她发觉正是自己滥用女人的软弱来对付托马斯。她梦到托马斯被人枪决，而变成一只兔子。

托马斯对特蕾莎有着充满诗意的爱：“对这个几乎不相识的姑娘，他感到了一种无法解释的爱。对他而言，她就像是个被人放在涂了树脂的篮子里的孩子，顺着河水漂来，好让他在床榻之岸收留她。”另一方面，他难以克制对其他女人的欲望。

在“特蕾莎—托马斯—萨比娜”的三人关系中，特蕾莎和萨比娜法分别代表着托马斯生活的两极，相隔遥远，不可调和，但两极同样美妙。特蕾莎是生命之重的一个代表，而萨比娜则是生命之轻。萨比娜是托马斯的灵魂伴侣，与托马斯始终保持私情。特蕾莎对托马斯的那些“友谊”嫉妒之极。这种嫉妒白天被竭力抑制住，晚上变幻成带有死亡意象的噩梦，折磨着她，也折磨着托马斯。伴随着两人感情的是捷克斯洛伐克复杂不安的局势，个人生活渐渐滑向坠落边缘。宿命般的爱情既有一见钟情的热烈美好，也有纠结牵绊的悲剧意味。

“人生的悲剧总可以用沉重来比喻。人常说重担落在我们的肩上。我们背负着这个重担，承受得起或是承受不起。我们与之反抗，不是输就是赢。可说到底，萨比娜身上发生过什么事？什么也没发生。她离开了一个男人，因为她想离开他。在那之后，他有没有再追她？有没有试图报复？没有。她的悲剧不是因为重，而是在于轻。压倒她的不是重，而是不能承受的生命之轻。”

四、情感危机：美好关系下的裂隙

看起来，原本恩爱有加、天造地设的一对夫妇，却可能迎来突然的变故。然后，在一方突遭不测之际，另一方并没有表现出更多的惊奇和伤心。原来，掩藏在美好关系的外表下，有道深深的裂隙。

通过夫妻间细微的表情与举止，马丁·瓦尔特的《惊马奔逃》（郑华汉、李柳明、朱刘华译，人民文学出版社，2018 年）似乎也正在向人们说明，经年累月之后，没有什么感情不是千疮百孔。主人公赫尔穆特偶然遇到功成名就的同窗好友克劳斯，他钦佩克劳斯的成功，而克劳斯向他倾诉自己的忧虑。一次意外的发生，让赫尔穆特夫妇与克劳斯夫妇对彼此有了新的了解。一场中年危机悄然发生却又似乎戛然而止。

中学和大学时代的同窗好友赫尔穆特·哈尔姆和克劳斯·布赫，分别与妻子在博登湖畔度假，昔日的优等生赫尔穆特如今成绩平平，而当年的调皮鬼克劳斯，如今则功成名就。克劳斯在林中勇拦惊马的壮举，赢得了赫尔穆特的由衷敬佩。湖上泛舟时，克劳斯敞开心扉，却向赫尔穆特倾吐了苦闷遁世的心态，作为事业上的成功者，他日感精力不济，为自己的社会地位感到忧虑，更担心失去年轻漂亮的妻子。谈话间，湖上骤起风暴，赫尔穆特失手松开了船舵。舵柄将克劳斯打入波涛汹涌的博登湖。赫尔穆特死里逃生，向克劳斯的妻子报丧。

谁知克劳斯的妻子在悲痛之余又向赫尔穆特叙述了内心苦闷，并庆幸自己终于摆脱了克劳斯的羁绊。突然，克劳斯出现在他们面前，他听到妻子讲述的一切，倍感羞愧。两位故友经过几天的交往，彼此似乎都有了新的了解，两人无言以对。假期结束了，这两对夫妇分别离开了博登湖畔，返回各自的城市。全书的结尾是一句与小说开头完全相同的话，作者似乎在暗示：一切依旧，他们的生活又将从头开始。

“突然，萨比勒从散步的人流中挤出来，朝一张空桌走去。”这句话同样出现在小说的开头与结尾。这让这部小说形成了一个首尾相接的闭环。

克劳斯出现时，有这样的描写：“突然，一个年轻健美的男子站在了桌前。他身着蓝色牛仔裤，腰间系着一根未染色的皮带，皮带上烙着许多花纹，皮带上方的天蓝色衬衫敞开着。他身边站着一个姑娘。牛仔裤的前门襟线缝把她分成了色彩深浅明显不同的两部分。不管往哪里看，她身上到处都显露着丰满和柔和；而他肌肉结实，没有多余的脂肪，浑身上下透着阳刚之气。”

在夫妻关系不那么和谐的赫尔穆特和萨比勒夫妇看来，克劳尔的妻子海伦妮，犹如人生的一件奖品，她处处表现得从容雅致、举止得体，然而在她得知克劳尔在博登湖可能遭遇不测时，并没有深陷于悲伤之中，相反却感到了一种解脱。就像乌尼·维坎(Unni Wikan)在对巴厘岛人的情感研究中，发现一位年轻的叫苏里亚蒂的女孩在平静地参加完自己的未婚夫的葬礼之后，就和朋友们一起大笑起来：“人已经死了，难过有什么用？世界上到处都是男人。为一个人悲伤没有意义。算了吧，开心点，过去的就让它过去吧！”

五、性感与自主：是麦琳娜，还是伏波娃？

麦琳娜和波伏娃的共通点在于追求自由。麦琳娜的自由在于肉体的不受拘束，这种自由建立在男权话语体系的基础上，实则为无形的枷锁。波伏娃的自由则意味选择理性、冷静地对待世界，成为精神和肉体真正自由的主体。

金发女郎麦琳娜·德蒙吉奥(1935—2022)是法国的一位电影女演员，是性感尤物的代名词，别有的魅力使她受人瞩目，而波伏娃是一位颇具影响力的存在主义哲学家。安妮·埃尔诺在《悠悠岁月》中提及她有两个梦想，一个是成为金发女郎麦琳娜，一个是成为思想独立的女性，最有代表性的人物就是波伏娃。在《一个女孩的记忆》中，安妮讲述了在夏令营时和辅导员 H 发生性关系尔后又被抛弃的故事。在此，安妮·埃尔诺展现了她的双重自我：第一重是期待成为散发性魅力的金发女郎；第二重是期待成为像波伏娃那样的人。在“成为女人”与“走出女人”之间，安妮·埃尔诺总是在二者之间盘桓。

“美丽不是谁都有的东西，因为它是娘胎里带来的，但性感却是人人都能做到的。”(伊娃·易洛思语)18 岁的安妮喜欢“现代”“自由”的事，她幻想性爱，渴望成为性感的女人，但也只愿意“为爱而爱”。安妮对于自由的追求，来源于这种强烈的逃离愿望。这一时期的安妮虽想拥有性爱，但对失去贞洁充满“恐惧”，也从未去主动吸引异性，在性关系上她持有介于保守和开放之间的犹疑姿态。

与辅导员 H 的性经历是安妮性爱观的分水岭。在被 H 抛弃后，安妮选择了频繁更换床伴。她不在意别人的诋毁与谩骂，以此抵御外界的伤害。她用男人的好感来证明自己的性魅力，以抵消 H 背弃她选择金发辅导员 P 所带来的痛苦。与此同时，安妮在内心固守“处女之身”。于安妮而言，处女身份是一种保护伞，能够为自己的浪荡行为做开解。“处女”在其意识中也是一项可以标榜的优点，她仅愿将处女之身献给所爱之人。在行为作风上她模仿荡妇，以寻证自身魅力，却在性经验上强调自己依然纯洁无瑕。安妮期待像麦琳娜那样拥有性魅力。安妮看似一个矛盾体，实则一体两面，这也是她理想中麦琳娜和伏波娃的复合。

安妮走向波伏娃。而波伏娃的女权主义观点对于安妮也有着重大的影响，在阅读完《第二性》后，她重新认识了世界上的男女关系，这也迫使她重新思考夏令营所发生的事。在此过程中，她艰难地与自我的另一面相抗争，夺回思想主导权和自我意识。但她依然未能跳出传统的贞操观，却从一个极端走向了另一个端点。观念上的解放并不能挽回曾经蒙受的羞耻，却让她回头否定了曾经的自我。

男性的话语体系来自幽深的传统，像幽灵一样统治着《一个女孩的记忆》中的女人们。少女的青涩情事，需要借由男人的性侵略而实现。男性始终占据一个无形的主导地位。安妮直言“她屈从的不是他，而是一个无可争辩的普遍法则，就是她总有一天不得不屈从的男性野蛮法则”。她依然倾向于自我谴责。此外，安妮·埃尔诺深陷女性的身份和“厌女症”之中。她的作品中几乎没有过清晰的人物形象，她难以走出天然的女性身份，而又难以从思想上确立自己的性别，而最终也只能借助伏波娃以对抗这一种基于性别的不公正。

在此，我们可以为安妮寻找到一个对应物——单身的男性，并借用涂尔干富有卓见地对单身男性的情感结构的描述，来更深入地探究安妮的心理以及她与男性的关系。

> 因为独身者有权爱慕任何他所喜欢的人，所以他渴望一切，但什么都不能使他满足。……一个人一旦不受任何约束，他就不会自我约束。在已经体验过的欢乐之外，他还想象并希望得到其他的欢乐；如果他几乎尝试过可能的一切范围，他就会梦想着尝一尝不可能得到的东西，他就渴望得到根本不存在的东西。在这种无休止的追求中，感情怎么会不激化呢？……新的希望不断地产生和落空，留下的是厌倦和幻灭。而且，既然欲望没有把握能留住吸引它的东西，它又怎能一成不变；因为失范具有两重性：正像一个人不能无限享受一样，他也没有任何绝对属于他的东西。未来的不确定性加上他自身的不确定性，使他处于永久的变动之中。

通过安妮的作品，我们可以看到，在从“麦琳娜”到成为“伏波娃”的过程中，她知道爱情生活中有她所期待的愉悦在等着她，但受限于社会规范与成为独立女性的现实矛盾，阻碍了她得到理想的婚姻。她的情感又无法着落在某个固定的客体上，从而引起某种失范——对自身性别的厌倦。而西蒙·波伏娃那句名言——男性即便在爱情中也保持着自己的主权，而女性则打算放弃她们自身——也正恰如其分地适用于安妮身上。

延续安妮的生命故事，我们从巴西国宝级女作家克拉丽丝·李斯佩克朵的作品《濒临狂野的心》中看到相似的女性成长故事。安娜就像安妮一样，不仅追寻自我意识，也追寻着自我表达——他们都拒绝男性自负的“帮助”，都想成为拥有声音的女人。但她们又感到被压抑着，无法形成富有自我光芒的创造。她们僭越社会规范，与人通奸。但她们又从心底否认自己，但最终也未能完成自我的觉醒。

李斯佩克朵在她探讨爱情的作品《一场学习和欢愉之书》中，讲述了女主人公洛丽在遭受感情波折后，来到里约热内卢，遇到了哲学教授尤利西斯。尤利西斯倾慕于洛丽的美貌，而洛丽则仰慕于尤利西斯的才华。他们都产生存在之痛，在经历一系列的“心理旅程”之后，完成了自我觉醒，最终作为平等的人，形成平等的关系，洛丽与尤利西斯结合了。这看似完美的爱情有着浓浓的乌托邦色彩。

显然，无论是安妮、安娜，还是洛丽，她们都深知婚姻并非生活的终点，女人的生活并不应在结婚后停滞不前。但安妮和安娜则认为，成为一个已婚女人就意味着命运被安排好了。从那一刻开始，似乎只能等待死亡。而洛丽觉醒了，明白如何在婚后保持自我。

> 在现代婚姻中，结合在一起的是两个高度个体化的、差异化的自我；双方的兼容性在精心调整之后，这两个自我结合成为一桩成功的婚姻，而不是成功的角色扮演。[48]

六、清泉与地狱：隐藏于爱中的不爱和对爱的背叛

> 恋爱是美好的事情，但我亲眼看过许多体贴、高尚的人因为爱情做出糟糕的事。

西班牙作家哈维尔·马利亚斯的小说，经常以“恋人之死”开

场，作为文学上的“假设”。在《迷情》中，一个出版社的女编辑发现，每天跟她在同一家咖啡馆吃早餐的陌生男子被人枪杀于街头；在《明日战场勿忘我》中，一个男人在与一个已婚女人首次偷情时，那个女人突然死在他怀里；在《如此苍白的心》里，开篇是一个女孩在蜜月旅行归来，“走进浴室，站到镜子前，解开衬衫，脱下胸罩，用她父亲的手枪枪口摸索心脏的位置……”另外，在马利亚斯的作品中，最亲近的人往往却成为迷雾重重的人，让人看不清真相，比如在《贝尔塔·伊思拉的黄金时代》中，中学时就相爱的一对恋人在大学毕业后结了婚，但是有一天有人告诉她，她的丈夫是一名间谍。这让她陷入迷惑，进而越来越陷入身份的模糊性中。“她不确定她的丈夫就是她丈夫，仿佛一个人在半梦半醒间，不知道自己是在思考还是在做梦，不知道自己仍能主导自己的思想还是已被疲倦带入迷惘。有时她认为他是自己的丈夫，有时认为他不是。”

哈维尔·马里亚斯的小说充满了希区柯克式的悬疑、背叛与谋杀。在《如此苍白的心》里，马里亚斯并不是真正要讲一个通俗的侦探故事，而是另有更为重要的探讨主题。跟随他那犹如摄影师长镜头般的描述，我们在第一章中看到了一组与自杀者相关联的亲人的群像。在叙述者“我”出生之间所发生的这一幕，若隐若现地充塞着诸多待解的秘密。

马里亚斯仅用短短几句话就交代了人物之间的关系——“我”的母亲是自杀者的妹妹，自杀者是我的姨妈。随后，在第二章的开头一句话又完成了时空的跨越：“那是多年前的事了，当时我还没有出生，甚至连一丁点出生的可能性也没有。而且，正是从那一刻起，我才有了来到这个世上。如今我已经结婚了，跟我的妻子路易莎蜜月旅行回来还不到一年。我认识路易莎只有二十二个月。总说结婚要慎重，即便在这快节奏的当下，在很多人眼里我们都算是闪婚了。”在紧随其后的叙述中，我们得知正是因为姨妈的自杀，才使叙述者“我”的出生成为可能，也就是说，自杀者原本的丈夫娶了自杀者的妹妹。“她原本应该成为我的姨妈，又永远不可能成为我的姨妈，她只是特蕾·莎阿奇雷拉而已。”

而我对这些陈年的旧事产生了解的想法，是因为“我”结婚了。结了婚以后，“我就像染上了某种不知何时才能痊愈的疾病，开始生出各种不祥的预感。”婚姻改变了“我”对世界的看法。感觉结完婚之后就可以转头忙活别的事，这成了一种害人的错觉。因此，多少曾经幻想可以白头偕老的男女在结为夫妻后遭遇了失败——成功的结婚却成为婚姻失败的开始。

婚姻关系中充满了谜团。因为要在结婚以后，心无旁骛地专注于婚姻的经营，但在一番蜜月旅行之后，“我”却偏偏生出“两种糟糕的感觉。”夫妻双方的共同努力变得可以预见，两人需要刻意一起打造一个共同的家，缔结婚姻，要求对方将过去清零，摒弃过去的自己和爱人。在旅行中，他感觉到自己被另一个人所占有——“你是我的”“你给我过来”“你在干吗呢你？没看到我等你一个小时了吗？为什么不告诉我已经上楼了你？”而在婚宴之后，父亲给了“我”一个忠告：“如果你有什么秘密，千万不要告诉她。”同时，以过来人的口吻说：“我猜你和路易莎将都会有秘密。”

马里亚斯写道：“秘密没有自己的个性，它由隐瞒和沉默来决定，或由谨慎和遗忘来决定。”《如此苍白的心》借用侦探小说的技法，以华丽而饶富韵律的长句，不断插入漫无边际的哲学思考，将所有的秘密既竭力隐藏又试图去揭开，让读者窥及一角而又难洞察全部。那种往往被用来象征纯洁的白色，在《如此苍白的心》中则成为“白色的污迹”。

在苍白的世界中，白色的污迹更具有隐蔽性。一个自杀谜团，三段婚姻，三次等待与猜疑，形成了小说的完美构架。在亲人和朋友之间，隐秘的人物关系借助碎片化的场景和微妙的意识和时空切换，彼此折射，带给我们很多联想，完成一个个关于秘密的拼图。那个度完蜜月归来就自杀的姨妈，和度完蜜月后对婚姻感到失望的叙述者，构成了“同一主题的变奏”和微妙的共振。那种隐藏于爱中的对爱的背叛、隐藏于爱中的不爱，也正与姨妈的自杀有关。父亲在与母亲的婚姻的背后还有一段婚姻(与自杀姨妈的婚姻)，在被隐瞒的婚姻背后依然还有另一段婚姻(同样是古巴的一位女子)，三段婚姻像是三层的“俄罗斯套娃”，等待着被一层层地揭开，而父亲的罪责、暴力、谎言与刻意地隐匿逐渐暴露，在内心的纠缠中将故事推向了高潮。马里亚斯借此揭示了人们感情生活中掩盖在美好的表象背后露骨的现实。

正如尼采所言，关于世界和人的灵魂，浅挖得清泉，深挖得地狱。在这里，婚姻没有成为感情的避难所，相反构成了对生命的伤害。小说中提到的“蜜月”和“蜜月旅行”，蜜月起初是指婚后充满善意及性激情的一个月时间，后来被重新定义为新婚夫妇一起出走，到无人打扰的地方，在没有外在支持和干预的情况下探索彼此身心的一段时间。正是通过蜜月旅行，新婚夫妇对彼此有了更深入的认知，并发现了对方的某些秘密。

“婚姻是一个叙述机制。也许是因为两人互相陪伴已久(现代夫妻相处的时间再怎么短暂，也算是长久的)，双方(尤其是男方，沉默时会产生负罪感)必须讲述自己的想法和所遭遇的大小事件来取悦对方，就这样，任何一方的所思所想所为无一不被讲述，无一不变成夫妻之间的共同话题，旁人私下里向我们吐槽您的想法或事情也被当作谈资，所以常言道：‘睡床上无话不说。’同床共枕者之间无秘密可言，睡床是一间忏悔室。为了爱情，为了爱的真谛——讲述、告知和宣布某些消息，评论、发表见解、打趣味逗乐、聆听、放声大笑，还有徒劳地计划未来——我们背叛他人、背叛朋友、父母、兄弟姊妹，有血缘关系或无血缘关系的人、背叛往日的爱情、信仰和恋人，背叛过去的岁月、童年、那些我们不再使用的语言，无疑还有生养自己的国度，背叛人人都拥有的秘而不宣的那一部分，哪怕它已成过去。为了讨好所爱之人，我们诋毁周遭的一切、否定、咒骂，只为取悦和紧紧抓住一个可能会离我们而去的人。枕头圈定的领地力量强大无比，排斥这个空间之外的所有人和事。这方寸之地因其自身的特点只允许夫妻或情人在场，从某种意义上说他们‘与世隔绝’，所以会不自觉地述说，而且无所不谈。”[49]

在《如此苍白的心》中，马里亚斯以交响乐般多声部、主题重现、时续时断的高潮、回旋的节奏感，将读者带入一种勾魂而又迷雾重重的氛围之中。

他们交谈却又不肯交出谜底，这使得他们的心那般苍白无力而又深不见底。猜疑，必然在偶然显露的线索后到来。猜疑，让他们的心变得越来越远，对亲人感到如此陌生。显然，沟通是一种重要的情感能力。而有效的沟通正是建立在“倾诉—倾听”的模式和机制上。倾听，应该允许对方进行情绪的宣泄；倾听者应该让倾诉者感受到自己被倾听，进而释放压力；倾听者除了语言回应倾诉者时候，还可以通过体态和手势，进一步让倾诉者明确自己可以感受到对方的感受。倾诉，意味着向别人揭示自我、袒露心声，将自己托付于值得信赖的人，同时需要一定的语言技巧。

叙说本身具有治愈功能，心理的病痛会在叙说和别人的倾听中得到消除。实验心理学就是让人们通过说出自己心底的秘密，而获得精神的解放。我们相信文学的言语技巧和叙事能力，能够带给我们富有文艺气质的浪漫生活，并带给我们相应的启示。我们通过他人的叙说，来完成自己的叙说；我们通过阅读或观赏，而实现别人对自身的倾听。

在社会关系和家庭关系日益民主化的今天，疗愈性的话语建立在一种共享观念之上。“认可”变得越发重要，这要求我们接纳、验证和认可他人的感受，拥有与他人共情的能力。这涉及的并非一个人的观念或情绪，而是“整个的人”。这要求男女两性都要控制自己的负面情绪，变得友善，让友谊成为爱情和婚姻的前提。在家庭生活中，可以共享的观念和情感是：体让、宽容、同情、温柔、进取和无私奉献。

七、是治愈，还是毁灭？ 受困于日常生活，无法被定义的爱情

宫崎骏的动漫电影《幽灵公主》中，有一句台词：“不管你曾经被伤害得有多深，总会有一个人的出现，让你原谅之前生活对你所有的刁难。”这句话暗示了一个治愈性的结尾。而现实生活中，显然不只有受伤后的治愈，也有受伤后的毁灭。

当爱情和幻想紧密交织在一起时，它们才有能力在具体的、具身化的互动中混淆过去和现在的经历。在爱里，幻想有着肥沃的土壤，一切都显得既真又假；一旦爱情失去幻想而仅能赤裸于真实之

中时，那么，不爱的悲剧就可能会发生。对于爱情这个话题，说什么都不算荒谬。受困于日常生活的悲剧如此感人、如此敏锐，人们只能几乎盲目地、以片段的形式面对。朱利安·巴恩斯在《唯一的故事》发出了这样的追问：你是愿意爱得多痛得多，还是爱得少痛得少？

小说里讲述了这样一个故事：伦敦郊区 19 岁青年保罗大学假期回家，参加了网球俱乐部。他的搭档苏珊是位 48 岁的已婚女人，有两个女儿，两人产生了真挚的爱恋。随后，两人私奔(在伦敦买了一栋小房子，过上同居)，而在相处中，苏珊则变得抑郁、悲伤，终而酗酒成性，作为母亲的苏珊被送到了她女儿的身边，两人最终分开。主人公保罗在日记本中时不时记下关于爱情的感悟，不断地添加、涂改。随着感受的增多，爱情不断拥有新的内涵。曾经不顾一切的爱，终而变得美丽而悲伤。这是关乎爱的故事，也是关乎如何理解爱的故事。

> “理解”爱是之后的事，“理解”爱倾向于讲究实际，“理解”爱是为了激情已退的时刻。狂喜中的恋人是不想去“理解”爱的，而是想着去体验爱，去感受它的浓烈，感受对事物本身的聚精会神，感受生活的加速前行，感受完全合情合理的孤芳自赏，感受情欲亢奋的趾高气昂，感受喧嚣欢闹，感受冷静的严肃，感受炽热的怀想，感受深信不疑，感受纯朴，感受错综复杂，感受爱的绝对真理。[50]

巴恩斯在此道出了爱的谜底：爱不在于“理解”，而在于感受。《唯一的故事》犹如一本爱的教科书，饱含激情而又富有洞见。“把

夫妇双方绑在一起的与其说是婚姻，不如说是共同占有的房产。可以说，一栋房子或一间公寓就像结婚证一样诱人入坑，有时候更是有过之无不及。房产昭示的是一种生活方式，并以一种微妙的坚持延续那种生活方式。房产也需要得到不断地关注与维护：它仿佛就像存在于其内在的婚姻的具化表现。”“初恋定终生——这是我这些年来的深刻体会。它可能不会比之后的恋爱更好，但后来的恋爱总会受它的影响。也许它会成为范例，或者反例。……尽管有时候，初恋会灼烧心灵，而此后任何一个探索者发现的只是疤痕。”“对于我们的爱，我们闭口不谈，我们只知道，爱就在那儿，毋庸置疑。爱就是爱嘛，这是事实，一切都将无可避免地、正正当当地从这一事实出发……”

在丈夫看来，原本性冷淡的苏珊，其实是一个青春不灭的人，与其说是年轻的保罗在她结婚 30 年后唤醒了她，不如说是重新发现了她。作为一个可以当他母亲的女人，她从未有过“过来人”那种训诫的姿态，她犹如初恋一般投入与保罗的感情中，在丈夫和邻居们的眼皮底下，真挚而鲜有忌惮。虽然，他们双双收到网球俱乐部将自己开除会员资格的信件。

苏珊与保罗在面对爱时，表现得都真诚、坦率而无所忌惮，他们都崇尚自由精神，而罔顾世俗规约。正如他们的好友琼所说的那样，“你们俩都很有勇气。有勇气，也有爱。”(琼本身也是一个情感失败者，却时常成为问题情侣的求助对象)然而，他们的爱并不能抵御自身心底不可言说的羞耻感的侵蚀——个人羞耻和社会羞耻。也正因为这份羞耻感，她不会在相处中坦诚内心所有的秘密。她是一个好女人，这得到过她丈夫已故父亲的赞许。而她的丈夫虽然有着剑桥的学历，但他也会对一个令他感到蒙羞的妻子施暴。他们虽然分床多年，但他依然在意她。他不是一个善于言辞的人，他在打高尔夫球时，像是对球拥有着某种仇恨。他永远是生活中不起眼的角色，缺乏情感与情趣。他代表着真正“过气的一代人”。在苏珊与保罗同居期间，他也许出于嫉恨、也许由于羞怒，曾扯着苏珊的头发，将她的脑袋磕在门板上，致使苏珊的牙齿脱落。然后，又跪求苏珊的原谅，而苏珊显然陷入两难的选择之中，从而变得抑郁而酗酒。

在保罗从22岁到26岁的四年的相处中，他与苏珊依然对彼此有着深厚的爱，但失去了当初的真挚与激情，理性的色彩变得逐渐浓厚。保罗和苏珊也难以摆脱生活和时代的羁绊，永葆纯真和自由的状态。就像苏珊将自己寻求离婚的经历写成一则诙谐的短篇小说，隐去真实细节，而将一切归因于丈夫的酗酒。而她最终也成为一位在酒精中寻求逃避和解脱的人。她用酗酒来毁灭他对她的爱。酗酒成为一种谋略，一种消除爱的武器。这也许也是青春耗尽之余的一种无奈的选择。

《唯一的故事》由三个部分组成，分别以第一人称、第二人称和第三人称进行叙述。第一人称用来讲两人的相爱，真诚、坦白、炽烈；第二人称讲私奔后的相处，抑郁、酗酒和谎言；第三人称讲别离，悲伤、醒悟与审视。以第三人称出现的保罗，在多年以后的回忆充满了觉悟的意味：“爱本身绝不荒谬，爱的参与者也绝不荒谬。尽管社会对情感和行为有严格的正统观念，但爱总能超越它们。有时候，在农场，你会看到各种不可思议的依恋形式——母鹅爱上驴子，小猫在被拴着的獒犬爪间悠然玩耍。同样，在人类‘农场’里，也存在同样不可能的情感依恋形式。但对参与者来说，这绝不荒谬。”而保罗的生命中无法抹去苏珊曾经留下的印迹，即使在苏珊成为一个精神病患者，即使生活中有太多的琐事分散他的注意力。

显然，《唯一的故事》是巴恩斯迄今为止对“爱的定义”最直接、最全面的思考的结果。巴恩斯小说另一个重要的主题，就是时间。在他看来，很多问题是无法立刻得到答案的，随着时间的流逝，才能渐渐沉淀。《唯一的故事》也是一个关于情爱在时间中变质的故事。在小说里，巴恩斯写了这么一段话：“他曾以为，在现代世界，时间与空间已不再与爱的故事相关。回望过去，他发现，时空在他的故事中扮演的角色比他想象的更为重要。他已屈服于古老、持续、根深蒂固的幻觉：不知怎么回事，爱侣们身处时间之外。”

第三部分

后现代主义爱情

活得正确，还是活得够好，这是一个问题

让-弗朗索瓦·利奥塔尔在《后现代状况》中将“后现代主义”解释为对“元叙事的怀疑”，同时，他又在《回到后现代》中认为“后现代”是个“不够确定的词语”。关于后现代主义的定义和内涵，理论家们各抒己见，至今尚无定论。但对于现代主义的特征，理论家则有着相对一致的观点：后现代主义怀疑权威，反对中心性、整体性和体系性，历史意识消失，而关注边缘性和无序性，重视自我和身份的构建，强调不确定性和模糊性，盛行“多元对话”。

而何为后现代主义爱情呢，则可以从传统的和现代的爱情观中窥见其逆叛的身影。它让我们从“阶级观念”和“平等观念”的宏大叙事中回到了个体真实细微的情感，回到具体的爱情事件之中；浪漫爱情为传统和现代观所共同推崇，而后现代主义爱情则蔑视传统的阶级观念和平等的思想，而是从最原始的人性和本真的欲望出发，追寻的自由、独立而任性的情欲；在现代主义爱情观念中，人们把亲密关系视为健康的规范和标准，亲密关系可以定义为性与婚姻关系中可以实现的理想目标，而后现代主义爱情则可能对亲密关系拥有某种程度的恐惧，为此，后现代主义爱情更重视自我的独立。为此，我们可以以“独立”“自我感受”“快乐”(常常是短暂的快乐)作为后现代主义爱情的核心观念。

相对于有着悠久历史的传统思想和雄厚理论支撑的现代主义，

后现代主义显得单薄而肤浅，但它却真实地代表着人们新兴的意识形态观念。事实上，人类初期的爱情观念与后现代主义有着几分相像。那时候，风情淳朴，看不到任何对男女之爱的压迫。在11世纪之前的欧洲，男女相遇与相爱，以及不爱之后的分离，都轻松自如，直到教会拥有对婚姻合法性的裁定权之后，男女之爱则背负上了道德与责任的枷锁，从而让爱情成为并非因为两情相悦就能成就的事情了。

正如利奥塔尔所言，后现代主义"除了起警告作用之外，它别无价值。它旨在表明，现代性已经日薄西山"。对于"后现代"的"后"，并非指时间之"后"，利奥塔尔不认为此"后"为"现代"之后的历史时期，也并非"返回"或"重复"，而是"分解""回忆""变形"，是"本源性遗忘的完成"。考察人类的爱情观念的历史，后现代主义爱情显然也是一种对现代主义爱情观的一种消解，是对早期爱情观念的再次完成。

后现代主义爱情，重构了关于爱情的"元叙事"，传统道德、家庭责任和现代平等观念都受到了审视，而保留的就是个人自由。后现代主义爱情所寻求的并不是一种超越浪漫主义爱情的观念，而是一种欲望的组织形式，即如何获得呼应个人内心的情色欲望、浪漫欲望，以及与之相应的思维与情感的内容。后现代主义爱情需要的不是活得正确，而是活得够好。当然，这个"够好"的评判标准依循的仅是当事者自身的感受。面对"万物有情"和"普遍的人心孤独与冷淡"，后现代主义的爱情也面临着如何激发欲望，如何寻求异性认同和如何建立两性关系的问题。相比现代主义爱情的普遍性，后现代主义变得更加个人化、碎片化。

在充满变化的社会形态下，人们将从消费主义、个人感受和科技塑造等角度出发，在爱情所流通的市场中，去寻求并塑造片段化的爱情，比如，在酒吧、夜店等场所的短暂放纵。在此，我们需要视爱情为一个特殊的微观世界，后现代主义爱情并非现代性完成之后，恰处于一种未完成的状态之中。这里面既无关“平等”“责任”，也无关“阶级”与“剥削”。后现代主义的爱情，呼应了情感医师爱娃·玛丽亚·楚尔霍斯特①的那些话：“不管床的另一边躺着谁，你人生真正的伴侣是你自己!”“将婚姻变为医治精神伤痛的场所。无论你和谁结婚，最终总是会与自己相遇。”

在两性平等和情感自由方面，后现代主义者更进一步。他们铲除了传统的性教条和性禁忌，让性魅力成为美好人生和健全自我的一种标志。他们视性活动为自我的天然权利，要求更大的自主权。为此，我们也可以说，后现代主义的爱情是唯我的爱情。后现代主义者相信世界是荒诞的、人生是虚无的、生命和爱情是易逝的；后现代主义者也相信人的自我可以改变，相信有着塑造其自我的能力；从而将自我发展、个人生活和内在欲望放入中心地位，这必然意味着消费主义与性解放。为此，后现代主义爱情也可以转变为健康的、发展的而终究是自我实现的、浪漫的爱情。这像是一个历史性的闭环，一切都回到了人类社会的当初。如果一定要给后现代主义爱情一个标签，那么，我们可以使用这样的一句口号：回到男女的本能之中，回到人原初纯洁的本性之中！但在这种回归之中，却不自觉地融入人类初期所缺少的消费主义观念和强烈的个体意识。这也使得后现代爱情选择变得情色化和心理化。

当然，这些两性关系的特质并非从天而降、突然出现的，我们可以从不同时期的文学作品中觅得其踪迹。

---

① 爱娃·玛丽亚·楚尔霍斯特：德国的情感医师，通过在咨询中所获得的成千婚恋案例得出结论：只要爱自己，和谁结婚都一样；你现在的伴侣就是最好的，绝大多数离异和分手都是可以避免的。中译作品有《爱自己，和谁结婚都一样》。

第六章 以消费主义重构爱情

身体必须“被解放、获得自由”以便它能够因为生产性目的而被合理地开发。鲍德里亚在其《消费社会》一书中写道：“在消费的全套装备中，有一种比其他一切都更美丽、更珍贵、更光彩夺目的物品——它比负载了全部内涵的汽车还要负载了更沉重的内涵。这便是身体(CORPS)。在经历了一千年的清教传统之后，对它作为身体和性解放符号的‘重新发现’，它(特别是女性身体，应该研究一下这是为什么)在广告、时尚、大众文化中的完全出场——人们给它套上的卫生保健学、营养学、医疗学的光环，时时萦绕心头的对青春、美貌、阳刚/阴柔之气的追求，以及附带的护理、饮食制度、健身实践和包裹着它的快感神话——今天的一切都证明身体变成了救赎物品。”[51]

在商品经济主导下，人的身体成为最美的消费品。美丽与性感成为消费社会的绝对的命令，而身体则成为资本的一种形式。人们受到了时代的关于什么是美的“审美宪章”的约束，将身体转变为一种价值/符号系统。在婚姻介绍所，人们所陈列的都是那些可以测量的东西：年岁几何、身高、受教育程度、收入和资产状况。但满足这些展现出来的东西，并不能真正带来爱情和婚姻的幸福，而仅会带来暂时的某种满足。

当然，伴随身体解放的不只是身体，还伴随着情感、性、婚姻等主题与内容。人类的情况看似简单，其实又充满谜团。各种相互冲突的信息和需求给人造成心理混乱。爱、性、浪漫幻想所折射出的情感的不确定性，并非能够被理性地计算。而在这个消费主导的时代，个人的选择必将以各种形式被配置到消费的大市场。伴侣关系业已被深深地打上消费的烙印。显然，今天的男男女女所面临的不确定性远非过去的时代能比。过去人们处在一个相对封闭的社会环境之中，除非在战争时期，不会出现人口大范围的流动，即使人们外出谋生，也有一个魂牵梦绕的故土待其归还。可如今，无数的人不再是故土难离，而是故土难认，变动不居的职业流动，增进了人们的这种情感上的不确定感，更多的陌生人聚集到陌生的地方。原先稳固的亲邻关系不再了，而人们随便进入网络又可以与一位从未谋面的陌生人建立起联结。在这个超联结的时代，社会纽带具有着难以琢磨的属性——原来限于稳固圈层的社会关系受到了冲击。人们随时可以与万里之遥的人取得及时联结，这造成了肉体与精神的割裂，真正实现“心在曹营心在汉”。年轻的一代不愿随意地投入情感，虽然，他们可以在一场网络游戏中扮演战友。

“当代的凯瑟琳或爱玛会花费大量时间反思、讨论她们的痛苦，而且很有可能发现痛苦的成因来源于自己(或爱人)有缺陷的童年。现代的爱情痛苦几乎发散着无穷光彩，其目的有两方面，一是理解其成因，二是将它斩草除根。……死亡、自杀、遁入空门……不再属于我们当前文化下的常见选项了。显然，这并不等于说我们这群‘后’现代人或‘后期’现代人不懂爱情痛苦为何物。事实上，我们对爱情痛苦的了解有可能更胜于前辈们。但种种迹象确实表明，浪漫爱情之痛苦的社会组织形式已发生了深刻变化。”伊娃·易洛思在

《爱，为什么痛》(叶嵘译，华东师范大学出版社，2015 年第 5 页)一书中如此写道。

爱情变成了一场量化的交易，每个人都将自己当成橱窗中待售的商品。遵从自我感受的爱情被视为盲目和愚蠢，而量化的爱情被视为真实和坦诚。当两性的亲密关系从道德和社会规范的框架中走出来以后，却落入经济活动的范畴：人们开始以经济性目光来看待自己的选择，走向一个自我调控的邂逅交往的市场。既有着肉体/性爱的考量，也有情感/心理的考量。消费主义观念则不自觉地侵入了两性关系之中。

在爱情消费主义看来，原先被视为身体和精神属性的美貌、品格和心理特质被淡化，“性感”和“情欲”成为重要的关键词。而性感和情欲则体现于肉体、语言、着装和行为等诸方面，从消费的观点看来，愉悦感、个性表达、感官满足成为人们欲望的中心。人体被当成了一个审美性的客体，从而脱离了原有的人格道德主体性的定义。

一、“老丑”们的爱

“还有什么比一个老人躺在让人弄得昏睡不醒的姑娘身边，睡上一夜更丑陋的事呢?”

“老丑”们在几近度过一生之余，依然难以失去心中对富有生命活力的年轻姑娘的蠢蠢爱恋。这究竟是彰显生命力的美好，还是人性中永不知餍足的恶？首版于 1961 年的《睡美人》是日本作家川端康成创作的长篇小说。小说描写的是 67 岁的江口老人经人介绍，连续五次来到名为“睡美人”之家的秘密会所，先后共与 6 名服用安眠药后熟睡不醒的少女共寝的奇异经历。作品中细致刻画的死亡意识和拥抱青春的主题，体现了川端康成的审美情趣和美学风格。在《睡美人》中，作家选择背离世俗道德，而涉足“性”这种敏感地带的题材，把女性的美丽与悲哀糅合在一起，让人性中的“善”与“恶”交融，从中揭示了生命和生活的某些本质。

隐忍享乐主义，是阿瑟·凯斯特勒(Arthur Koestler)①用来形容日本所创造的词，他评价道：“这是一个由隐忍享乐主义者和禁欲的骄奢淫逸之徒组成的国家。”直到今天，这种情欲分离的现象在日本依然存在。例如，日本妓女每天的性接触远少于法国妓女。前者提供的服务包括多种形式的社交活动，因为身心俱疲的日本商人在妓女那里所寻求的是解脱或慰藉，而“性行为可有可无”。

妓女们工作在社会的灰色地带，而人心中总会给她们留下一个诡魅的区域。川端康成曾说：“小说家应该是无赖放浪之徒，要敢于有不名誉的言行，敢于写违背道德的作品，做不到这一点，小说家就只好灭亡。”此言并非对伦理成规的全盘否定，也不是说，作家个人拥有偏离世俗的癖好，而热衷那些丑陋和不伦之“恶”的事件，而是因为其中能表现出更深层的人性。“死中之生，丑中之美，不伦中的净洁，罪恶中的纯粹……”诸如此类的转换和升华，也是川端文学的重要特征。

川端的作品大量涉足潜意识，探索一个深渊般的官能世界，便是和它内在的禁忌意识密切相关。(许志强教授语)

---

① 阿瑟·凯斯特勒(Arthur Koestler)：英籍匈牙利作家，1905年出生于布达佩斯，代表作有《隐性写作》《中午的黑暗》《来来往往》《中的三矢》《渴望的年代》等。

老人的情欲，是濒临死亡者的生机，具有比青年之恋更深刻的内涵：生与死在一个模糊的边界相遇，产生出一种荒诞而又凄美的诗意，一种沉重的历史感不由而生。

“客栈的女人叮嘱江口老人说：‘请不要恶作剧，也不要把手指伸进昏睡的姑娘嘴里。’”川端康成《睡美人》中的这句话，被加西亚·马尔克斯引作《苦妓回忆录》的篇前语。显然，川端康成的这种带有几分荒诞的淫冶构思，让加西亚·马尔克斯获得某种启发，《飞机上的睡美人》和《苦妓回忆录》也都出现了“老丑”对青春美女的蠢蠢欲动。对于身边沉睡的美女，对老人那冶荡之心构成了一种残忍的折磨；徒然的情欲与衰弱的生理机能，增加了他们的想象；准看不准碰，让人体会到川端康成笔下的“日本老人”的痛苦。

在小说《苦妓回忆录》(轩乐译，南海出版公司，2016 年)的开篇，一位 90 岁的老人在自己生日当天，突然心血来潮：“我想找个年少的处女，送自己一个疯狂爱欲的夜晚。”

可在这个多数人都已死去的年纪却心血来潮，觉得一小时也不能等下去。“老人在无足轻重的事上失去了记忆，但对真正感兴趣的事却很少迷糊。”通过叙述者对自己的情感生活的回忆，我们知道这位 90 岁的老人，从二十岁左右开始，到五十岁，已经分别和五百一十四个女人至少睡过一次。

如今，从老鸨罗莎·卡瓦尔卡斯那儿消失了二十年的“忧郁的学究”，再次打通了她的电话。作为礼物呈现的“小姑娘”黛尔加迪娜(女孩的假名)原本在一家工厂上班，做缝扣子的工作，住在一个贫民区里。老鸨说，给姑娘喝下了混有缬草的溴化水，正在酣睡。

“她轻吐呓语，转向我，将我裹在她酸涩的喘息里。”马尔克斯让老人与处女共寝的细节加以发展，受到“一阵意料之外的欲望驱使，我试图用膝盖把她的两腿分开，前两次尝试都被她夹紧的大腿拒绝了”。于是，老人遭遇了滑铁卢。终而化作羞耻与伤感。老人在仔细欣赏一番女孩的身体之后，便自顾睡着了——“那一晚，我发现了一种令人难以企及的愉悦，便是在没有欲望相催、没有羞怯阻碍的情形下欣赏一个熟睡女人的身体”。就像法国哲学家维克托·库幸(Victor Cousin)在《论真、美、善》一书中所说的那样，在一位真正美丽的女性面前，一个男性“对其产生的性欲会被一种高雅的、优美的情感所冲淡，甚至被一种无欲的崇拜所取代”。

将本来预期的交媾变成了肉体观赏，老鸨指责老人对这个姑娘缺乏尊重，并答应再给他一次机会。但第二夜和之前一样，他能做到的就是帮女孩擦去身上的汗水，并在她耳边歌唱。但老人体验到了“无尽的欢愉”，认为自己从长期奴役他的性欲中解放出来。女孩在早上离开前，在浴室的镜子上用口红写下了一句话：“老虎不觅远食。”

然而，老人再也忘不掉这个“梦中的女孩”。作为专栏作家，他改变了以往不肯改变的宗旨与文风，把对黛尔加迪娜的情感隐匿于文章中，他让专栏服从于自我表达的欲望，无论什么主题都是为她而写，他把专栏文字当成公开的情书。

最终，老人决定把一切都留给那个女孩，期待着与女孩的再一次重逢，而在老鸨告诉他“那个可怜的孩子正疯狂地爱着你”之后，垂暮的生活充满了新的希望——“终于，真正的生活开始了，我的心安然无恙，注定会在百岁之后的某日，在幸福的弥留之际死于美好的爱情。”

老人通过最后一搏，让肉体和精神都获得新生。《苦妓回忆录》中叙述者的形象与《霍乱时期的爱情》中的阿里萨极为相似，都是“胆怯和其貌不扬”“老大不娶”“业余诗人”，都有一份征服女性的备忘录。阿美利加和黛尔加迪娜(假名)也都是 14 岁，被招做新妓。

库切认为,《苦妓回忆录》可视为《霍乱时期的爱情》的某种增补,是续写《霍乱时期的爱情》中的一个情节,即阿里萨与阿美利加·维库尼亚的不伦之恋。因为阿里萨移情别恋,那个被年长者引诱后又被遗弃的女孩阿美利加自杀了,将内心的秘密带进了坟墓。

《苦妓回忆录》铺陈了一个颇具拉美风情的故事,那是一个欲望流淌、鲜有禁忌、纵情释放自我的世界——这不由得使人想到马里奥·巴尔加斯·略萨与姨妈的故事,并写出自传色彩的长篇小说《胡莉娅姨妈和作家》。马里奥与自己的表妹帕特丽西娅结婚,79岁高龄时,却与相守了50年的表妹离婚,娶了菲律宾裔、在西班牙家喻户晓的社交名媛伊莎贝尔。

许志强教授说:"《苦妓回忆录》尽管篇幅短小,但仍是一部社会小说,涉及文化时尚、爱欲、老年和死亡等多个主题,它富于'秋意色彩'的轻喜剧风格,能够反映作家晚期风格的特质。"[52]

二、荒诞的献祭:没有道德的爱

与《苦妓回忆录》中的老少情事有着某种相似性,但更多的是不同。《公羊的节日》所呈现出情节则更具现实感,色调却更加悲伤而冷酷。文化部长卡布拉尔为了讨好前多米尼加共和国的独裁者特鲁希略,在其生日那天,将自己未成年的女儿乌拉尼娅作为礼物献给了他,希望他能过一个"爱欲疯狂的夜晚"。然而,也正如《苦妓回忆录》中的那位老学究一样,独裁总统面对稚气生嫩的女孩,却未能如愿展现出勇士雄风,原本肮脏、残酷而又自傲的独裁者,在弱小、无力、纯洁如羔羊一般的女孩面前,遭遇了性挫败的难堪局面;独裁者未能将自己的性挫败像《苦妓回忆录》中的那位内心温和的老学究那样转化为一次人体美学欣赏；乌拉尼娅也不像《苦妓回忆录》中那个少女处于熟睡状态，而是清醒地看到了一切。为了避免独裁者羞恼后的报复，在修道院学校的帮助下，乌拉尼娅远走美国。而女孩却全然无知地成为父亲对权力的献祭，这自然深深伤害了女孩的心。独裁者在纯真少女面前的性挫败，构成了一个意味强烈的隐喻与暗讽：独裁政权的肮脏不堪与外强中干。

在《公羊的节日》的第一章，所呈现的正是作为世界银行职员的乌拉尼娅，在阔别三十五年之后回到了祖国，而她的父亲卡布拉尔已老，且行动不便，丧失了语言功能。乌拉尼娅的姑妈不能理解为何乌拉尼娅从不曾探望自己父亲，面对质问，乌拉尼娅才缓缓诉说起三十多年前那些不堪的往事，那些政治阴谋，还有这个毁了她一生、其实又是开启她全新人生的秘密。

乌拉尼娅因为被自己的父亲出卖，造成对父亲的冷漠。而在那讲述一座妓院兴衰的小说《绿房子》里，原名为鲍妮法西娅的塞尔瓦蒂卡也有一种"弑父心理"。无论是《公羊的节日》中的乌拉尼娅，还是《绿房子》中的塞尔瓦蒂卡，作为原本无知的女人，都曾乖巧地将自己的命运交付于他人，并由那些并不值得信任的男人帮自己选择道路。她们都成了被父母遗弃的孩子。

就如乌拉尼娅去往美国获得新身份一样，鲍妮法西娅也从修道院里的女仆成为了绿房子里的妓女塞尔瓦蒂卡，隔断与过去的联系，重新塑造了自我。如果说，乌拉尼娅的生命中还有爱与拯救，最终踏上一条光明的路，而鲍妮法西娅的人生则是一段接着一段被奴役、被抛弃的历史，更加可悲可叹。鲍妮法西娅先被父母抛弃，而后被宗教抛弃；在结婚之后，又遭到丈夫的暴力；丈夫被抓后，她又被婚姻抛弃。她的生活中只有暴力和谎言，未曾有人给过她真正的爱，她保有一贯的善良却坠入深渊。即使，在她的丈夫利杜马出狱之后，她不仅不能得到来自他的爱，而他靠自己的卖身钱生活，却瞧不起养活他的这个“妓女”。

在马里奥·巴尔加斯·略萨的笔下，无论是《公羊的假日》《城市与狗》《酒吧长谈》，还是《绿房子》中，情感痛苦似乎成为一种流行病。我们纵然可以指责那些受伤女人们的父亲，但我们会发觉这种指责并不全面。因为，它违反了基本的人性：哪有父亲会希望自己的女儿受苦呢？如果说，她们的父亲也是爱她们的，那么他们的爱显得极不道德。他们都把女儿当成了自己的工具，而不是目的。在这些人性扭曲的男性背后，我们发现一个共同点：就是男人们肆意弄权的政体。受这种政体的毒害，男人们对于女人们的存在，已经是无胜于有了。

当然，政体施予女人们(当然不只是女人们)的情感伤害超过了任何一个具体的人。而当我们从略萨的小说中去主张什么或者反对什么的时候，我们可以发现充满矛盾的人性其实代表着一种政治失败。这种“无道德”首先就来源于那个毁灭人性的政体，而这正是我们应该反对的。虽然，情感痛苦是所有人都会遭遇的，但在宽容而良善的政体下，情感痛苦发生的概率将会少许多。所以，我们也可以说，乌拉尼娅和鲍妮法西娅都将自己的肉身和情感献祭给了无耻的专制政权，而男人们将自己的性挫败和人生的昏暗、失意转嫁到这些纯洁而善良的女性身上。在这里，力量单薄而纯真善良的女性，需要对抗的是自己的父亲所参与或与之共谋的专制政体。

三、权力游戏：将爱情混入政治的肉汤

“伴侣只是你人生剧本中的一个角色。”同样以爱情为手段，在

卡洛斯·富恩特斯2002年出版的小说《鹰的王座》(赵德明译，作家出版社，2017年)中，热衷政治、贪婪权力的玛利亚·德尔·罗萨里奥·加尔万，让比他年轻近二十岁的漂亮小伙成为自己的间谍，她和他的政治同谋推荐他成为总统府办公室的一名顾问，监视总统府办公室主任塔西托·德拉·卡纳尔。为了在新一届总统选举中赢得各自的胜利，彼此之间展开了秘密公关和一系列行动。富恩特斯用七十封人物之间的相互通信，呈现他们的彼此关系与分歧，并通过这些信件展现事件的发展。

在玛丽亚致尼高拉斯·巴尔迪维亚的第一封信中，那种饱含挑逗和政治野心而又赤裸、坦诚的语言让人心惊肉战：

> 你会把我想得很坏。你会说我是一个随心所欲的女人。可能你说得有道理。但是，谁能想到一夜之间事情会变得天翻地覆呢？……
>
> 你会对我说，你对我的兴趣——咱俩在中央政府办公厅秘书处前厅一见面，你就对我表示了兴趣——不在政治上。是爱情，是生理上的吸引力，甚至是纯粹和简单的情欲。亲爱的尼高拉斯，你应该尽早知道，一切都与政治有关，包括性爱。我如此职业性地贪婪权力会引起你的反感。没有办法。今年我四十五岁，从二十二岁起，我安排自己生活的打算时就只有一个想法：当个女政治家，从事政治活动，吃政治饭，做政治梦，与政治同甘苦共患难。这是我的本性，也是我的天赋。你别以为因此我就会放弃女性的爱好、享受性交的快感、满足与年轻帅哥上床的欲望——比如跟你睡觉……

玛丽亚在信中坦诚，政治是一门学问，那是一个公众性、模糊性、危险性共存的地带。政治就是把私人的激情当着公众面表演一番，或许其中包括展示热烈的爱情。而以复数的形式称之为“我们”，则要最大限度地追求权力。

玛丽亚将爱情混进了政治的肉汤之中，从而形成比单一的肉欲之爱更强的诱惑力。她说：“爱情拥有一种称之为想象的无限力量。尽管你被关押在乌鲁阿城堡监狱里，却依然拥有欲望的自由，依然主宰着自己意淫的想象力。相反地，政治上的愿望和无能的想象力对你的用处就实在太少啦!”

这个将追求权力视为自我本性和天赋的女儿，正在散发着一种令人疯狂的力量，这无疑是年轻的尼高拉斯所难以抗拒的。而她那浓郁的荷尔蒙气息也在隔开的时空中传递：“快感在延长。年轻的朋友啊，快感在延长啊!”

这个极具政治野心的、犹如母狮一般的女人，却不会让你觉得高不可攀。她会降尊纡贵，呈现成熟老道的政治家的风貌，让人感受到她的平等与亲切：“这一切我都承认。我喜欢你的身高。你也看见了：我个子也很高，我不愿意仰望和俯视我的男朋友们，而是平等地直视着他们的目光。你的眼睛和我的在同一个水平线上。你的眼睛像我的一样明亮，但它们是灰绿之间变换的；我黑色的眼睛是不变的，但是我的肤色比你的白皙透亮。你别以为在一个像墨西哥这样多民族混血、有种族主义、被肤色搞得乱七八糟(尽管国人从来都不承认)的国家里，白皮肤会对我有帮助。”

语言的魔力强烈地显现出：个人的情欲、抱负与神圣的责任和目标，交杂与融会在一起，拉拢、称道、托付、诱惑，物质与精神上的渴念悉数被激发。玛丽亚懂得如何利用富有热力的文字传达自己情感，事实上，她掌控并主导着一切。她写的情书里充盈着飞扬跋扈的期待和难以置信的柔情，她的笔犹如一把桨将自己划进可怕的心灵的汪洋大海。

> 你，我的情人，有着真正混血民族之美的种种优点。你那古铜色的皮肤出色地衬托出墨西哥人优美的面部、笔挺的鼻梁、薄薄的嘴唇和柔软的头发。我注意过光线是如何在你头部嬉戏的，它给你的阳刚之美注入了生命活力；可是啊，有些墨西哥男人的脑壳里往往隐藏着一个巨大的精神空洞，但我仅仅跟你谈了几分钟就意识到你是个外部美貌、内心聪慧的男子。更为锦上添花的是，你还留了漂亮的髯须。我对你会坦诚的：你还很嫩，也非常天真……

语言让自身裸露着，信件不只讲述任务，也是一份情书。情书中弥漫的是欲望的流露。那是一种行动的驱使——“因此，我对你说，我要把需要变成功效，以绝对的冒失投身到冒失的勾当里去。……我知道你只要获得我的肌肤之亲就心满意足了。我承认我需要你的肉体，但是我更加渴望你的成就。性交可以是马上办到的，而随后会陷入一种悲伤和不满足的 quickie（匆匆结束的性交）。相反地，亲爱的，政治上的走运是一种漫长的性欲高潮。成就应该间接和缓缓来到，以便可持续发展。亲爱的，来个长时间的高潮吧！我的宝贝，去一扇一扇地开门吧！迈过最后一道门槛就进入我的卧室了。最后一把锁就是我的身体。”

在撩拨到高潮之时，突然一个激灵：“尼高拉斯·巴尔迪维亚，你当上墨西哥总统之日，就是我成为你的女人之时。”一个原本仅仅贪图风韵犹存的妇人肉身的年轻男子，一下子被带往更高的目标之中：去成为墨西哥最高权力的拥有者——总统！

四、疯狂的爱会以一切为燃料：来得快，去得也快

多雾潮湿的伦敦，一位业余的历史学家马丁，漫不经心地与年轻的情人乔姬娅秘密相爱着，而他的婚姻正面临着危机——妻子安东尼娅突然宣布她要与自己的心理医生安德森结婚了，这对马丁构成了不大不小的打击，但他没有表现出愤怒和反对，只是温和地期待他们给自己一个解释。不承想，随着安德森的妹妹、牛津教师奥娜的到来，一切变得复杂起来。奥娜曾劝告马丁，如果想赢回自己的妻子，就应该对安德森表现出愤怒，并揍他一顿，而马丁觉得那有失文明人的体面。奥娜因偶然发现了马丁和乔姬娅的秘密，并将之告诉了安东尼娅和安德森。于是，原本处于道德优势的马丁，顿时成了被审视的对象。

马丁原本已经接受了妻子离婚和安德森结婚的要求，这样自己便可以与乔姬娅结婚。但乔姬娅则因为在紧急情况下被马丁推出门外而开始躲避着马丁。当马丁在安德森家见到乔姬娅时，发现乔姬娅竟然已经爱上了安德森，而安德森则准备与安东尼娅分手。由于奥娜的牵线，乔姬娅随即与马丁的哥哥亚历山大相爱了。马丁想赢回安东尼娅，于是醉醺醺地走进安德森的家，却看到了安东尼娅与安德森两人显得爱意浓浓。在安德森家的酒窖中，马丁撞上了奥娜，马丁因为奥娜将自己的情人介绍给自己的哥哥而责怪她，可奥娜告诉他是乔姬娅自己请求她这么做的。而马丁却猛然地拉住了奥娜的胳膊。为此，两人发生了肢体的冲撞，彼此间的拉扯与踢打竟然让他们双双生出了爱意。

马丁同时给乔姬娅和奥娜两人写信，试图从这两人中赢得一

人，但他无法确定是谁。“这两个女人身上似乎都被附上了禁忌”：一个是已经成为自己兄长情人的女人，一个是与自己发生了冲突的女人。最终，有一种力量让他对奥娜无法抵抗。于是，他独自闯入了奥娜的房子，然而却看到赤裸的奥娜与床边赤裸的安德森……安德森劝说马丁不要将此告诉安东尼娅，而马丁也觉得不应将所目睹这起兄妹乱伦事件告知安东尼娅。于是，马丁陷入了无人可爱的空荒之中，仅受到各种混乱不堪回忆的折磨。

“当我回忆我不断升温的一厢情愿，以及那可怕的高潮，我无法不感到锥心之痛。有一些残留的念想折磨着我，某个我曾经做过的梦，我与奥娜奇迹般的、伟大的相遇，我们曾经的几次见面剑拔弩张，却变异为激烈爱恋的火光，或者最终我是这样认为的。我梦想她是自由之身，孑然一身，在她仍然昏睡的意识中等待着我，矜持寡言，遗世独立，神圣不可侵犯。”马丁陷入对奥娜的深沉迷恋之中，并没有因她与自己兄长的乱伦而止息。而安东尼娅却告诉马丁，她发现安德森变了，就像故事中说的有鬼上身。

马丁只好劝慰安东尼娅不要紧张，而安东尼娅向马丁坦诚她与马丁的哥哥亚历山大隐藏多年的恋情，并最终打算嫁给亚历山大，而不是安德森。这让马丁再次感到惊讶。安东尼娅讨厌奥娜，因为她让她感到惊恐。

安德森一度想带安东尼娅远走美国，但是安东尼娅不愿意。当安德森作势要拉安东尼娅时，马丁朝他的脸上打了一拳。这一拳，让安东尼娅似乎找到了对马丁失去的爱。“马丁，你是如此熟悉。”安东尼娅向马丁表白道，“你知道，我真的怕安德森，从一开始就是。一直不太对劲，总有些地方感觉是被迫的。你知道吗？如果你反对的话，我很可能甚至本来就不会继续下去。”

而打人者马丁和被打者安德森却变得相互彬彬有礼起来。马丁为安德森叫了出租车，而安德森带着眼圈的瘀伤离开。

也正因为安东尼娅说出了打算嫁给亚历山大的消息，马丁给乔姬娅写信试图让她重拾对自己的爱，但他每日想着的却是奥娜，他的大脑会带着讶异不断回到乱伦的这一事实。马丁接到了哥哥亚历山大说自己要与乔姬娅结婚的电话，而这个消息让安东尼娅痛苦而又愤怒，语调充满彻底困惑的抗拒。而当亚历山大和乔姬娅到来时，安东尼娅则化了浓妆，收藏起自己痛苦与愤怒而向他们表示祝福。

一切感情的逆变都在欢乐与痛苦的交替中演进。马丁的欲望更为猛烈地直奔奥娜而去。他再次闯入奥娜的家，安德森却告诉他，他已经准备和奥娜一起离开伦敦，再也不会回来。而马丁回到安东尼娅那里，他们虽然说着彼此安慰的话，却发现难以对对方产生爱的欲火。

令人意想不到的是，乔姬娅有一天给马丁寄来了自己的头发，并给奥娜写了信，然后吞噬安眠药试图自杀。幸亏，他们把她及时送进了医院。这时所有人聚拢到了她的病床边。好像之前人们的所有情感纠缠都重新归零，人们将重新选择与什么人相爱。

安东尼娅选择了亚历山大，而马丁依旧在乔姬娅和奥娜之间四处碰壁。在马丁知道安德森离开伦敦的时间之后，他潜入机场，为了最终看上一眼奥娜，但是他最终看到的却是安德森、奥娜和乔姬娅三个人的身影。他从奥娜的丑陋中发现了她的美，他们仨那种和谐美好的关系，让他觉得一切都变得遥远。这对他而言，“这就像观摩一场死刑”。于是，离开了机场的候机大厅。

马丁回到家，仍然处于一种震惊错愕之中，整个人都开始发颤。“有过一出戏，有过几个角色，可是现在，所有人都死了，只有我一人的体内还留存着对曾经发生了什么的记忆。也许可庆幸的是记忆本身也会消退，正如某个发狂的老囚犯，他没法回忆自己的苦难，甚至不知道自己已经被释放了。”马丁面对无爱的解放，“带着对自己全部损失的了解，还原为我自己。我遮住脸，但凡我能找到眼泪，我已然哭泣了。”

令人欣喜的是，奥娜却出现在他的眼前，他们的对话平淡而又流露出深意。

“你离开机场的速度真快，我追不上你。”奥娜说。

“是这样的——”

“那两位走了吗？”

“是的。”

“你什么时候走？”马丁问。

“我不走。”

此刻，马丁除了沮丧与害怕，已经不能再有别的感觉。当他感觉失去所有人的爱之后，奥娜的出现无疑令他拥有重生般的欣喜，但为了维护自己的尊严，他保持着平静。“你来这里干嘛？”他问。

“我是来看你的。”奥娜说，她眯着眼的微笑犹如一道光芒。

“为什么？”马丁欲擒故纵地问。他试图把自己曾经求爱被拒的颜面找回来。

“因为你想让我来看你。”奥娜的回答极为含蓄而巧妙。

“我以为我已经摆脱你了。”在这种面无表情之下，让人可以感受到他内心狂涌的热流。

他们用看似平淡不惊的言语相互测试着，然而，爱意却浓浓地显现出来。显然，他们都想从不安定的情感中安定下来，尝试着寻求一份长久而可信的爱。

《完美伴侣》(丁俊、程佳唯译，人民文学出版社，2023 年)以百转千回的情节，让人不忍释手。牛津哲学教授的艾丽丝·默多克以睿智生动的语言，为我们呈现了情人之间复杂纷扰而多变的情感，让人们潜意识呈现为有意识的语言和行动，挑战着一切的道德禁忌。而在打破禁忌的描述之中，却又向我们传达着一种朴素的道德观——如果没有丝毫道德的约束，人们的情感将会变得多么肤浅而可笑。

人物之间没有持久稳定的亲密关系，他们总是在现有的亲密关系中发现了不足，而他们可能在更随意的关系中表现得更好。这些人们的情感始终是饱满的，处于蓄势待发的状态之中。他们对于失去爱的痛苦不是一味沉沦于失去之中，而是寻找另一份爱来进行治愈和填补。最为重要的一点，他们未将负面的情绪转化为仇恨。他们快乐地相恋，又能相对轻松自如地分手。他们并非缺乏爱的欲望和能力，而是缺乏自信与坚定。他们都像爬行在情爱之网上的蜘蛛，不断被出现的猎物所吸引。为此，让这张网变得飘摇动荡。

《完美伴侣》向我们展现一组男女之间多变而极度自由的情感，让我们不禁要问“爱究竟是什么”这样的问题。小说中的男男女女没有任何禁忌，仅仅遵从自我的内心需要，毫无忠诚与节操可言，但这又不是全然的性放纵，而有着一种情欲混合的一种自洽。看起来既是在遵守规则，又时刻在放弃规则，极像是绅士那种讲究尊严的爱，又像动物那样具有随意性。人们因何而爱？似乎仅是因为害怕孤独，害怕被爱所抛弃，为此，多向地寻求爱。在交叉的尝试之后，最终各自找到适合自己的爱人。默多克似乎并不想向我们灌输什么婚姻方面的道德观，而是向我们展示了婚姻的多种可能性——

出乎意外，又在情理之中。

五、死后才得到的爱，在太空中完成的爱，以及近在咫尺却又转瞬消失的爱

让·艾什诺兹属于出道即巅峰的作家，从处女作《格林威治子午线》开始，他的作品均达到了一个难以企及的高度。虽然，每部作品都涉及侦探、冒险、旅行等元素，而在他所呈现的碎片化的景观中，总有一种令人着迷而又不断回味的东西。J. P. 芒谢特在评价他的第二部小说《切罗基》时说："除了大量离奇古怪的谜互相掺杂在一起之外，真正的神秘之处在于它站得稳，令人着迷，而且好笑。可我们不知道为什么这样，因为和所有的当代小说一样，它也是由边角料碎所拼凑而成"。[53]

让·艾什诺兹向我们展现的故事不只发生在幕前，还包括幕后。他的作品中似乎总存在着一扇门，以极具视觉感的语言，带领着我们实现从室内到室外的转换，让我们获得一种从有限到无限的感受。也正如许志强老师在《卡夫卡的先驱》中所言："小说不是用来研究的，小说是用来感化和享受的，是用来体验和沉浸的。"让·艾什诺兹的作品更需要我们回到其作品之中，回到那一个个绵延展开的情节里。

吞没我们的是让·艾什诺兹那种简洁、跳闪而又富有魔力的语言，它调动我们的视觉、听觉、嗅觉、味觉、触觉和第六感，他的作品难以被归纳和缩写，故事梗概会显得很愚蠢，也恰如孔亚雷所说的那样，"好文学必须存活于每个段落、每个词和每个标点中"。尽管如此，我还是需要尝试将其中的两性关系的主题从中抽离出

来，略加叙述。

在《我们仨》(余中先译，湖南文艺出版社，2017年)的开篇，他写道："我很熟悉天空。我已经习惯它了。它的各种色调，暗土色，椴树色，肌肤色或者藏红花色，我全熟悉。在我的扶手椅中，在平台上，我审视着它。到中午了。天空是白色的。我有的是时间。"让·艾什诺兹的叙述有着很强的镜头感，就像在拍一部电影。他能够以一双奇异之眼去看见一切。他的"镜头语言"神秘而华丽，色彩缤纷的景象蜂拥而至，伴随着既庄重又戏谑的画外音，不断激发读者的兴奋感，显得既坚实而又虚幻。

> 我们是航天员……我们也是离不开女人的男人们。我们谙熟她们的电话号码，她们的香水，我们保存她们的相片，还有她们忘在我们家里的东西。我们也不总是兴致满满去勾引她们。她也许是触碰不到的女人，但是我们想要她，我们将会得到她。我们跟着她到处去。我们仨走过了上百万公里，只是为了发现，如果宇宙是一成不变的，地球却不乏恶劣的意味。

《我们仨》的主人公路易·梅耶是一位火箭发射领域的负责陶瓷发动机方面的专家。作为不忠诚的男人，他跟一个叫薇克多丽娅·萨尔瓦多的女人离了婚。这个独身工作狂为了庆祝生日，决定到海边去度一个星期的假。梅耶与年轻女郎梅赛德斯的相遇是因为她驾驶的汽车在高速公路上着火了。他停下来仅是"为了他自己，尤其是为了换换脑子"。面对越来越危险的车辆，年轻女郎依旧动作优雅，不慌不忙。他只有揪住她的胳膊将她拉走，并在汽车即将爆炸时，将她按倒在地，并压在自己的身下。在一阵钢铁的倾盆雨之后，那个年轻的女郎以"一种几被窒息的嗓音"问他，是不是可以允许她站起来。

年轻女郎搭乘着梅耶的车，但是一路上双方没有交谈，没有道出自己的身份。于是，梅耶将这位女郎称为梅赛德斯(因为她驾驶的那辆着火的车是梅赛德斯)。到马赛以后，由于女郎对自己态度冰冷简慢，梅耶急于要摆脱她，在第一个出租车站时就放下了她。事实上，他们都是要去一个叫妮可的家。妮可曾给过梅耶很大的慰藉，如今只是潜在的、偶然的情人。最终，梅赛德斯还是与梅耶在妮可家相遇了。

结果马赛发生了地震，一切似乎都被毁坏了。他们侥幸从一场灾难中生还，但丢失了各自的行李。他们又一同驾车从马赛驶回巴黎，在高速的路边吃了晚饭，住在旅馆两个并不相邻的房间里。他们依然很少交谈，但彼此态度温和许多，甚至吃饭时，梅赛德斯还用手指勘探了梅耶脸上瘀斑的周围。直至分别，他们依然没有更深入的交谈，不知道对方的住址和姓名，依然保持着陌生感。梅耶回到了火箭基地，在宇航中心的头等食堂，梅耶看到了自己的同事正企图花言巧语地勾引梅赛德斯。在电梯里，梅赛德斯认出了梅耶，但一直没有跟他相认。他们依然像陌生人一样。随后，梅耶在一次例行体检时，才知道梅赛德斯是宇航中心的一名大夫，名叫吕西·白朗什。她为他做了检查，但双方的交流仅限于医生与病人之间。虽然，梅耶一度想更深入地拉近两人的关系，但因为过于激动，却说不出一句完整的话。梅耶得知吕西·白朗什在那场地震中失去了原本隐秘的男友。而梅耶、吕西及另外一些人一起进入太空。吕西负责照顾着那些出现症状的人。

他们在太空俯瞰地球，乘晕症让一些人昏昏欲睡。飞行的第二天，一只珠鸡下了一个蛋。也就是在万物昏睡的某个时候，梅耶把吕西紧紧拥入怀中，手指头滑向对方连体服的搭扣。回到地球以后，吕西真实走进了梅耶的生活。

在《弹钢琴》(余中先译，湖南文艺出版社，2017 年)中，让·艾什诺兹让男女情爱回到了地面，但地面上所发生的爱却变得更为飘渺。钢琴家马克斯·戴尔马克五十来岁了，受到酒精成瘾的困扰，以致每次在登台表演之前，都要喝上一杯。为此，经纪人必须在演出前时刻监管着他。他对演出有奇怪的恐惧症，但当他坐到钢琴前几分钟之后，他又会全情投入其中，从而获得释放。凭借着高超的演奏技巧，他总是能够赢得满堂喝彩。

钢琴家和妻子住在一座宽大的两层楼里，他住楼下，她住楼上，每个人独立地工作和生活。显然，他跟妻子的感情极为淡漠。而钢琴家在音乐学院的时候，错失了一个美丽的女子罗丝，他们为了看到对方都常光顾一家酒吧，他们都怕遭到对方拒绝而很少搭腔。直至那女子完成学业之并从酒吧消失之后，钢琴家才得知罗丝到这家酒吧，仅是为了与自己相遇。但他再也无从得知她的去向。从此，马克斯就把自己生命的一部分时间用来相信、期望、等待偶然的奇遇了。

然而，就在马克斯居住的同一个街区，他遇到了一位与罗丝一样美丽的女人。多年来他跟她偶然地擦肩而过。“这一无法触及的存在简直就是罗丝主题的一种变奏”，他们偶然目光交错。终于有一天，他见到她在遛狗，他鼓足勇气追了过去，他打探到了她所住的楼号。随后，他们更加频繁地相遇，见面开始打招呼，甚至相互微笑。默契的微笑保持了一段时间。然而，一切都在经纪人的监视之下。

有一天，马克斯去赶制广播录音，在将启动的地铁列车上，他看到了对面列车上罗丝的身影。“三十年后，她的样子并没怎么变。”为此，他冒着危险冲向车外，但罗丝乘坐的那辆车已经开动了。他乘坐后面的列车追了几站，直到失去希望。他依然会和带狗的女人相遇。但有一天他去参加一个慈善演出，一个外表俊朗的男子找到马克斯，并送给他三张唱片。来者正是带狗女人的丈夫。这个男子虽然和善，但钢琴家则变得有些神经质。那天晚上回家时，钢琴家遇到了几个打劫的家伙。因为他扯下了其中一个家伙的蒙面围巾，那个惊慌的家伙把手中长长的尖刀插进了他的喉咙。

死去之后的马克斯没有升天，他看见人们在抢救他。他想念他的钢琴，他只是在空气中弹了几下。随后，马克斯看到他的经纪人住进了自己的豪宅，还迷惑了自己的妹妹。而马克斯似乎开始了另一种生活。他住在医院里，与照顾她的一名护工若即若离，有着一种曼妙的爱情般的感受。属于马克斯的一切都像是飘在虚空之中，而他的爱情也同样如此。他的爱看似近在咫尺，却又转瞬消失在天边。

让·艾什诺兹的作品，有着类似于玛格丽特·尤瑟纳尔作品中的“充满着天外飞龙般的想象力”（王小波语），意象繁密，诗意饱满，奇幻而又瑰丽。在他的笔下，一切都走出了常规又回到常规，逸出现实又回到现实，情节动荡起伏。在失重的太空，在若真若幻的死后，展现出犹如卡夫卡般的现实与梦幻交融。但与卡夫卡的梦幻预示着毁灭，而艾什诺兹的梦幻预示着希望。那个在陆地上相遇而始终保持陌生感的人，却在失重的太空获得了爱情；那个在生前不断错失爱情的极具才华的钢琴家，却在死后获得了真切的爱情。

第七章
以个人感受消解爱情

> 生活本身就是极乐。它不可能是别的，因为生活就是爱，生活的全部形式和力量都在于爱，产生于爱。[54]

在费希特①看来，生活、爱与极乐是同一的。爱，首先是自爱，能够自我享受，爱构成个体生活之根据，同时爱还有与别人联结的作用；本真的生活就是爱，而本真生活就在于运思，即体察我们与世界的关联。而生活的极乐正在于此。

人类在走向文明的过程中，不应被施加越来越多的束缚，而理应获得越来越多的自由。

今天的人们应该能够看到非道德现象中的道德。私人的恶德，可以转化为公众的福祉。这正是1723年荷兰经济学家兼医生伯纳德·曼德维尔在其《蜜蜂的寓言》中提出的观点。曼德维尔认为，如果想以道德说教为手段并以“公共精神”为基础来建立一个充满美德

① 约翰·戈特利布·费希特(Johann Gottlieb Fichte，1762—1814)：德国哲学家，古典主义哲学的代表人物，他寻求对哲学思想(特别是康德唯心主义思想)的统一，他的思想体系是马克思主义哲学的思想来源之一。

的繁荣社会，那纯粹是一种“浪漫的奇想”。由此，曼德维尔提出了社会秩序的自发生成说。而曼德维尔因这样的观念曾被视为欧洲的“公害”。

但从曼德维尔悖论中，可以看到亚当·斯密的看不见的手的原理的萌芽，也会看到休谟的那种人人追求自身经济利益的行为实际上是一种促进美德之力量的情感伦理学的影子，而哈耶克也曾公开承认他的“自发社会秩序理论”受到曼德维尔思想的影响了。这意味着，高度文明的人类理应享有更高的个体自由，当然首要的是情感的自由和思想的自由。

个人作为情感、思想和欲望的存在，这也意味着在两性关系中，两个独立的个体的兼容性问题。为了获得心仪的另一半，他们必须寻找“品味”的相配。这种“品味”超越了传统中的财富、教育、地位、性格等范畴，也包括了性魅力以及个人偏好，从而让主观性更为浓厚。

> 性关系是(或应是)我们隐私的一个堡垒，是我们必须得到允许的夜间栖息地，在那里，我们收拾遭受侵扰的意识碎片，恢复某种不可侵犯的秩序与安宁。只有在性体验中，一个人，或者两个努力达到完全交流的两个人，才能够发现自我独特的爱好。在那里，在经历了坎坷的奋斗和屡次的挫败之后，我们或许会找到那些让我们热血奔涌的语词、姿态和精神意象。在惊奇不断出现的黑暗中，我们必须摸索，但光芒也必将属于我们。[55]

人们追求爱情、追求婚姻，很大程度是在追求情感和情绪上的满足。而快乐、憎恶、恐惧、愤怒、悲哀和惊讶跨越了文化隔阂，是所有人都有的情感。通过观察，动物也会产生类似人的某些情感，有些动物甚至会因配偶的死亡而悲伤绝食。

这种万物有情的观念逐渐深入人心。从动物到类人机器人，情感都成为文艺作品所深入刻画的主题。人类与动物的显著区别在于，人类能够形成镜像概念，能够产生不同于动物的同情心和同理心（显然，同理心比同情心更进一步。同理心指的是认同他人观念和感受的能力。它既是一种情感能力，也是一种象征性的能力。同理心需要一个先决条件：拥有破译他人行为的复杂信号和线索，仅有这样才能成功地与他人共情）。当人类想象到他者与自己相似时，就会产生同情。自20世纪90年代中期以来，对镜像神经元的神经科学研究支持了这一概念的迅速传播。

同情他人的能力，以及同情无生命的类人物体的能力，成为衡量人性的尺度。同时，人们也注意到，人类移情会产生一个副作用：如果机器太像人类，同情就会消失，取而代之的是厌恶。因此，专家们就开始考虑如何才能设计出一种既能最大限度地获得同情又不会引起反感的机器。例如，电影《怪物史莱克》的制作团队就不得不减弱菲奥娜公主与人类的相似性，因为“她开始变得过于真实，而且效果明显让人不快”。

在20世纪90年代，生命科学兴起并成为主导。生命科学为语言学转向所忽视的领域注入了新的生命，其中包括客观性、经验主义、普遍主义，严肃的、非讽刺性的表达方式。自由漂移的符号和不断变化的意义、流动的身份，后现代主义的“怎么都行”，语言游戏和讽刺，所有这些都面临着巨大的压力。利用生命科学的研究成果来描述情感的倾向增加了，而不像社会不平等或政治文化那样。[56]1998年，米歇尔·维勒贝克出版了《基本粒子》。这部小说就像一本基础生物学教科书，两性关系被简化为一场优化男性基因库而展开的斗争。

> 在广告文案中，人们将足球称为“纯粹的情感”；人们购买某件商品，不再是基于产品本身，而是因为它们的情感剩余价值；如果一个人很懂得体贴别人，我们会夸他“情商高”；如果邻居遛狗而不拴绳，我们则称之为“情商低”；德国甚至提出“情感德国造”这样的口号。[57]

在科学昌行的语境下，这俨然是一个用机器编程的语言和进化生物学的语言来谈论爱情的时代。这是一个科技至高无上的时代，从某种意义上来说，也是一个让人回到原初本性、返璞归真的时代。而无处不在的情感，让这个世界充满更加饱满的诗意，让人类更能够自由地徜徉在情感之海，沐浴在情感的光照之中，当然，也时常感受情感的锋芒。

诺曼·梅勒①说：“说到底，要是问我们这一代作家代表了什么，要是有什么东西是我们曾为之而斗争的话，那便是一场性革命。”这种对性的革命性的理解给社会造成了广泛且深远的影响，在经济和家庭组织这个两个层面上尤其如此。在某些拥护者看来，

---

① 诺曼·梅勒(Norman Mailer，1923—2007)：美国“全国文学艺术院”院士，他毕生将写作视为一项英雄般的事业，1948年即以《裸者与死者》出名；1968年和1979年凭借《夜幕下的大军》和《刽子手之歌》两度获得普利策奖。作为记者，梅勒还成功地将小说的写作技巧融入到纪实作品中，如今这种写作技法被众多记者所模仿。

“性革命使妇女摆脱了生物学上的压迫，终结核心家庭，回归多形态的叛道之性，允许妇女和儿童在性方面为所欲为。”

在情感滥觞的语境下，韦罗妮克·莫捷在其《性存在》(刘露译，译林出版社，2015年)一书中指出：当今世界中，性无处不在。但它为什么能决定我们究竟是谁呢？是什么塑造了我们的性存在，我们的性存在又是如何塑造了我们？我们对于性的态度因为女性主义、宗教和艾滋病病毒发生了哪些改变？

一、水灵灵的娘儿们：“火光冲天的爱情”让死亡变得更冷

爱情的主题一直备受诗人和哲学家关注，而伴侣之间亲密关系的内在动力是什么，则鲜有人能够给出答案。弗洛伊德会将其解释为投射性的认同——关于无意识的体验和幻想——建立了共同的自我理想。爱，自然关联着情欲和性。除此之外，在亲密关系中也普遍存在着矛盾性和攻击性。所谓“相爱者相杀”，这在《邮差总按两遍铃》(主万译，上海译文出版社，2022年)中可以得到某种程度上的验证。

“权力是最强劲的春药”，而“共同犯罪”让弗兰克与科拉形成命运共同体，这使他们的情感似乎加深了一步。然而，罪恶感只会把他们带往地狱，而不是情感得以升华的天堂。这种危险的关系具有毒品一般的致幻性，只会腐蚀人理性的头脑。就像暴力可以作为情感发泄的出口，但不能形成持续性的和谐。他们以绝望为武器，只会带来对激情的消耗。尤其，当他们将自身的爱建立在对他人生命和利益的剥夺之上的时候，他们就已经滑入了更加危险的命途，

再也难以找到他们的宁静。

如果，同情与悲悯不存在于他们的情感之中，那么他们又如何形成彼此的情感共鸣呢?《邮差总按两遍铃》初名为《水灵灵的娘儿们》，全书以一个被判绞刑的杀人犯在临刑前写下忏悔书的形式贯穿始终。

流浪青年弗兰克到一家公路边的一家仅供应三明治的餐馆打工，看上了餐馆老板年轻放荡的老婆科拉，两人无法控制地陷入爱情，而因为这份大胆袒露的爱，他们便不由自主地想到杀人，于是两人策划并以伪造车祸杀害了店主。在律师的协助下，不仅逃脱了法律制裁，还领到了店主生前投的保险金。但故事并未结束，这一对恋人并未过上梦想中的生活，而是开始互相猜疑，互相伤害，互相折磨，那种不幸如此深切和令人绝望，直到最后双双死亡。

当他们将所有爱的障碍——科拉的丈夫、贫穷和法律——都铲除之后，原有的爱则陷入了坍塌，这显示了人性中令人悲伤的一面：纯粹的爱其实十分脆弱而虚幻，经不起质疑，更经不起考验。在谋杀发生后，在地方检察官的威逼利诱之下，科拉和弗兰克就很快就出卖了彼此。科拉就他们之间的关系，坦诚道：

> 咱们曾经到过一座大山的顶上。咱们待在那么高的地方，弗兰克。那天晚上，咱们待在那儿的时候，曾经享有一切。以前，我可不知道自己会有那样的感情。咱们互相接吻，把咱们拥有的一切固定下来。这样不论出现什么情况，它都会永远存在下去。咱们当时拥有的比世界上任何其他两人拥有的都多。接下去，咱们就倒下了。先是你，后是我。不错，是扯平了，咱们又一块儿下来，到了这儿。不过咱们的思想不再是高超的了。咱们的壮丽大山不见了。[58]

轰轰烈烈的爱情在阴森恐怖的死亡阴影中展开，爱神与死神在此短兵相接。在六个月的争吵、噩梦、猜疑和酗酒之后，科拉告诉弗兰克她怀孕了。新生命的孕育，给这对陷入仇恨与混乱的恋人带来了新的希望，他们在市布政厅结了婚，然后去海滩游泳。因为科拉感到腹部不适，在从海滩匆忙赶往医院的途中，他们遭遇了车祸。而弗兰克竟然为了这起车祸背负难以洗脱的谋杀罪名而被判绞刑。

他们并非能按照自身的意愿处理属于自己的财产，这让他们对财产的追求变得毫无意义。另外，他们情感是自然的，而以情感之名的越轨行为则最终带来了致命的后果。他们的毁灭似乎也不能带来人们“同情的泪水”，他们的爱情因极端的自私和脆弱而令人唏嘘不已。

显然，《邮差总按两遍铃》并不是一部爱情小说，也不是那种遮掩细节、依靠推理演进的侦探小说，而是让人性赤裸呈现的硬派犯罪小说。詹姆斯·M. 凯恩拒绝“严格写实”的标签，但其所呈现的人物与场景却给人以强烈的现实感。这部小说的情节取自一起真实案件——一位有着“斯堪的纳维亚式冰冷眼神”、名叫露丝的金发美女，就曾伙同她情夫用吊画绳勒死了她丈夫，以骗取她瞒着丈夫替他买下的个人意外保险金。而《纽约每日新闻》上就曾刊登了一张露丝坐电椅的大幅照片。

“火光冲天的爱情”比平淡的爱情需要更多的燃料。这燃料就是生命本身。一个人不可能每天都激情四射。诗意的灵感、爱人的激情、殉教般的狂热等，都有低潮和衰退期。而犯罪让人失去纯真，变得犹疑、多虑，从而产生不安，厌恶自己的已有。在幻想破灭以后，原有的爱变得沉重。这种悲观态度带来的好处，就是让人们降低了对爱情的期待，也提高了对偏离规范行为的容忍度，让人产生一种更宽容心态，从而智慧而非软弱地面对夫妻之间的感情。

在凯恩的笔下，男人总受到女人的支配，人物遵从着自我的欲望和本性，从而走向毁灭。这部作品的成功，也许并不在于“性与谋杀”的主题多么惹目，而在于“凯恩用极为简练的语言就写出了贪婪与性欲的基本冲动”（评论家哈·斯特劳斯语）。阿尔贝·加缪曾坦言，他的《局外人》就是在阅读了凯恩的《邮差总按两遍铃》后获得灵感而写成的。

透过犯罪小说的故事外壳，我们需要探寻的是弗兰克与科拉的关系。他们的犯罪动因仅仅出于他们自私的欲望，他们的男女之欢并非基于真正的深情爱恋，为此，他们可以相互出卖，相互成为对方的所欲之物，而非精神迷恋的对象。在彼此的冷酷中，寻得的仅能是短期的放纵，这决定了他们的命运只有绝望和伤害。

二、情感革命:“焦虑时代”与漫不经心的爱

亨利·大卫·梭罗曾言，大部分人过着默默而绝望的生活，带着心中尚存的歌谣，走进坟墓。许多人口中的“平淡”并非真正的平淡，而是一种无奈与麻木；他们屈从于世俗，并未执着于改变自己的命运。他们在平淡的忍耐中过完自己的一生。而平庸带来最为深刻的冷酷，这种冷酷针对的却是亲人和自己。

婚姻应该让家庭成为情感的庇护所，而不是夫妻争斗的战场。但空虚、孤独、误解以及对生活绝望，会毁掉任何一个看似堡垒般坚固的美好家庭。维护家庭的不是炽烈的情感和起伏无定的个人感受，而更多是各自真诚的投入和宽宏的彼此谅解。另外，家庭应该拥有一个共同的目标，并集结所有成员的力量为这个目标而努力。

幸福家庭的相似性正在于此。

《革命之路》(侯小翊译，上海译文出版社，2014 年)所呈现的家庭生活会让很多人都感到熟悉，其中夫妻之间的情感问题，会出现在绝大多数人的生活之中。它无关政治、战争、时代等宏大的主题，而是渗入生活的肌理，看似散漫而又细致入微，优雅得体却又神经质。他们所从事的职业和所做的事与现实生活中的男女极为相似。

年轻夫妇弗兰克和爱波·惠勒住在康涅狄格州郊外一条名叫“革命之路”的路上，附近社区中居住着许多与他们相似的中产阶级家庭。弗兰克是一名脚踏实地的公司白领，家庭主妇爱波则活泼动人，生性浪漫，富于幻想。爱波在一个业余剧社中演一位女主角，可是在一场表演中，因未能呈现期待中的精彩而备感沮丧。这种挫败感不断向他们的生活渗透，以致让夫妻之间的谈话变得谨慎与敏感。

当夫妻双方不能认真倾听，虚幻的想象就会与现实模糊为一体。唯有保证个体的自由，才有集体的团结，这个道理在家庭中依然一样。当爱波努力想保持一个人安静的时候，弗兰克的关心则显得多余而让其心烦。弗兰克未听从爱波的真实需求，而试图将自己的爱意强加给爱波。孤独是把人交给自己的一种状态，爱波此刻所需要的是让灵魂自由地呼吸，而不希望有任何干扰。

他想安慰她，但是并不理解她，而她也不能从他的言语和举动中获得正确的含义。因为误解，关爱转为相互攻击，开始挖掘对方的弱点，于是各自坠入情绪和认知的陷阱。他们都被自己所蛊惑着，表现出对对方的恨意。愈发频繁的争吵几乎要使两人窒息，爱波提出迁居欧洲以寻找自我的计划曾一度挽救了危局。面对“去巴黎生活”这个理想，弗兰克曾经欣然同意，然而当一个晋升机会出现时，他又放弃原有的想法，而追求稳定感。然而，生活在梦想中的妻子，却始终执着于那个孩子气的想法。面对“去巴黎生活”梦想的破灭，她失去了对未来的希望，因此选择杀死腹中的胎儿。在爱波因自行堕胎而去世之后，弗兰克离开了“革命之路”。

“婚姻的后来由女人的一厢情愿和男人的充耳不闻组成。”《革命之路》的悲剧，一方面来源于夫妻之间的无法交流，另一方面来源于人类生活中本身的空虚无聊，来源于爱情本身的不可持久性以及对不可持久爱情的迷信。

人不能被环境所腐蚀，但最终还是被腐蚀了。《革命之路》带给我们的并不是一杯烈酒，但它却可以让我们开始思考生活，思考爱情，思考婚姻。猜疑与不信任，正是男女美好关系破裂最为重要的表征。面对人类矛盾的心理和复杂情感，任何人都可以变得无真诚性可言。

通过《革命之路》，我们应该理解得比理查德·耶茨所表达得更深入一些，弗兰克与爱波确实需要一场情感革命，而不是住不住在“革命之路”上。曾经美好的家庭犹如一个王朝面临着毁灭的局面，他们需要在“民主”与“共和”中寻找新的出路，而它的兴衰取决于他们能够激发家庭中共有的情感。显然，他们在面对出现的危机时，未能重塑一个新的内心世界。而这个内心世界的建立，也必然需要一个水到渠成的过程。

“你必须振奋我们的灵魂”。然而，住在“革命之路”的年轻夫妇并不具有对小布尔乔亚的生活的革命性。面对“婚姻将死，爱情将逝”的局面，他们却钳制住了自己。他们需要改变的并不是像爱波希望的那样搬去异地，而是改变对待彼此和对待生活的态度。当然，迁居可以成为自我革命的一个标志性事件，或者一个契机，而不是解决问题的根本。因为，迁居并不能永久消除生活中的空虚、孤独和误解。他们需要构筑的共同情感，重新找到共同生活的目标，而不是陷入偏执狂般的自我迷信。

拿破仑说，“在战争中学习战争”，而弗兰克和爱波却并未能在婚姻中学会爱。诚然，人生的繁华会退去，归入恒久忍耐。这时候的婚姻需要接受已有的一切，并把对方变成自己的朋友。《革命之路》中的悲剧并不是现实的问题，而恰恰是夫妻两人内在的对生活的一种幻想：既痴迷于想象，又贪恋美好的过去，不是奔向一个可以去修正路线但方向始终明晰的目标。正如耶茨自己所述：“我笔下的人物都在自己已知与未知的局限内，风风火火地想要做到最好，做那些忍不住要做的事，可最终都无可避免地失败，因为他们忍不住要做回自己原本的样子。”

“《革命之路》拷问的对象不仅有破碎的婚姻，亦有夫妻间焦心的绝望之感，这让人难以释怀，心痛不堪。”《今日美国》评论道。这不禁使我们要问：“那些让我们放弃一切去追逐的爱人，真的是值得爱的人吗？我们为之疯狂，愿陪他到天涯海角的人，在褪去爱情光环之后，还能够让我们坚持并坚信吗？”

作为 20 世纪中叶的美国主流生活的忠实记录者，理查德·耶茨(Richard Yates，1926—1992)被誉为“焦虑时代的伟大作家”。批评家们将他与契诃夫、菲茨杰拉德、约翰·契弗相提并论。他的处女作长篇小说《革命之路》甫一推出即获成功，获得美国国家图书奖提名。1962 年他的部短篇小说集《十一种孤独》出版，更被誉为“纽约的《都柏林人》”。

三、回到动物的本性：绝望无边，不被信任的爱

唯有能够承受绝望与苦难，人的内心才会变得充实而圆满。

《茫茫黑夜漫游》(沈志明译，人民文学出版社，2015 年)的主人公巴达缪(Bardamu，词源本义是旅行者)受大学同学之约，在一个广场聚会，当遇到一支队伍走过，原本反战的他心中一阵热乎就加入了队伍，就这样成了一名士兵。于是，他的茫茫人生旅程便开启了。

入伍后，经过了两个月的骑马训练，但因骑马费用太高，转而成为一名步兵。结果，队伍遭到了德国兵漫无目标的射击，面对着残酷的战斗，巴达缪带着伤逃离了战场。随后，他成为另一分队的联络员。有一次在黑夜里，被派出进行窥视，结果自己的兵营却遭到了敌军的伏击。在凶险的战场，巴达缪凭着求生的本能总能一次一次地死里逃生。

他在医院养伤的时候，与美国姑娘劳拉相识。劳拉是受到英雄主义的鼓舞，从美国来到法国，成为一名随军护士。虽然身处战乱之中，劳拉依然有着乐观的胡思乱想。劳拉对于巴达缪而言，正如美食对于一个饥饿的人。劳拉向巴达缪展现了一个富足、安宁的新世界。劳拉的肉体成为巴达缪快乐的源泉，“抚摸这具美国肉体其乐无穷，玩不忍释”。巴达缪跟在劳拉的屁股后面，感受到生活中所拥有的幸福与温暖。但是，劳拉的那些人道主义、崇高的理想和奉献精神并不能感染巴达缪，他所信赖的仅是她的肉体和所能提供的物质帮助。然而，劳拉也有着自己隐衷和烦忧。她的母亲身患癌症，她需要为拯救母亲而努力。

在艰难、混乱而残酷的现实下，巴达缪的情感已经钝化。人堕落到动物的本能之中，便会失去同情心，生活的唯一目标就是活着，追求肉欲的满足。在被宪兵抓进监狱后，劳拉前来探监。但巴达缪在自己的祖国危亡之际的反战态度令劳拉甚为生气。劳拉认定巴达缪是可鄙的，不值得怜悯。于是，她离开了巴达缪。

国家需要能够扛起武器进行抵抗的人，人的罪行得到了赦免，不管你曾经是小偷、妓女、逃兵、无政府主义者，只要你能够再次扛枪，你就会成为国家的英雄。

劳拉离去之后，巴达缪对一个叫缪济娜的妓女着了迷。很快，缪济娜跟国防部的许多官员搞上了关系，越来越多地去为前线小兵排忧解闷。因此，她获得了一份由一位大将军亲自签发的英雄证书，于是缪济娜声名鹊起。她抓住了这个机会，以履行自己的光辉使命。许多人围绕着这位女英雄，这让巴达缪妒火中烧，但依然“有如衔着一个骨头怎么也不舍得扔掉。”

缪济娜严肃地考虑着自己的前途，她希望巴达缪重返战场，但巴达缪表现出迟迟不肯动身的样子。在一次空袭警报响起时，因为巴达缪不肯与她一起躲进一家肉铺老板挂满肉的地下室，缪济娜就此离开了巴达缪。

劳拉走了，缪济娜也走了，巴达缪变得形单影只。巴达缪一度寻找这两只“破鞋”，但是她们都杳无音信。巴达缪根本不知道何为情人，他看透男女之爱，非但认为世上不存在真切纯粹的爱情，而且断言男女之爱最终必然落实到屁股上。一旦所欲不能实现，他即产生厌恶，进而冷静面对现实，一味去安排自己的生活。他深感自己不配别人的爱，自己也从不爱别人。他承认自己只是一头该死的猪。

通过《茫茫黑夜漫游》，塞利纳将我们带入一个绝望无边的世界。黑夜是整个世界的隐喻。在这个世界中，美好的理想主义和人类的理性都遭遇了摧残，人们普遍陷入内心的不安，人心和人性遭受怀疑，人的灵魂随时可以被收买，世情冷酷、虚伪而又自私，仅剩下动物的本能。

塞利纳把人的“真实面目赤裸裸地揭露在世人面前”，但塞利纳并无所谓的忏悔之意。他借巴达缪之口写道：“我给母亲写信。她重新见到我时非常激动，哭哭啼啼的，好像一条母狗失而复得它的幼崽。她以为拥抱拥抱我就能帮助我一臂之力，其实还不如母狗，因为她相信别人让她来领我的理由，母狗则不然，它只相信自己的感觉。”塞利纳扯去了世界上的所有伪装，“京城的四郊十分萧条，城里虚假的繁荣在此露馅儿，显露腐败的原形，明目张胆地光着屁股排泄污物。”

与塞利纳忠于生活、反映生活，秉笔直书的文脉相通，美国诗人查尔斯·布考斯基①也在自己的诗和小说中，呈现了这种粗犷和原始的生命力。他们几乎漠视了人世间的一切价值与荣誉：财产、亲情、爱情、责任、事业、家庭，他们自暴自弃，却又显出异样的勇气，超越平庸，成为令人瞩目的“失败者”，放荡形骸，以一种众人皆醉我独醒的强硬姿态，输出极端个人化的尖锐表达。

塞利纳和布考斯基的作品主题离不开妓女、流浪汉、酒鬼。作品中的人物总是显得喜怒无常、卑微龌龊、沉醉当下，但是又坦诚、酣畅，以一种最为原始的疯狂激情撕碎虚伪的一切。他们的作品既让底层的人笑中带泪，也让理性保守者恐慌、颤栗，不顾忌低俗肤浅，“最无聊地深刻着”，同时显示出“惊人的纯洁。”

四、爱情的四重体：既相爱、相吸，又厌恶、背叛

以他的名字命名了一款水果味(菠萝和草莓)软糖。瓦莱里安·

① 查尔斯·布考斯基(Charles Bukowski，1920—1994)：诗人、小说家，被誉为“底层人民的桂冠诗人”。出生于德国西部小城安德纳赫，三岁时随父母迁居美国，曾因写下流小说被父亲赶出家门，诗歌作品有《爱是地狱冥犬》，小说作品有《邮差》《苦水音乐》《边喝边写》等。

斯特利特是一家家族企业糖果公司的总经理，在65岁退休之后，和比自己年轻22岁的第二任老婆玛格丽特，以及一对黑人仆人夫妇（西德尼和昂丁）迁居加勒比海上的一个小岛——骑士岛，在那儿建了一幢宽敞、豪华的别墅。

黑人仆人西德尼夫妇和瓦莱里安夫妇像一家人一样，和谐而平静地生活着。除了玛格丽特时不时地向往着曾经的城市生活，其他人都习惯并爱上了小岛上的安宁。黑人夫妇照顾着他们的饮食起居。吉丁父母双亡，被叔叔西德尼收养，一直接受瓦莱里安的资助，大学毕业后成为巴黎的一名模特，来到岛上度假。25岁的吉丁是一个聪明的女孩，很善于协调人们之间的关系。如今，她住在与玛格丽特相邻的楼上的一间客房。

瓦莱里安在39岁那年，结束了与前妻寡淡无味的婚姻，偶然间认识了17岁的选美冠军玛格丽特，但玛格丽特出生平民且仅有高中文凭。他与这位美人的结合曾遭到了家族的反对，尤其是他的妹妹对玛格丽特的嘲讽，让玛格丽特很是受伤。玛格丽特在19岁那年生下了儿子迈克尔。迈克尔如今已30岁，成为少数民族文化的保护者，激进地反对主流文化的入侵。在这点上，瓦莱里安与儿子有着不可调和的矛盾，他视那种抵抗商业文化的行动为人类文化学者的虚伪与欺诈。

关于迈克尔的成长，瓦莱里安对玛格丽特颇多抱怨。“她让他相信，诗歌与财产不能共存。她把这片土地上最漂亮、最聪明的男孩培养成了永久的失败者。”瓦莱里安希望儿子能够摆脱母亲的控制，而玛格丽特则怪丈夫没有给予儿子更多的爱。

瓦莱里安与玛格丽特已分房多年（而他的前妻则像热烈的情妇那样定期来访，仅为偷偷看他一眼）。他白天在花房里读书、听音乐，并时不时打盹，以致晚上难以入眠。而他的妻子住在楼上的房间里，每日过着有规律的生活，现在为即将到来的圣诞节做着准备。分别十四年的儿子迈克尔即将回家，这让这对夫妇颇受鼓舞。她为儿子准备的圣诞礼物，就是邀请儿子之前喜欢过的一位诗人到家中过圣诞。但瓦莱里安认为这位诗人平庸，且行剽窃。瓦莱里安与玛格丽特的不和谐从一些小事上可以窥其端倪。他们的婚姻是“冰与火”的婚姻，彼此嘲笑，面临崩溃，“他们像两只老猫一样互相抓咬、彼此利用，来表演一种其实谁也没有当真的争斗”。“这个岛上太多的阳光。太多的雨水。太多的叶子和太多的睡眠。睡眠中的静谧变成了清醒时的疯狂。”当然，更深的怨憎则在后面才会显露。

一天，玛格丽特在壁柜里发现了潜入这栋住宅已有几日的一位黑人。这名黑人因为发现自己的老婆跟一个十三岁的男孩睡觉，就驾车撞倒卧房并杀死了妻子，在东躲西藏多年之后，从一个游轮跳入大海，来到了这个岛屿。西德尼用枪押着这位名叫森(Son)的黑人男子，想把他交给海湾警察，但瓦莱里安因儿子迈克尔幼年也曾躲在水池下而产生了移情。当所有人都因这名黑人的出现而感到惶恐不安，并想着把这名黑人赶走时，瓦莱里安却像宾客那样款待了他。

托尼·莫里森用多变的人物视角不断为读者带来新的发现。随着黑人逃犯森的出现，人物关系就不再聚焦于瓦莱里安和玛格丽特夫妇之间，还有西德尼与昂丁夫妇、帮工吉迪昂与特蕾丝夫妇，以及黑人森与吉丁不断发展的关系。

西德尼与昂丁这对夫妇已经跟随瓦莱里安多年，如今也拥有了糖果公司的股份，他们忠诚地侍奉着主人。夫妻之间虽在一些小事上存在分歧，但总是能够相互理解、体让。

黑人帮工吉迪昂曾在美国混了 20 年，并已拿到了永久居留权，在给家乡多米尼加的信中吹嘘自己赚了大钱。而特蕾丝本是他的姨妈，与他的母亲属于异父同母的姐妹，仅比他大四岁。她“在十五年用三十四封信欺骗了他”，叫他回家照料家产，而她所谓的家产实际上就是她本人。当吉迪昂回来时，并没有带着装美元的手提箱，只有十二只干瘪的苹果和西装，而他发现等待他照料的家产，除了视力不好又丑的特蕾丝什么也不剩。他起先在机场给人扛行李、到酒店端盘子，因为拥有一口流利的英语，后来成为迁居于骑士岛的这户美国家庭的长期帮工。

因为暴风雨，迈克尔最终未能回到骑士岛与他们一起过圣诞。而圣诞晚宴上则发生了令所有人分裂的争吵。因为黑人森(Son)发现帮工吉迪昂夫妇并未出现在晚宴上。瓦莱里安才说，他们因为偷苹果而被辞退了。

瓦莱里安辞退帮工吉迪昂夫妇，这让所有人感到了不悦。西德尼和昂丁虽对这对帮工夫妇颇多微词，但觉得主人没有预先与自己商量而忿忿不平。在争吵中，昂丁在气愤之下，扇了女主人玛格丽特一记耳光，并说出了多年一直埋在心底的秘密：迈克尔幼年时，作为母亲的玛格丽特会用针扎他。这个秘密的曝光让所有人感到震惊。而玛格丽特辩白说，自己当母亲时才 19 岁，她只是很少几次扎过他，她扎他感觉很“美妙”，可以听听他的哭声；而当迈克尔大了以后，她给了他所有的爱。可是，她对儿子的爱，早已受到瓦莱里安的质疑。

这场圣诞晚宴让所有人不欢而散，怏怏退场。吉丁和森没有向任何人告别，就一同去了纽约。吉丁热爱纽约，她出席午餐会，参与派对，走秀，定义那里的时尚。“这是她的城市，她的地盘，当年她曾在这里度过与一个叫欧姆热恋的夏天”。她原本可以在这里嫁人，也可以到一所高中去教艺术，她怀着孤儿的喜悦想着，这里是家。如今，她与森来到纽约，希望重新开始自己的事业。在纽约他们虽然居无定所，但享受到一段崭新的热恋。“他们是纽约的最后一对恋人，却是世界的第一对。”她喜欢森的“原生态和笨拙”，“他的粗鲁和不自觉的欢乐”。可是，森坚持要回他的老家埃罗。就在吉丁领取救济金计划成功的那一天，她和森手挽手去了埃罗。

但埃罗之行让吉丁难以忍受，那儿有着种种禁忌。她提前离开了埃罗，并发现与森难以相容的文化认同。于是，她逃离了森的生活，只身去往巴黎追求自己想要的生活。

关于爱情和婚姻，关于种族和文化差异，关于教育和身份认同，关于处世观念和生活方式，《柏油娃娃》都有涉猎。托尼·莫里森以她那饱含诗意的语言，在《柏油娃娃》中，向我们展示一组组多彩迷人的情感关系。他们既相爱、相吸，又厌恶、背叛。莫里森以精巧的情节安排，以灵动的语言和高超的叙事，隐而后发，处处显示惊奇，令人玩味叫绝。

五、后现代的表白：在“病态”与“正常”之间

科技与经济的发展，让人与人的合作更为紧密。但人类表达情感的词语并未因之变得更为丰富，相反却日渐贫乏，而那些浅薄的流行词语，并不能将我们引入灵魂所期许的诗境深处。塔哈尔·本·杰伦在《初恋总是诀恋》中写道：“感情是不应该用言语表达出来的。语言就像满是窟窿的篮子，交替着把沙子从南方运往北方。我恐怕这些篮子留不住生命的一丝吟唱，反而仅仅是怀旧的杂音，就像一个老人，游戏只是为了不死去，像堆积石块一样过日子是为

了等待有尊严地默默死去。”[59]

感情并非不能被表达，而是因为人们在庸俗、晕胀的生活中失去了表达的能力。随着爱情有关词汇的滥用，情感表达的原创性和真实性变得难以实现，人们仅能在陈词滥调中略加创新。翁贝托·埃科(Umberto Eco)就曾说过这样的话：

> 我认为后现代的态度就是一个人喜欢一个非常优雅的女士，他知道自己不能对她说“我疯狂地爱着你”，因为他知道她知道(并且她也知道他知道)芭芭拉·卡德兰(Barbara Cardland)已经用过这句话。不过，还是有办法的。他可以说：“就像芭芭拉·卡德兰所说的那样，我疯狂地爱着你。”此时，他已经避免了虚假的纯真，已经清楚地说过不可能再纯真地说话。尽管如此，他还是会说出他想对她说的话：他爱她，但他是在一个失去纯真的年代里爱她的。(参见翁贝托·埃科：《基于“玫瑰的名字”的思考》)

芭芭拉·卡德兰的小说内容几乎千篇一律，总是贵族青年爱上了出身低微或处境困难的弱女子，他不看重金钱、地位等物质世界，而只追求纯洁的爱情，背景往往设在过去时代或者异国他乡。虽然芭芭拉·卡德兰的小说仅有一个特定的模式，但她总是能以精练的语言，将故事讲述得生动有趣，且富有浓厚的抒情气氛，令人百读不厌，赢得了一批崇拜者。

作家让讲述超过了故事本身。这是一种讲述的才华，而不是构建故事的才华。这也就是许多人对已看过/听过的故事还会上瘾的原因。但芭芭拉所讲述的浪漫爱情故事早已难以存在于现实之中。与以往人们所追求的长久关系和婚姻相比，在短暂的风流韵事中，

“爱情”更加猛烈。因为阻碍的存在，那些不能带入婚姻或建立长久关系的爱情故事，却对当事人构成销魂的浪漫回忆。由此，产生的享乐主义的某种治愈式的表述：“在一起玩得开心”“拥有共同的兴趣”“理解对方的需求”和“相互妥协”。

对于善于讲诉的才华，还有一种有着“好故事却讲不好”的笨拙。就像许多经历离奇而丰富的人，却陷入了不能讲诉的沉默。这也许不是他不想讲诉那些故事，而是发觉自己的讲诉会让心底的故事褪色，失去应有的迷人光彩。

当人们失去了鲜活的语言能力，而陷入诗意匮乏的苍白之中，行为就变得呆滞笨拙，或者莽撞粗野。引导人们说出心底的语言，成为心理学家诊断和治疗心理疾病的一种重要手段。而给枕边人讲述生平遭际，则又会让在生活中本已透明的人变得更加透明。而人们希望看到透明的别人，而会惶恐自己成为一个透明人。秘密，是心底需要珍惜的宝藏。这其实意味着讲述所需要的不仅是技巧，还有策略，关乎对象的选择、透露到何种程度、如何让讲述被精准地理解而不是引出不恰当的猜想等问题。

思维即语言，语言即思维；人们用语言进行思考，也陷入语言的罗网。而性所引起的情感和心理问题，甚至被弗洛伊德等学派视为一切的本源。正如彼得·盖伊①在给弗洛伊德所作的哲学性传记中所指出的那样，“所有人的习惯称之为‘正常’的性行为，实际上是一个长期的、经常被阻断的朝圣之旅的终点，而这是许多人可能永远达不到的一个目的。那种成熟且正常行驶的性驱动是一种成

① 彼得·盖伊(Peter Gay，1923—2015)：德裔美国历史学家，耶鲁大学资深教授，著有《现代主义》《启蒙时代》《魏玛文化》《布尔乔亚经验：从维多利亚到弗洛伊德》等。

就。”事实上，普通而平凡的自我之所以成为令人着迷的对象，是因为它综合了两种相互对立的文化现象：正常（normality）和病态（pathology）。弗洛伊德则系统性地模糊了“正常”与“病态”的界限，使“正常”变得“问题化”，并将“病态”纳入“正常”之中，而所有人都处在这两极之间，弗洛伊德将性（sex）、性快感（sexual pleasure）和性向（sexuality）置于新型的想象中心。[60]那些深沉而迷失的人则很容易模糊了性别的界限，变成同性恋者或者多性恋者。

而伊娃·易洛思将当代人主要的性方面的问题归咎于经济问题。她在《消费浪漫乌托邦》一书指出，这不是一种“真正的”疾病，而是资本主义爱情模式过度发展的一种变体。在爱情市场上，似乎总有更好也更加短暂的美妙情感的存在。在自主性的基础上，没有人会放弃选择“一个更好伴侣”的自由。易洛思用无情的社会学手术刀，揭示了爱情的社会经济学框架，并最终导致浪漫爱情的全然幻灭。

显然，“过度发展的资本主义”让爱情变得极具功利性，这与弗洛姆所倡导的关于爱情生活的“创造倾向”背道而驰，而爱情中的男女又如何去发展自己的全部个性，去获得满意的爱，则构成时代的命题。

爱情需要诠释，但又不需要过度诠释，性也如此。爱情更多地需要去体验，在共同的经历中才能展开创造。而“经验”是属于每一个人的。如果，人们不能拥有共同的“爱情经验”，我们又怎能对爱情进行诠释？

婚姻中的两人相遇总像是一场巧合。原本不相交的两条轨迹，因为某种原因而相交，甚至合并成一条轨迹。再多的话语也会说尽，而随着性欲的衰减、激情和性魅力的消失，使得夫妻双方因疲惫或惯例而无法逃避，最终仅因友谊和亲情而陪伴。

六、性革命:“无拉链速交”与“极端激进的妇女”

路易·费迪南·塞利纳在形容没有头脑的美女时说:“好像拥抱一袋包装漂亮的粪便”。可是,又有多少人不是因为肉体本身的诱惑而产生了情爱?而一个人思想的魅力并不像身体的魅力那样直观和易于公然展示。

当人们相互以消费的目光打量对方身体时,其实便预示着创立了身体关系新伦理。显然,消费与被消费本身处于一场共谋之中。在审视一番社会事实之后,鲍德里亚说道:“美丽之于女性,变成了宗教式的绝对命令。美貌并不是自然效果,也不是道德品质的附加部分,而是像保养灵魂一样保养面部和线条的女人的基本的、命令性的身份。”

将身体看作自恋和崇拜对象,美丽和色情是两个主导的主题。女人们(不只女人们)装扮自己,在这份装扮的美丽中隐含着某种功用性,鲍德里亚称之为“功用性美丽”,而针对身体的消费与被消费性质,又称之为“功用性色情”。身体的价值被重新发现并认识。“身体的一切具体价值、(能量的、动作的、性的)实用价值向唯一一种功用性‘交换价值’的蜕变,通过抽象的方式对光荣、完善的身体的观念、欲望和享乐的观念进行概括——由此而当然地否定并忘却它们的现实直到在符号交换中耗竭,因为美丽仅仅是交换着的符号的一种材料。它作为价值/符号运作着。”[61]

“长相不规则或丑陋的或许还能凸显一种意义:她们都被排除在外了。因为美丽完全在于抽象之中,在于空无之中,在于陶醉之缺场及陶醉之中。这种对物质的忽视至少被概括在目光中。那些迷人的/着迷的眼睛，深不可测，那目中无物的目光——那既是欲望的过分含义也是欲望的完全缺场——在他们空洞的勃起中、在对他们审查的赞美中，是美丽的。它们的功用性就在于此。美杜莎的眼睛、呆住了的眼睛，纯洁的符号。就这样，沿着这被揭去衣服的、受到赞美的身体的，在那些因为时尚而不是因为快感而发黑的惊艳了的眼睛中的，就是身体本来的意义，是在一个催眠过程中被取消了的身体的真相。”[62]

像其他商品一样，作为价值/符号运作的身体，也存在着“受欢迎”和“不受欢迎”的区别。对于冷销的商品，作为拥有者总是心怀忐忑与不满。被法国文坛誉为最具颠覆性的女作家维尔日妮·德斯潘特(Virginie Despentes)，就在其非小说作品《金刚理论》一书中写道：“我以丑女人的身份，为了那些丑女人，为了那些性冷淡的女人，为了那些没有好好被肏的女人，为了那些不能被肏的女人，为了所有被美女辣妹的广大市场排除掉的女人书写；也为了那些不想成为保护者的男人，那些想成为保护者又不知道该怎么做的男人，那些没有雄心、没有竞争力或者没有大阴茎的男人书写。”[63]作为“极端激进的妇女”，德斯潘特在《金刚理论》通过女权主义的视角回忆早年作为一个富有头脑而又缺乏性魅力的女人的从业和创作经历。

德斯潘特的作品都有着鲜明的主题：暴力与性。2015 年到 2017 年，她出版了三卷本的小说《韦尔农·舒必泰》。“韦尔农”暗指用过这一笔名的作家鲍里斯·维昂①，“舒必泰”则是帮助戒断海

---

① 鲍里斯·维昂(Boris Vian，1920—1959)：法国鬼才小说家、诗人、剧作家，他也是爵士乐评论家及小号手、作曲家、画家、演员、机械工程师、数学爱好者、酒疯子、失爱者、个性杂志创办者、与超现实主义流派交往密切却总被归入存在主义者、严重的心脏病患者。小说作品有《空心人》《红草》《岁月的泡沫》《我要在你的坟墓上吐痰》等。

洛因的药物丁丙诺啡。小说描写了主人公在唱片店破产后被迫流落街头的一系列见闻。

与德斯潘特的思想和主旨相似，埃丽卡·容(Erica Jong)也是以自己的头脑来表达对男性主导的历史和文化的反抗，她说："在整个人类历史上，书都是用精子写成的而不是用月经。"

为了彰显女性的反叛，她在半自传体小说《怕飞》(石雅芳译，上海文艺出版社，2013年)中，以一个女诗人的自我寻觅之旅，呈现一份关于性、快乐与冒险的无畏告白，探索当代女性折射于性欲望之中的自我迷失与寻找，以及对婚姻、家庭、教育、文化差异等议题的思考。

《怕飞》一经出版即引发巨大争议。《纽约时报》书评称其为"一本令人难忘的欲望之书"。书中的主人公女诗人伊莎多拉年轻性感，患有严重的飞行恐惧症。虽已结了两次婚，却对生活中的一切冒险充满好奇，对婚姻所赋予的性关系失去了鲜活的刺激和"痛感"，如同日复一日的例行公事，而她向往着新的邂逅，那"多汁，美味，如魔鬼般"的性体验。在一次维也纳之行中，她鼓足勇气，丢下完美却乏味的丈夫，与情人阿德里安驱车逃离，在欧洲各地疯狂实践她理想的生活，那"不为任何男人所独有"的公路电影式的流浪。然而伊莎多拉不久就发现，这种理想化的生活仅是一种愉快的欺骗，她的情人劝她抛弃婚姻，却秘密地维持着自己的婚姻。所谓"自由"，不过是从一个陷阱跳进另一个陷阱……

情人们总是相见恨晚，总希望对方对自己从一而终，双方都拥有激情的时间却总是不够长久，可以回顾的美好时光过于短暂，又因彼此质疑而越发不可信任，随后失去好感，变得无法忍受，终而形同陌路，甚至连再次相遇的意愿都没有。

飞蛾明知会粉身碎骨，却依然向火扑去。在欲望催逼之下，与其说他们被谎言所蒙蔽，不如说他们对之视而不见。“当你们相遇时，拉链就像玫瑰花瓣一样凋落，内衣像蒲公英绒毛一样，吹一口气就飘向四方……真正的没有拉链的速交，需要你永远不熟悉那个男人。”

在人与人的关系中，就如叔本华“豪猪隐喻”一样，每个人都如带刺的豪猪，因为抵御寒冷而需要靠近取暖，但又不害怕被对方刺伤，为此时刻保持着警惕。在今天这个推崇理性、独立、自由的社会，人与人之间的关系变得敏感而脆弱；自我意识高度敏感，我们关注自我远胜于关注他者。我们渴望支配和占有来确立自我的独立性和存在感，这也导致了我们对他者的入侵非常敏感。这种相触即相离，就体现在《怕飞》之中。

《怕飞》中创造了一个令人难忘的新词汇“无拉链速交”(ZiplessFuck)。这个词定义了一种无罪恶感亦无羞耻感的性互动。除了性体验之外，它不具有其他任何隐藏的动机，也就是说，除了性交本身之外，它没有任何目标。伊娃·易洛思称之为“不经心性爱”。这是一种快速、便捷的性遭遇。从陌生人开始，到陌生人结束，摆脱了罪恶感和负疚感，听上去似乎很美。如今，互联网技术和手机的运用，带来大量的人际互动，并将人际互动定义为速食享乐的消费文化。

七、为自身的梦想所毁灭：关于不爱，抽身而去

生活根本不是这样，生活又应该是什么样子？太多人对现实生活存在着不满，而试图去寻找应然的生活。然而，有一日又恍然觉得，应然的生活就是已有的生活。

加拿大小说家爱丽丝·门罗的短篇小说集《逃离》可以视为“娜拉出走之后怎么办”的当代版。全书收录的八篇作品都关乎女性“出走”(逃离)这一题。小说里的主人公均为小镇的女性，有性格乖顺的学生、适值恋爱期的姑娘、已婚妇人、单身大学女老师、安静的护士等，她们对远方世界拥有不切实际的幻想，这种幻想也许是基于她们对现实生活的厌倦。

她们的出离并非出于叛逆、乖戾的性格，而往往是突然奇想，追随自我的感觉和心灵，比如，已经谈婚论嫁的姑娘突然和一个陌生的男人出走了一个下午；单身的大学女老师仅仅因为一封信，便去了一个在火车上遇到的男子所在的小镇；一个从母亲身边逃离到丈夫身边的女人，有一天突然坐上车子，想再一次逃离……她们总处在逃离的渴望中，而她们一次次地逃离，最终都是回归。她们回归的原因则各不相同：或因遭遇麻烦自身无法应对，或因短暂浪漫之后归于平常，或因所爱男友失事……显然，生活的困扰远比我们想象的要多。

对她们构成羁绊的不只是经济独立问题，还有更深层次的精神问题和个人遭遇。人与人偶尔的连接，就进入一种难以置信的、诡谲而扭曲的私密关系之中。肉体和灵魂的袒露，既那么艰难，有时又是那般的随意。这带来了两者后果，既有永恒的错失，也有短暂的惊奇。人生如此荒谬，却又实实在在地召唤过她们、感动过她们。她们盲目而任性地走在幸与不幸的边缘。在“逃离”主题的背后，门罗所讲述的应该只是梦想和梦想的幻灭。

“生活不仅仅由实际发生的事情组成，也包括幻想中发生的事情，那是与我们所谓的真实的生活如影随形的另一种生活。”门罗在自述中说。

“使我们难以忍受的，并非生活的现状，而是生活的另一种可能。”如果说，“逃离”是因为发现了生活的某种“爱”和“不爱”。在《公开的秘密》里，门罗便探寻着关于“爱”与“不爱”的主题，她写道：“爱很少能拯救我们，也很少能带来可靠的幸福。”

幸福，往往被视为是婚姻的重要目标之一。而如果爱不能带来幸福，人们何以还要爱呢？在《公开的秘密》里，“不爱”是通过一系列事件发生的。

而女性受到压抑、不曾熄灭的欲望，正是门罗书写的主题。同样是八个短篇，在时间的湍流中，彼此相连，并“以人物的复现编织交错分岔的命运迷宫。”忘情于书信欢爱的图书管理员，在等待士兵恋人归乡时，却在报纸上读到了他的婚讯；被卷进命案的孤女，不惜认罪入狱，牢狱反而带来庇护，她无处可去；随性生活的女猎人被好友劝婚，“婚姻会让你走出自我，过上真正的生活……”来自不同时代、不同地区、不同年龄的女性所共有的心事和“秘密”。她们在记忆与时间中穿梭，在生活的急流中顿悟和成长；改变、抗争、逃离、妥协，她们怀揣秘密，仿佛随时会挣脱既定的轨道，奔向未知的生活。

易洛思在《爱的终结》一书中写道：“人们为什么不爱了？‘不爱’不是一段结构清晰的情节设定。更多时候，爱不是一个明确的开端或一个被击中的时刻开始的。相反，有些关系还没有好好开始，或开始之后还没有多久就已经宣告消逝，而有些关系是一段拖沓、漫长、无从理解的死亡过程。但从社会学的视角来看，‘不爱’负载着许多意义，因为它关乎社会纽带的瓦解。”

不爱与爱同样可能出于一种豁然认清的启示，获得新的理解，由此引起情感关系的“转折点”。许多文学作品和电影视作品也是以此为主题。比如，在遭遇地震时，丈夫丢下孩子和妻子，独自逃命了，由此造成夫妻之间的隔阂，或者不经意间撞见对方的出轨，从而造成信任危机，感情出现破裂。所谓那个公开的秘密便是：我们只是在忍受；生活的另一种可能始终在引诱我们。

相比那种偶然性的原因，造成的两人之间的再认识、再发现，另有一种是渐进式、积累起来的突然爆发。生活中的细微琐屑的事件和日常的冲突逐步地撕裂原有的亲密关系。也有人们对庸常无聊生活的厌倦，一方对另一方陷入审美疲劳，一方对另一方因为某些事件、行动或语言不断形成“微创伤”，从而不断形成并扩大伤口，终而使其难以继续忍受下去。

韩炳哲在《爱欲之死》一书中说，爱是一场冒险，爱欲是一种渴望去爱的冲动、勇气和激情。爱中不是突出自我对他者的支配和占有，而是应该让自我消失；在自我消失的地方，作为爱情的他者才会出现。爱要求一个人有消除自我的勇气，以便发现他者的存在。当我们沉迷于自我的时候，爱欲就会消失，而唯有自我消失的地方，作为爱情的他者才会出现。也许，门罗小说中的那些主人公所找寻的就是“自我消失之后出现的他者”。

八、荷尔蒙退潮让思考更清晰

每个人都像一团火药，其生命中蕴含的能量需要通过他一生来释放，而每个人所能施加于世界的影响则各不相同。我们一方面需要释放天赋之所能，另一方面也需要感受生命本身的美好；在创造更美好、更自由的世界同时，也创造一个更美好、更自由的自己。为此，我们每个人都需要寻找到帮助自我成长的典范，并最终让自己成为一个典范。也许这就是生命对于我们的意义。

作为一个理性的存在，人需要遵守物质世界的法则。因为有意志，人也成为一个有道德行为能力的人。因此，我们也是自由的。但纯粹的理性仅属于天使，人的理性在其适应的范围内才拥有坚定的力量。人有灵魂，不只是一部机器，除了理性之外，我们每个人都还受到情感和意志力的驱动。

“性从我的生命中逐渐退潮，带来另一重大影响，就是我发现其他事情变得越来越有意思。相较于年轻男性，性湮没年轻女性个性的情况更甚，因为性对她们的消耗远多于男性。”

科斯塔传记奖得主、发掘了 V. S. 奈保尔的杰出女编辑——戴安娜·阿西尔，76 岁退休后开创写作事业，年近 90 回首传奇一生，写下一份诙谐坦荡的生活随笔——《暮色将尽》(曾嵘译，四川人民出版社，2022 年)。作为一位付诸理性法则、具有自由意志的道德行为体，个体必须享有最大的自由，以便去思考和作决定。在《暮色将尽》一书中，戴安娜·阿西尔似乎践行了这一点。从本书中，正可以见到戴安娜的理性与情感，以及感受生命、驱使生命的意志。

文学、艺术和商业企业的自由竞争，是人性的需要，人们其实无法生活在一个毫无竞争关系的社会。符合人性需要的社会才是自然的，而不是看似美好而其实充满危险的乌托邦。在文学与艺术的舞台上，人们追求真实的自我；成为真实的自我，意味着投入感情。戴安娜·阿西尔在讲述自己的情感经历时，大方坦诚，让我们见到一个现代女性的真实的内心世界。她由步入老年的种种变化说起，夹杂着对自己过去人生的回忆，那些情史在娓娓道来中，显得趣味盎然。她也坦承自己对错失母亲身份的淡然，诚实面对老年的痛楚。

在此，不需要温馨的话语，而仅是坦诚地面对世界和自我。因为，裸露的生活本身具有安慰他人和自己的力量。阿西尔没有将自己迷人的生活细节简化为关于人生智慧的说教，但却对我们有着可贵的启示。

“她的视角既冷酷又温柔，她谈到自己性欲的衰退、无神论信仰的决心、对非虚构作品的日益偏爱，还有一个事实，那就是即使她已经年纪很大了，但她的大部分时间都还要花在照顾比她更年长的人上面。”正如本书的编辑所言，“阿西尔为我们展现了一个非常独特的女性样本，让我们看到一个普通的知识女性，是如何在与世界的周旋中保存独立的自我，并坦然面对衰老与人生终点。”

反观文学世界中的人物，我们也许觉得有些虚幻。虽然，我们并不理解关于“真实”的真正含义。我们原本生活在一个作为意识表象的世界之中，以我们自身的目光看去，一切本身都带有意识所建构的虚幻色彩。而戴安娜·阿西尔正是一个既存于真实世界又存于文学的一个代表。

后　记

只有通览别人的命运，才能理解我们所遭遇的幸与不幸。当我们以最本真的视角，跨越一定的历史空间，去打量那些文学经典的时候，那些作品才会大大拓宽我们对人类和自身的了解，将我们带入细致的叙事，在历史的进程之中，突显出人的维度。

文学本身是一枚多棱镜，转变视角，就可以让我们看到不一样的景观，让我们得以重建那些故事。通过这些截然不同的叙事，我们可以看到不同人物不同生命阶段和意识形态更迭的种种联系，仿佛置身于一座宏伟的宫殿，在走进一扇门后，又发现更多的门等待着我们去开启。每个人物的人生故事都独一无二，但如果将众多的人生故事放在一起作一个集中呈现，就变得更加色彩斑斓，由此也显示了不同的人物在不同境遇下各种可能的回应。

瓦尔特·本雅明曾有一个未竟的理想——写一部由引语构成的书，而本书的总体结构正切合了本雅明的这一理想。本书所撷取的故事本身已足够令人着迷，而将它们交汇起来，就像马赛克上一块块小石头组成了更大的图案。在它们组成的这幅宏大而斑斓的画面中，我们也看到了某些共性：时代的贫乏与世界的丰富都相悖地存于叙事文学中。

这些不同禀赋和文化背景的作家在不同历史时期所创作的作品，由此构成了“记忆的转义”，成为一种超现实的历史。因此，我们可以批判性地加以解读。显然，批判性的解读不必按表面意思接受那些故事。相反，我们可以把某些不幸的感情故事解读成指导自我生活的另一种动力，让自己不致重蹈别人的“覆辙”。

如果没有批判的眼光，任何一部书都是不值得读的，而批判的眼光又来自广泛的阅读训练。这是一个有趣的悖论。本书借鉴了哲学、心理学、神经科学、人类情感史和婚姻史的有关观点，试图在重温经典中提供一个批判的视角，按照“历史—主题分类”两种思维进行建构。历史的演进本身犹如螺旋盘绕，而主题性分类同样庞杂，仅能略显其轮廓。结合作品的有关评论，旨在不偏离主题的情况下略加延伸，以使本书内容丰富，且富有知识密度。

盘点这样一批生命故事需要类似小说的技巧：将各类人物的命运与本书的主题融为一体。将本书组织起来的故事并非将不同人物拼接起来的“复合采访”，而是着眼于那些具有代表性意义的故事与人物，以此凸显历史演进中人们意识形态的嬗变。有些不是那么著名的故事会被重点阐释，是因为其中有着我们时代中某些共性的特征，而一些伟大而经典的作品也许仅会采撷一个小点；角度和层次不同的重叙，也造就了一幅集体命运丰富多彩的织锦。俨然，这让我们获得一个跨越国界、跨越历史的弘然景观，如果再以某些标签化的主题来归类，则可以让我们获得更鲜明的意涵。

两性关系显然并非局限于爱情与婚姻范畴，也有着更丰富、深广的指涉，而其中身体、情感、性与婚姻构成了本书的关键命题。人类社会的复杂性超过了我们所有人可能的理解。这里关于两性关系和个人情感生活的故事所拥有的色彩不一，就像我们不能要求这个世界永远天气明媚，阳光普照，我们期待看到的是两性世界的

“全天候”。对于我们每个活生生的人而言，我们需要的是生活本身，而不是某种被规化的形式。遵从我们每个人的自身情感比任何东西都更加重要。然而，无论在何种色彩之下，我们所需要获得的是与别人共情的能力和应对的智慧与勇气。沉浸于故事之余，而又回归当下。每一个故事都可以带给我们沉思和启示，让我去创建自己的美好生活。虽然爱情之外所造成的痛苦看上去已经够糟了，但透过并非直线行进的历史，我们依然可以看到人类蹒跚进步中不断需要重启的希望之光。

参考文献索引

[1]参见中译本[德]狄尔泰. 精神科学引论[M]. 艾彦，译. 江苏：译林出版社，2012 年.

[2]参见中译本[芬兰]E. A. 韦斯特马克. 人类婚姻史(全三卷)[M]. 李彬等，译. 北京：商务印书馆，2015：前言.

[3]参见中译本[英]理查德·弗思戈德贝希尔. 人类情感史[M]. 田雅琪，译. 北京：中译出版社，2023：第一章《古典美德的信号：柏拉图与亚里士多德的情感观》.

[4]参见中译本[德]扬·普兰佩尔. 人类的情感：认知与历史[M]. 马百亮，夏凡，译. 上海：上海人民出版社，2021：第 26-29 页.

[5]参见中译本[德]扬·普兰佩尔. 人类的情感：认知与历史[M]. 马百亮，夏凡，译. 上海：上海人民出版社，2021：第 13-14 页.

[6]参见中译本[德]扬·普兰佩尔. 人类的情感：认知与历史[M]. 马百亮，夏凡，译. 上海：上海人民出版社，2021：第 205-206 页.

[7]参见中译本[英]劳伦斯·斯通. 英国的家庭、性与婚姻(1500—1800)[M]. 刁筱华，译. 北京：商务印书馆，2011：第 10-17 页《导言》.

[8]参见中译本[法]鲍德里亚. 消费社会[M]. 刘成富，全志钢，译. 江苏：南京大学出版社，2014：第128页.

[9]参见中译本[法]伊娃·易洛思. 爱的终结[M]. 叶晗，译. 湖南：岳麓书社，2023：第9-10页.

[10]参见中译本[英]托马斯·哈代. 苔丝[M]. 孙法理，译. 江苏：译林出版社，2019.

[11]参见中译本[英]劳伦斯·斯通. 英国的家庭、性与婚姻(1500—1800)[M]. 刁筱华，译. 北京：商务印书馆，2011：第73页.

[12]参见中译本[美]乔治·斯坦纳. 语言与沉默：论语言、文学与非人道[M]. 李小均，译. 上海：上海人民出版社，2013：《莎士比亚400年(1964)》.

[13]参见中译本[英]劳伦斯·斯通. 英国的家庭、性与婚姻(1500—1800)[M]. 刁筱华，译. 北京：商务印书馆，2011：第23-29页.

[14]Edward Shorter，The Making of The Modern Family，80-83，148-161. 又见中译本[德]扬·普兰佩尔. 人类的情感：认知与历史[M]. 马百亮，夏凡，译. 上海：上海人民出版社，2021年：第88-89页.

[15]参见中译本[英]劳伦斯·斯通. 英国的家庭、性与婚姻(1500—1800)[M]. 刁筱华，译. 北京：商务印书馆，2011：第11-17页《导言》.

[16]参见中译本[英]威廉·雷迪. 感情研究指南：情感史框架[M]. 周娜，译. 上海：华东师范大学出版社，2020：第332-338页.

[17]参见中译本[德]扬·普兰佩尔. 人类的情感：认知与历史

[M]. 马百亮，夏凡，译. 上海：上海人民出版社，2021：第36-37页.

[18]参见中译本[英]劳伦斯·斯通. 英国的家庭、性与婚姻(1500—1800)[M]. 刁筱华，译. 北京：商务印书馆，2011：第36-38页.

[19]参见中译本[法]伏波娃. 第二性[M]. 郑克鲁，译. 上海：上海译文出版社，2017：第837、838、867页.

[20]参见中译本[法]伊娃·易洛思. 冷亲密[M]. 汪丽，译. 湖南：湖南人民出版社，2023：第42页.

[21]参见中译本[美]弗拉基米尔·纳博科夫. 文学讲稿(纳博科夫文学讲稿三种)[M]. 申慧辉等，译. 上海：上海译文出版社，2018：第150-151页.

[22]参见中译本[法]居斯塔夫·福楼拜. 包法利夫人[M]. 许渊冲，译. 江苏：译林出版社，2019：《译序》.

[23]参见[英国]劳伦斯·斯通. 英国的家庭、性与婚姻(1500—1800)[M]. 刁筱华，译. 北京：商务印书馆，2011：第74页.

[24]参见中译本[德]扬·普兰佩尔. 人类的情感：认知与历史[M]. 马百亮，夏凡，译. 上海：上海人民出版社，2021：第89页.

[25]参见中译本[英]劳伦斯·斯通. 英国的家庭、性与婚姻(1500—1800)[M]. 刁筱华，译. 北京：商务印书馆，2011：第223-225页.

[26]参见中译本[英]威廉·雷迪. 感情研究指南：情感史框架[M]. 周娜，译. 上海：华东师范大学出版社，2020：第365-366页.

[27]参见中译本[德]扬·普兰佩尔. 人类的情感：认知与历史

［M］. 马百亮，夏凡，译. 上海：上海人民出版社，2021：第30-32 页.

［28］参见中译本［德］扬·普兰佩尔. 人类的情感：认知与历史［M］. 马百亮，夏凡，译. 上海：上海人民出版社，2021：第67-68 页.

［29］参见中译本［法］伊娃·易洛思. 爱的终结［M］. 叶晗. 译，湖南：岳麓书社，2023：第 12 页.

［30］参见中译本［美］理查德·艾尔曼. 奥斯卡·王尔德传［M］. 萧易，译. 广西：广西师范大学出版社，2015.

［31］参见瓦当. 也是人间小团圆［M］. 浙江：浙江大学出版社出版，2022：《玉露凋伤枫树林》第 80-83 页.

［32］参见许志强. 部分诗学与普通读者［M］. 浙江：浙江大学出版社，2021：《关于〈苦妓回忆录〉》第 108 页.

［33］参见中译本［日］渡边淳一. 男人这东西［M］. 陆求实，译. 北京：九州出版社，2014：第 18 章《女性时代》.

［34］参加中译本［美］弗拉米基尔·纳博科夫、埃德蒙·威尔逊. 亲爱的邦尼，亲爱的沃洛佳［M］. 刘佳林，译. 上海：上海译文出版，2022.

［35］参见中译本［美］弗拉基米尔·博纳科夫. 洛丽塔［M］. 主万，译. 上海：上海译文出版社，2005：《序言》.

［36］参见［沙俄-苏联］伊萨克·巴别尔. 骑兵军 敖德萨故事——巴别尔短篇小说集［M］. 戴骢，译. 陕西：陕西师范大学出版总社，2017：第 179-180 页.

［37］参见［德］瓦尔特·本雅明. 启迪：本雅明文选［M］. 汉娜·阿伦特. 编，张旭东、王斑，译. 北京：三联书店，2008.

［38］参见中译本［美］乔治·斯坦纳. 语言与沉默：论语言、文学与

非人道[M]. 李小均，译. 上海：上海人民出版社，2013：《K（1963）》第 137 页.

[39]参见中译本[英]劳伦斯·里斯. 奥斯维辛：一部历史[M]. 刘爽，译. 北京：民主与建设出版社，2023.

[40]参见中译本[英]奥兰多·费吉斯. 古拉格之恋[M]. 李广平，译. 广西：广西师范大学出版社，2016：《秘密信使网络》第 107 页.

[41]参见中译本[英]奥兰多·费吉斯. 古拉格之恋[M]. 李广平，译. 广西：广西师范大学出版社，2016：《同是天涯沦落人》第 215 页.

[42]参见中译本见[英]威廉·雷迪. 感情研究指南：情感史的框架[M]. 周娜，译. 上海：华东师范大学出版社，2020：第 264 页.

[43]参见中译本[德]扬·普兰佩尔. 人类的情感：认知与历史[M]. 马百亮，夏凡，译. 上海：上海人民出版社，2021：第 162-168 页.

[44]参见孔亚雷. 极乐生活指南[M]. 上海：上海文艺出版社，2022：《六部半》第 103 页.

[45]参见中译本[南非]纳丁·戈迪默. 在希望与历史之间[M]. 汪小英，译. 广西：漓江出版社，2016：第 44 页.

[46]参见中译本[摩洛哥]塔哈尔·本·杰伦. 初恋总是诀恋[M]. 马宁，译. 北京：人民文学出版社，2023.

[47]参见中译本[美]乔治·斯坦纳. 语言与沉默：论语言、文学与非人道[M]. 李小均，译. 上海：上海人民出版社，2013：《托马斯·曼的〈菲利克斯·克鲁尔〉》.

[48]参见中译本[法]伊娃·易洛思. 爱，为什么痛[M]. 叶嵘.

译，上海：华东师范大学出版社，2015：第 71 页.
[49]参见中译本[西班牙]哈维尔·马里亚斯. 如此苍白的心[M]. 周钦，缪澄君，译. 海南：南海出版社，2023：第 178-179 页.
[50]参见中译本[英]朱利安·巴恩斯. 唯一的故事[M]. 郭国良，译. 江苏：译林出版社，2021：第 82 页.
[51]参见中译本[法]鲍德里亚. 消费社会[M]. 刘成富，全志钢，译. 江苏：南京大学出版社，2014：第 120-121 页.
[52]参见许志强. 普通读者与部分诗学[M]. 浙江：浙江大学出版社，2021：第 110 页.
[53]参见孔亚雷. 极乐生活指南[M]. 上海：上海文艺出版社，2022：第 90 页.
[54]参见中译本[德]费希特. 费希特文集(第五卷)[M]. 梁志学，编译. 北京：商务印书馆，2015：《极乐生活指南》.
[55]参见中译本[美]乔治·斯坦纳. 语言与沉默：论语言、文学与非人道[M]. 李小均，译. 上海：上海人民出版社，2013：《夜语(1965))》第 90 页.
[56]参见中译本[德]扬·普兰佩尔. 人类的情感：认知与历史[M]. 马百亮，夏凡，译. 上海：上海人民出版社，2021：第 94 页.
[57]参见中译本[德]扬·普兰佩尔. 人类的情感：认知与历史[M]. 马百亮，夏凡，译. 上海：上海人民出版社，2021：第 99-101 页.
[58]参见中译本[美]詹姆斯·M·凯恩. 邮差总按两遍铃[M]. 主万，译. 上海：上海译文出版社，2022：第 12 章第 141 页.
[59]参见中译本[摩洛哥]塔哈尔·本·杰伦. 初恋总是诀恋[M]. 马宁，译. 北京：人民文学出版社，2023.

[60]参见中译本[法]伊娃·易洛思. 冷亲密[M]. 汪丽，译. 湖南：湖南人民出版社，2023：第 12-15 页.

[61]参见中译本[法]鲍德里亚. 消费社会[M]. 刘成富，全志钢. 译，江苏：南京大学出版社，2014：第 124-126 页.

[62]参见中译本[法]鲍德里亚. 消费社会[M]. 刘成富，全志钢. 译，江苏：南京大学出版社，2014：第 126 页.

[63]参见中译本[法]伊娃·易洛思. 爱的终结[M]. 叶晗，译. 湖南：岳麓书社，2023：第 167 页.